王　欣 / 作品

@反裤衩阵地

不理想的妻子
Unsatisfactory wives

人民文学出版社

图书在版编目（CIP）数据

不理想的妻子 / 王欣著. —北京：人民文学出版社，2024
ISBN 978-7-02-018166-7

Ⅰ.①不… Ⅱ.①王… Ⅲ.①长篇小说—中国—当代 Ⅳ.①I247.5

中国国家版本馆CIP数据核字（2023）第143331号

选题策划　胡玉萍
责任编辑　黄彦博
责任校对　孟天阳
责任印制　王重艺

出版发行　人民文学出版社
社　　址　北京市朝内大街166号
邮政编码　100705

印　　刷　三河市鑫金马印装有限公司
经　　销　全国新华书店等

字　　数　223千字
开　　本　890毫米×1290毫米　1/32
印　　张　11.25　插页1
印　　数　1—50000
版　　次　2024年4月北京第1版
印　　次　2024年4月第1次印刷

书　　号　978-7-02-018166-7
定　　价　49.80元

如有印装质量问题，请与本社图书销售中心调换。电话：010-65233595

前　言 / 哪有富贵花？都是女战士　　001

第一章 / 跨阶　001

第二章 / 成年人友谊　029

第三章 / 卖身契　061

第四章 / 牡丹与城堡　095

第五章 / 离场　129

第六章 / 破茧　159

第七章 / 终身成长　193

第八章 / 见过，接近过，可能性　229

第九章 / 烂尾楼生活　269

第十章 / 回归　313

—前 言—

哪有富贵花？都是女战士

六年前，我搬到顺义，初衷只是想住在一个远离嘈杂但又生活便利的地方，减少不必要的干扰，能够心无旁骛地写作。

六年过去，我完全适应了这种安静的郊区生活：如果不进城，几乎不会堵车；不用担心找不到停车位；空气质量总是比市区好一些；任何时候开门就可以走出去散步、骑行；坐在书桌前工作和阅读，几无额外的噪音和喧闹之虞；深夜的时候，除了房子里温暖的灯光和窗外隐隐约约的路灯，整个世界一片寂寥宁静。

与此同时，我也得以认识并熟悉了一群长期以来在舆论中被严重标签化、脸谱化的女性。

在大多数人的认知里，住在别墅区的女人完全是影视剧里或者社交媒体上的那种刻板形象：无所事事的阔太、不事生产的人间富贵花、比吃比穿比小孩比老公的赋闲主妇，日常全是买买买，动不动就头等舱环游地球，每年在小孩教育上花出天文数字的金钱，没有一只铂金包不配站在一起合影，出有豪车配司机、入有豪宅配阿姨……

这是不是她们真实生活的现状呢？

一部分是。

但又远远不止于此。

而这种刻板印象的改变，其实来自无人注意的细节。

我住的这个小区，有很多流浪猫。它们的皮毛光滑美丽，几乎不怕人，很多次我出门散步，身后总会跟着一两只陌生的小猫，围着人前后左右地跑，时不时还停下来若有所思地看看你，十分有趣。我在家里的院子里放了几只盘子，每天按时更换清洁的水和食物，而来就餐的流浪猫们完全没有饥不择食的急迫感，它们在我家院墙上闲庭信步，在院子里奔跑追逐，玩累了才不紧不慢地吃一口，吃完了还会找个暖和的地方眯一觉。并且，每天来就餐的猫咪顾客还不总是同一拨儿，像是心中藏着一张餐馆地图的老饕，要挑菜单，要看心情，比家养的品种猫还要骄矜些。

后来我发现，这一切都是有原因的：小区里许多人家都会给流浪猫提供粮食和猫窝，车库、院子里有专为它们准备的防寒避雨猫舍。女邻居们还组织起来捐款把流浪猫送去绝育，有受伤生病的就带去宠物医院治疗。这是一种自发的、持续的、接力式的救助，以致很多我喂养了一段时间，并自作多情给取了名字，但怎么也喂不熟的流浪猫，在听到某个女邻居以另一个名字呼唤之后，就会立即欢快地飞奔去女邻居的脚边翻开肚皮。这一幕总是看得我百感交集，一层是失落，另一层是欣慰——她们都是真心的、善良的，猫最明白。

因为帮邻居找过丢失的猫，我开始跟她们熟悉起来，这些住在别墅区里的女人，终于不再是一个个抽象的形象，而是一个个活生生的、可爱的、具体的人。她是晨跑时遇到的那个神采奕奕、笑着和你主动打招呼的女子；是买到好吃的水果、新鲜的零食，另外又自动自觉多买一份放在你家门口的邻居；是被青春期的小孩气得深夜哭泣暴走、提着一瓶酒来敲门求安慰的妈妈；是在朋友圈里发抛夫弃子与闺蜜结伴旅行照片的自在女郎……越是认识，越是发自内心觉得，只要愿意，她们是一群太容易让人感到愉快的女人。

当然，这只是某一方面。

光鲜的生活，像是生日蛋糕上花团锦簇、出神入化的裱花，要撇去这层奶油，才能看清真正的蛋糕坯，到底是香馥馥的清软甜香，还是隔了夜的满口粗渣。

一次聚会，众人聊起当时一桩轰轰烈烈的新闻：北大女生被男友精神控制致自杀。在座女性，无不唏嘘。由此，我也窥见了她们每一位，作为女人，内心不休的斗争。

一眼看上去强势精明的女强人，已经结过三次婚，她毕生都在克己复礼，努力证明自己足够好。父母依赖她，因为弟弟从来不听话，一辈子都在索取，她是父母的好女儿，因此父母偏偏只对她不讲理。丈夫信重她，但父母的严苛，让她只懂得一味讨好，以为付出就会得到认可，但现实狠狠地抽了她几记耳光——几起几伏，吃过亏，流过血，才渐渐开始学习，如何喜欢自己。那个晚上，她反复说，女孩子真的不要太听话懂事。

全身披挂，有一张尖尖小脸、宛若网红的时髦女人，说起自己的执念：她无法控制地沉迷整形。刚信誓旦旦说完不能再折腾，得让身体歇一歇了，下一次再见面，又是动完脸之后又红又肿等待花开的惨样。你以为她又虚荣又空虚？不，她是全家的顶梁柱。一路从做服务员、开路边摊到连锁餐厅老板，卖过笑、豁过命，到现在跟别人吃饭还习惯性地满场敬酒，给人倒酒时仍条件反射般半蹲放低身段以示尊敬。她说，家里有女儿的，一定要在童年时给足她安全感，让她感到充足的爱和重视，不然她终生都要为此补课。

明明已经50岁，状态却最年轻的那位大姐，早年留学海外，说起话来机智幽默坦率。出身书香名门，住着豪宅，丈夫拿得出手，子女优秀上进，但提起已经去世的父亲，她仍是意难平：父亲在世时，对她常常满怀痛惜，说她浪费了自己的才华，原本可以有所作为，却在嫁人之后顺从丈夫做了全职主妇，这一生只能被人叫作"某太"，再无自己姓名。她说，即使如今的生活看起来顺风顺水，但很多时候，回想自己的前半生，她不得不承认，父亲说得对。

……

那次聚会之后，我开始有意识地观察和采访，住在别墅区的女人们。

原来，闻名遐迩的高端超市，女老板多年前不过是个苦哈哈的卖菜小贩，在北京寒冷的冬天，只能住在集装箱里，被冻得四肢青肿。

也有努力爬台阶、一身担几责的高级白领，疫情开始之后，每天都活在失业断供的提心吊胆之中。

这里，也多得是丈夫不靠谱，自己卖保险、做直播、干微商，努力挣钱维持体面生活的落魄主妇。

了解越多，越是感叹人性复杂：有文化的太高冷，长袖善舞的太势力，有正经事业的太忙碌，几代高门的不知人间疾苦，捞偏门上了岸的急着改换门庭，穷人乍富的快忘了自己姓什么。

住在这里像开盲盒，你永远不知道碰到的下一个人，背后会有什么精彩故事或是辛酸血泪。

花团锦簇的生活背后，人人都有自己的执念，人人都有自己的困境。

有了观察、有了感悟、有了创作初衷，我很想写写这些人、这些事，于是有了这部长篇小说。

经过前期一年半的构思、采访、试写、推翻、重建，我从2021年3月开始，正式重新动笔，完稿于2021年11月，历时两年。前期诸多不顺、卡顿、无法继续，但真正开始写作之后，却是一气呵成，酣畅淋漓。但又担心过多投入自己的私人情感，所以选择放置一段时间。再次重读并修改定稿，又到了2022年下半年。有时候我会嫌弃自己的慢速，但每次又不自觉地宁愿慢一点儿，以求笔下的人物血肉真实。

这是一次跟过往不同的写作体验，数不清有多少个夜晚，我坐在书桌前如被剧情人物的命运操控，只能欲罢不能地写下去。有时写着写着，抑制不住露出微笑；有时写着写着，泪流满面，浑身战抖，需要喝一杯冰水冷静下来，才能继续。

戏剧性的是，书里许多从别墅区女性真实生活细节中提炼出来的虚构情节，在我写作的过程中，甚至完稿之后，不断与现实中爆出来的热搜、重大新闻事件重合，可以这样说，上一秒的虚构写作，下一秒就在现实中真实发生，让我自己都有些目瞪口呆：书中人物的人生都像是有了自己的生命，如同预言般活了过来，在生活中一一变现。

但涌上心头的不是欣喜得意，反倒是百味杂陈的感喟：原来不止一个妻子，在遭遇着相似的困境。

阅读她们的人生，对于每一位女性来说，绝对不是隔岸观火。总有其中某一部分，正是我们自己此刻正在遭遇的挣扎，也许比她们更困窘，也许刚刚露出一丝端倪。所以，这部小说，对于你，也许是回望，也许是方向。

"我也是人，我的欲望也无法被填满。"

忘记在哪里曾经读到过这句话，像黄钟大吕，击中了我。

不论身处高位，或是收入微贱，我们首先应该对自己诚实——尤其是对自己的欲望诚实，这没什么值得羞耻的。只有直面欲望，我们才能真正厘清什么是最应当做的事，什么是可以完全放下的事。然后，始终保有希望，果断做出抉择和取舍。

我的故事里，没有一位完美的女主角。她们和我们一样，各有各的软肋与曲折。明明最初的时候，怀抱着乐观与自信向前走去，却总是走着走着，两脚就沾满了沉重的稀泥。然后，有人断臂求生，有人黯然退场，有人坦然前行，有人放过自己。

唯有曾说过的一句话，值得送给所有人——

"我们不能被打倒，偏要好好过下去！"

所以，若你读到这里，也请相信自己，你能够活得好。

第一章　跨阶

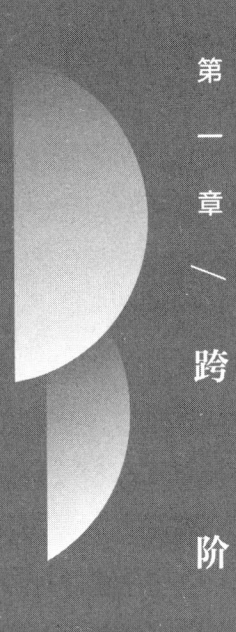

看着丈夫宋河郑重地把他的名字与自己的名字签到一起，不知怎的，陈岩心里居然涌起一丝久违的柔情，在这一瞬间，他的平庸、窝囊、不思上进都变得不那么要紧了。

购房合同签完、手印按下，销售笑嘻嘻地将文件收起来，亲昵地让陈岩先去会所餐厅吃点东西。她说话的口气充满感情和糖分，带着一些血亲姐妹的贴心，又有一种幼儿园老师的温柔催眠。显然，几轮接触下来，她已经非常了解这对夫妇谁说了算。看陈岩没反对，就给侍立在身后、穿着笔挺黑色礼服的服务生使了一个眼色。

"先生太太，这边请。"服务生高大又英俊，微微一躬身的样子，颇有些《唐顿庄园》里英式仆从彬彬有礼、不卑不亢的范儿。

来到会所餐厅大落地窗前的沙发落座，餐桌上盛开的鲜花是秋丽的荷兰郁金香，摆放的餐盘是 Wedgwood 的嫣红牡丹系列，抬头一看，一盏巨大的水晶枝形吊灯，玲珑剔透，熠熠生辉。陈岩留心了一下，心想这定是 Baccarat 出品。

北京早春时节的户外，明明光秃秃一片谈不上任何风景，但此时此地，望向窗外，意大利建筑师精心设计的园景加上不惜工本摆放的鲜花绿植，配上北方特有的高蓝天空和金色阳光，居然颇有几分皇家园林的味道。暖融融的阳光穿过大落地窗，洒在他俩身上，对面的宋河也仿佛罩了些高富帅的光环。

宋河对这一切浑然不觉，只管拿着手机不放，不停地跟同事交流着什么。

但陈岩完全不介意，眼前所有的细枝末节，只让她觉得志得意满，心花怒放。

陈岩还记得三个月前，她第一次来碧宫时，心里暗暗发的狠。

那天下午临近孩子放学的时候，她突然接到一个陌生女人的电话，声音温柔和缓，却不容拒绝，她通知陈岩稍晚直接去她家里接女儿，因为她儿子Michael邀请了几个同学放学后去家里玩。

这种突如其来的请求几乎是无礼了。两家人完全不认识，要邀请孩子去家里玩至少应该提前一天打招呼，不然如果自家女儿有课怎么办？如果大人有事怎么办？

但电光石火间，对方的理所当然，让陈岩猛地反应过来：女儿洛洛到北京这所数一数二的国际学校上学，刚到班上的时候就听说，Michael的爸爸是某知名上市公司老总，随便一个什么业务砸过来，就能让她们这些券商打破头去抢。

一旦醒悟，陈岩立刻热情了许多，她假意客套了几句，顺水推舟答了下来，并且要到了Michael家的地址——碧宫。挂了电话，她又上网搜了一下Michael妈妈——刚才和她通话的女人。此人原名叫邓岚，比陈岩年长11岁。Michael是她家的老三，老大、老二都是女儿，看八卦报道，老大已经去美国的明星高中寄宿，另一个在本校念八年级，也是出国在即。

陈岩心算了一下，邓岚生下Michael时，怕是40了。是不是她本人亲自生的，陈岩不敢细想，但她为什么这么大岁数还要生，却仿佛是显而易见的。邓岚保养得很好，脸、脖子、肩、胸、腰、臀、手臂，这些最容易暴露真实年纪和生活水准的部位，全都一丝不苟、严防死守，绷得梆梆紧。慈善拍卖、品牌晚宴、高层峰会、电影节、首映礼……各种名利场上，邓岚穿着比女明星铺得还开的大裙子，永远稳稳居于合照的中心位置，笑靥如花，富贵逼人。

下了班，陈岩没有回家，而是直接把车开到欧陆广场地下的BHG超市，挑了几盒日本进口的阳光玫瑰青提作为伴手礼。这葡萄刚开始卖的时候一串差不多500块，这两年便宜下来也得300来块，随便几盒就是小一千，陈岩掂量一下，觉得不算失礼，才急匆匆赶去邓岚家。

之前也不是没有去过朋友的别墅，但进了碧宫，陈岩还是觉得震撼。

小区大门十分简朴，真的进来，立刻像是另一个世界。两旁是参天的行道树，精心修葺的碧绿草坪连绵起伏，不见一丝杂草和枯黄。远远能看见网球场上有外教带着学生打球，各种肤色的小孩在一组高大的户外爬绳网架上追逐，一座仿若华盛顿广场巨型景观水池的尽头，是碧宫会所。不似其他小区拙劣的山寨欧洲宫廷，碧宫会所是一组清新的白色几何建筑，环绕的墨色池水中倒映着白色建筑和造型特别的日本松，如同匠心别具的美术馆。一路开过去，沿途大大小小四五个湖泊星罗棋布，一栋栋低调的青灰色小堡掩映在碧树波光里，简直想象不到这是在干燥多沙的北京，倒像是意大利的科莫湖。

邓岚的家在最大一片湖的中间，巨大的全幕玻璃墙设计配合着郁郁葱葱的四季绿植，十分醒目。按门铃的那一刻，陈岩看了看拎在手里的那几盒葡萄，忽然感觉此时的自己像是老家来的亲戚，拎着几根山药来北京找她的样子。

开门的是 Michael 的阿姨，接送孩子时，陈岩见过她几次。妈妈群里一直流传着这个阿姨的传说：据说她最早是月嫂，拿着月嫂工资一路把 Michael 带到了六岁。如今月入两万，年终三薪，一年跟着主人全家不限次地去海外奢华游，还不负责任何家务，单管 Michael 一人起居。阿姨十分热情地把陈岩请进门，一边顺手接过葡萄放在门边的角柜上，可怜盒子上亮晶晶的标签也没能赢得这位资深阿姨的一瞥。她送上茶，就匆匆去游戏室看孩子了。

陈岩注意到厨房和庭院里还有两位阿姨在做着自己手头的琐事，女主人似乎还在楼上房间里换衣服，抑或忙着别的什么事——显然，在女主人看来，陈岩还不值得她提前准备、亲自迎接。

穿过门廊，陈岩环顾客厅，这是一个开阔、简洁、色调淡雅的房间：没有层层叠叠的巨型水晶吊灯，没有欧式壁炉、巴洛克风格沙发，也没有女主人的巨幅肖像油画，但，陈岩仍知道一切都是很贵的——看到角落那架斯坦威三角钢琴，她仿佛看到自己一年的薪水就整整齐齐地码在那里；看到开放式厨房那全须全尾的嘉格纳设备，她眼前浮现出自己当年在北京挣下的第一套房，方庄的 65 平方米小两居，也就只值这么一套厨房电器。更不用说墙上琳琅满目的中国当代艺术家真迹，只要不是绝对的孤陋寡闻，是个城里人都能直接读出艺术家的名字和价位，而所有这些加在一起，甚至抵得上五套这样的房子，陈岩暗暗地想。

邓岚迟迟没有下楼，陈岩本想接上女儿就回家，无奈洛洛吵着要再玩半小时。陈岩正犹豫着，这时院子里的门铃又响了。

"姐，在哪儿呢？快出来呀！"人未到，一串清脆好听的声音先到，当那个穿着一条藕色丝绸茶歇裙的高挑女人托着个盘子进门，陈岩看清了她的脸，不由大吃一惊：这不是当下大红大紫的顶流女明星杨意吗！

屏幕里永远艳若桃李、居高临下的女明星，此刻忽然像个邻家女孩一样素面朝天、大大咧咧地端着盘饼干推门而入，一时间十分魔幻。

杨意看见有陌生人，也有点儿诧异，她立刻恢复成营业状态，微笑致意，步子也收敛了许多，缓缓如走过红毯到背板前摆好姿势一样，准备接受民众拍照。

这次邓岚来得很快，她卸了妆，头发蓬松着，只随意套了件Acne的白色T恤配三宅一生的褶皱阔腿裤。但她底子实在是好，身量修长，眼底仿佛映着发自心底的笑意，皮肤细腻白皙毫无瑕疵，就连几条细小的皱纹都像刻意选了恰当的位置点缀上去的，以显示道法自然、岁月真实。配上惬意的衣着，看上去她身上居然飘溢着二十余岁的青春气——一般来说，猜有钱女人的年龄跟读墓志铭一样靠不住。但此刻，陈岩是服气的。

是的，陈岩有足够的时间打量、观察、思忖，完全不必有得罪女主人的担忧——因为女主人已经跟杨意亲昵地坐到了一张沙发上，互相交换着手机里的小秘密。也许是碍于陈岩在场，说到某些名字时两人心有灵犀地稍一对视，就可以毫无阻滞地跳过继续。而陈岩只需保持微笑，在两人礼貌性地同她搭腔时表示赞同即可。陈岩懂得，渡过这种空前艰难的社交困境，也并不需要太多智慧，只需假装自己是北京名胜古迹回音壁。

直到晚上回到家，把洛洛安顿睡着，陈岩都还有点儿恍惚，反复看着自己手机里的一张照片，当时简直是鬼使神差般，她假装拍孩子，却悄悄把杨意和邓岚都收进了取景框。

并没犹豫太久，陈岩利落地修好图，贴心地给杨意和邓岚都磨了皮、稍微重塑了一下面部，将二人调整成公众最常见到的完美模样，然后，她发了一条朋友圈——没有提杨意和邓岚的名字，只是简单写了一句："洛洛今天跟小伙伴们玩疯了，真愿她永远这样快乐！"她把杨意和邓岚的照片放在了九宫格的最后两张。

不到十分钟，陈岩的朋友圈，如愿以偿地，爆了。

评论每刷一次都在剧增：老家的亲友、曾经的同学、客户、同事都在这条朋友圈下羡慕嫉妒恨。陈岩似乎记得，上一次被点爆朋友圈，还是刚生下洛洛的头一个小时，她躺在病床上动弹不得，仍顽强地指挥宋河拍下刚诞下女儿的照片，耐心地用修图软件把那些不讨喜的婴儿褶都磨平了，再蒙一层柔柔的粉红滤镜，配文发了朋友圈："亲爱的女儿，谢谢你让我的人生完整了，我会用一辈子去学习做你的母亲，以及你的朋友。"

突然，微信提示音响了一下，居然是素来注重汇报等级、从不越级跟下属聊闲天的公司MD秦总（董事总经理）。

"你跟岚姐很熟？"显然是怕问得太过直接，秦总做贼心虚似的立即又发了一个逗趣的表情包。

纠结了一刻，陈岩轻描淡写地回他：只是我们几家的孩子常在一起玩。

一秒钟间隙都没有，秦总对她说："那下次一起带孩子玩啊。"

那一刻，陈岩感到了某种玄妙的预示，一个新世界似乎向她缓缓打开了大门。她想起傍晚驱车离开碧宫时，落日余晖映照在门口巨幅广告牌上，"碧宫世家，三期在即"，八个大字闪着金光，不由心中一动。

从售楼处出来，两口子分道扬镳，宋河开着他的大众匆匆赶回公司盯开发进度，大约又要一口气盯到半夜——也是自作孽不可活。之前在大厂上班的时候宋河天天抱怨公司996不给人活路，一进家门就抱怨头疼腰椎酸涩要猝死，关系过硬的同事聚到一起就是骂大老板；如今自己跳出来跟人合伙创业，不但工时立刻涨一位数，变成9107，而且谁都不能骂了——不仅不能骂，骨干员工怼你几句、发发脾气，还要立刻和颜悦色地哄上去，软硬兼施、想方设法令其耐下心来加班。刚招的90后员工亦得小心翼翼安抚着，这些孩子没有房贷、车贷、鸡娃压力，不高兴了即刻就会拍拍屁股走人不伺候了，只有创始人里外皆孙子，无法做人。

陈岩却不急，她供职的那家小券商根本不管考勤，都是各项目组自己说了算。她倒是想一年365天每日通宵达旦地拼命呢，可惜客户并没有充盈到这样令人应接不暇的地步。尤其今天她刚赌上全家人未来20年的收入，确定了生命中最大一笔投资，实在不想再回公司去对表格。手上过着上亿的流水，自己的银行户头却只剩下几个钢镚儿，那种巨大的落差感，会令她痛恨自己，更痛恨老公。

她直接开车去了SKP，给冯佳晶明天过生日的女儿挑礼物。陈岩早就计划好了：去SKP，就是要挑一个贵的、体面的，若是别人家的孩子过生日，网上下单买一套儿童读物，也就差不多了。

是的，如果说，女人在不同时期，都必须要有一个或两个亲如姐妹、分享秘密的挚友的话，那最近这半年，陈岩最好的朋友非冯佳晶莫属——甚至可以说，一定程度上，她给陈岩的生活带来的帮助和幸福感，完全超过了宋河。

怎么说呢？冯佳晶是非常单纯的物质女郎，当初念一所三流大学，直到毕业都没把班上老师见全的那种。这辈子看过最多的纸质读物是各种时尚杂志，等到发现了抖音和小红书，连看杂志都嫌费工夫了。她的女儿小雪，今年刚上一年级，十分拒绝妈妈辅导作业，因为冯佳晶完全跟不上国际学校一年级小孩的英文程度。她给女儿的传承，主要体现在当母女两个齐齐穿上当季新款，手拉手站在一起的时候，真是我见犹怜的两个可人儿，睁着无辜（小的无辜、大的无知，但因足够美貌，看上去仍是美的）的双眼，扑闪扑闪，让人无法拒绝。

但冯佳晶最大的优点，也恰恰在于她毫不掩饰自己的物质和无知，因此显出一种坦诚自然、任何人都能一眼望到底的可爱。

有她在的地方，总是热闹的、世俗的、轻佻的、不设防的，美食美酒、吃喝玩乐，非常愉快。并且，多年婚姻生活中发生的龃龉、辜负和挫折，已经毫不留情地让冯佳晶知晓了自己的无能与无助，因此她给自己能力的评价极低，再配上她令男人一见难忘的美貌和前凸后翘的高挑身材，已是心甘情愿把自己当作一只花瓶。

神奇的是，这反而让冯佳晶和阔太们的社交变得一帆风顺——没她老公有钱的，可以暗暗鄙夷她是只花瓶；没她好看的，同情她文化有限；什么都有的，也乐得身边有一个傻姑似的陪衬，不会较劲儿，总是买单。总之人人都可以跟冯佳晶放松玩乐，不必无时无刻假装自己十全十美，因为人人都自觉能在她那里获得某种无法言表的优越感，找到内心的平衡。

小雪和洛洛一个班，两个女孩因为个子小，总是被老师安排在一起，顺理成章成了好朋友。陈岩与冯佳晶，陪着她俩一起等放学、等上芭蕾课、等吃冰激凌，也不得不成为闺中密友。甚至，大人们的友谊快速升温已超过了孩子们的。小女孩之间脆弱的友谊会因为一张贴纸而决裂、喜欢同一个卡通公主而复活，两个成年女人的友谊却要稳定得多——冯佳晶羡慕陈岩竟然是金融女高管，对复杂数字了如指掌，雷厉风行，说一不二，训老公如训孙子；对北郊妈妈圈两眼一抹黑的陈岩，则迫切需要一位不那么傲慢的圈中人，带着她尽快融进去。

这份友谊，对于陈岩来说无异于雪中送炭。比如，她终于搞清楚，为什么女儿班上的妈妈们问起她们住在哪儿，都会露出那种微妙的笑意，一边说着离学校近简直太重要了，一边自顾自转移开话题，对她失去了兴趣——当初贪便宜，陈岩租了紧邻学校小区的一套三居室，那个小区非常新，离学校步行只需五分钟，月租只要 7000 块，简直是完美居所。但是现在她才知道，这个崭新的小区是回迁房，租住在那里的，基本是周边各种机构的教练、培训老师、理发师、各个航空公司的空乘、同学家里雇的司机、收入高一些的阿姨……得知真相后，陈岩立刻咬牙到冯佳晶住的清漪花园租了一套小户型的叠拼别墅，几乎是连夜搬了过去，第二天一大早还顾不上整理，先九宫格配文"新生活开始了"发个朋友圈，才算出了一口气。当然，慢慢地她又了解到，这才堪堪迈入别墅区妈妈群的社交起步线。

  陈岩直奔 SKP 五楼，决心去 Bonpoint 给小雪挑一条裙子。她之前留意过冯佳晶总爱给小雪买这个牌子的衣服，上网搜了一下，竟然在 SKP 有店，想来一定是很好的牌子。等陈岩站在店里，面对着动辄 8000 元一件的童装，却犯了难——冯佳晶和她的友谊是值这份价钱的。问题是，她刚掏空了家中储蓄，好不容易才凑齐了 2000 万交了碧宫的首付，此时的 8000 元，简直就是要压垮骆驼的最后一根稻草了。陈岩在店里转了半天，最后花 1700 元买了一套宝宝护肤组合，央求店员用最大的盒子包得花团锦簇，终于觉得不算失礼。

  搬到别墅区以后，陈岩还有一个发现：别墅区女主人对于孩子生日派对的重视程度，不亚于金融圈子一年一度的投资人晚宴。

  冯佳晶家位于清漪花园的中心位置，临湖而建。当初开盘的时候，她公婆指明了就要买小区里面积最大位置最好的"楼王"，又给物业送了钱狠狠加建，多盖起一层楼不说，还把院子朝湖面上扩出去小一百平方米，远远看去，简直像小型的威尼斯水上庄园。

跟邓岚家不同，冯佳晶公婆是福建老派人，迷恋各种金碧辉煌的装饰和风水布置，连她家号称花了三百万的金漆雕花大门都与众不同：是呈30度角斜斜地朝着东南方向开合的。风水大师算过，冯佳晶公公的八字太轻，只有这样朝向的开门，才能确保财气一丝不漏。

陈岩带着洛洛进了门，见派对公司的人正在做最后的清场准备。院子里蹦床、充气城堡已经装好，因为是冰雪奇缘主题，还用亮晶晶的灯串和水晶砖围了个小型冰雪迷宫。客厅里已经悬挂上雪花、气球之类的派对装饰，餐厅的中岛台被布置成甜品台。为了配合主题，今天没有杯子蛋糕，只有挤满糖霜的雪花曲奇、冰蓝色水晶布丁，再搭配摆放成雪花形的花朵水果杯，一切看上去如梦似幻，毫无瑕疵——除了坐在客厅沙发上正在生气的冯佳晶。

"怎么了？"陈岩走过去。

"这都快开始了，叶其聪才跟我说，有事回不来。"冯佳晶一脸愠怒。

陈岩明白她真正的意思，叶其聪回不回来其实无所谓，但如果丈夫不愿意陪孩子，就别承诺孩子。孩子看不到父亲，又哭又闹又要性子倒像是母亲对不起她似的。叶其聪之前曾答应要陪小雪过生日，此刻一句"有事"就算交代，要是换成宋河，陈岩估计能直接和他闹到离婚。

但话不能这么说,"洛洛爸今天也要加班到半夜,小雪爸不回来不是更好?免得爸爸们在,我们女的还要装一下。"陈岩笑着把冯佳晶拖起来,推她去换衣服。

冯佳晶这才留意到陈岩手里的礼物,立即嗔怪:"干吗买这么贵的礼物?你不刚买房吗,跟我还这么客气就没意思了。"

陈岩对冯佳晶是十分真心的:"就是宝宝霜,不值什么钱。小雪快用完时,我给她续上。"

冯佳晶蓦地眼睛里闪出泪光,说:"有一次阿姨请假,我出门买菜,叶其聪就在家里打游戏,小雪从楼梯摔下来,哭得撕心裂肺,叶其聪都没发现,你却连小雪这些生活细节都留意到了。"

陈岩明白,也很心疼,她不愿意冯佳晶在孩子生日这天伤感,赶紧劝她:"快去把你的大钻石都拿出来戴上,让那些大老娘们儿看看谁才是冰雪女王!"

冯佳晶扑哧一笑,去衣帽间拿出了珠宝盒,比画半天,挑出一条宝格丽的全钻蛇形项链戴上。她想起来,有一次她跟叶其聪吵架,当时叶其聪喝醉了狠狠地打了她一巴掌,她捧着红肿的脸蜷在沙发里哭了一晚。第二天叶其聪酒醒了,觉得自己过分,立即开车出去买了这条项链回来给她赔不是。冯佳晶内心的恨和短暂发的誓,都被这闪闪发光的钻石晃着晃着就晃到了脑后。即使此刻又想起这条项链是如何来的,但她心里分得很清楚:叶其聪不是个东西,可钻石又有什么错呢?

打扮好自己,冯佳晶一眼看到,陈岩今天只穿了件Sandro的白色马蹄袖衬衫裙,干练有余,质感不足。于是在乱糟糟的梳妆台上一顿翻找,最后在抽屉角落里找出一只梵克雅宝的满钻手表,帮她戴上:"戴上这只四叶草,你今天穿得太素了。"

照了一下镜子,陈岩只觉得这只表的高雅与自己的白色衬衫裙很配,满镶钻石的表盘做成四叶草形状,搭配一条黑色丝绒表带,戴在自己纤细的手腕上,人仿佛一下子就亮了起来。但到了晚上,别墅区妈妈们会齐,她才终于意会了这小小一只手表的价值。

彼时,吹过蜡烛、吃过蛋糕、伺候着小祖宗们吃过晚饭,孩子们呼啸着一会儿跑去蹦床,一会儿跑去充气城堡,一会儿又冲去影音室放电影,兴致勃勃把按摩椅上的每一个按钮逐个按遍……阿姨们前呼后拥地跟着,在妈妈们若有若无的视线中,全神贯注、全力以赴,生怕哪个孩子不高兴了,或是被蹭破一丝油皮儿。

妈妈们则终于有暇清净一会儿,就着桌上烤盘里的黑椒虎虾、烟熏三文鱼、5J火腿,开了几瓶酒。

"Michael妈怎么没有来?"有人问。

一个矮而敦实的女人先出来笑道:"她哪里有空能跟我们一起玩?正上课呢,Michael肯定是她家阿姨陪着来的。"陈岩疑惑:谁跟邓岚这么熟稔?转头去看,这女人白白净净的但说不上富态,脸肉肉的,浮着一层常年吃得过咸的水肿,挤得眼睛鼻子嘴巴都像是用筷子在白米蒸糕上戳出来的小眼,隔着五米都能瞅见她的衣服和鞋子是LV的,定是用心挑了店里Logo最大最显眼的款式。见陈岩打量她,她倒也不客气,走过来看了陈岩的手腕一眼:"咦,你这只梵克雅宝提气啊,怎么没见你戴过?"

在这之前,陈岩早已发觉,幸好冯佳晶给她戴了这只表。大概因为带着孩子,今晚妈妈们穿得都不夸张,但人人身上都有一两件东西镇场,随便穿件白色卫衣来的,那卫衣是 Fendi 的,胸前有只毛茸茸的小怪兽;有穿瑜伽服就来的,但她那无名指上戴颗硕大的蓝宝石戒指,像蓝汪汪一小片海洋;更别提各位妈妈们手里拎的包。冯佳晶特意嘱咐阿姨搬来一张条案放在大门口,专供妈妈们搁那一只只身娇肉贵的包。要是没有冯佳晶借她的手表,陈岩一本正经穿件白衬衫裙,大概会像是派对公司留下来服务的女经理。

问话的女人叫郑晚亭,儿子也在洛洛班上,陈岩只知道她也住在清漪花园,但其实并不熟,忽然听她这一问,一时有点儿拿不准这到底是随口表扬还是意在言外。冯佳晶却站起来把酒递到那女人手里,笑嘻嘻地白她一眼:"一只梵克雅宝算什么?人家陈岩昨天刚在碧宫买了房,以后跟 Michael 妈门对门。"

这句话顿时在现场挥发出奇妙的化学反应,之前一直若隐若现的陈岩,仿佛被撒了现身粉,顷刻间在众人面前实体化了。

门对门是夸张,别说户型天差地别,而且邓岚家是一期,正在卖的新房是三期,步行过去说不定都要超过半小时。但这当然不是重点,重点是,过去几个月在妈妈群里一直有些边缘的陈岩,从此刻开始,在证明自己买得起碧宫的房子之后,她穿什么戴什么顿时都显得没有那么重要了。

郑晚亭亲昵地挽着陈岩的胳膊，把手表的事立刻忘到了脑后，此刻脸上的神情宛若寄宿学校见多识广、心地善良的大师姐，立定心思要把碧宫太太之间最大的秘密告诉陈岩，好令这位可爱的新朋友将来搬进碧宫不至于落后。

"那你要赶紧开始上课呀，"郑晚亭作惊讶状，"不然将来怎么跟大家聊天！"

陈岩并无兴趣追问，郑晚亭却滔滔不绝停不下来：说是从洛杉矶来了一个旅美女博士，据说这位博士在中国就师从佛学大师，之后赴哈佛留学，然后嫁给湾区富豪，还同时开着三家公司。成为人生赢家、攀上名利顶峰之后，她却非常不快乐，只身前往尼泊尔避世修行一年，最后幡然顿悟，找到女性幸福的终极本源，传播开来立刻受到美国上流社会阔太名媛和女明星的追捧。今年终于受邀，回国帮助国内女性寻找幸福的真意。又说女博士一回国立刻被邀请去北京几所著名的国际学校面向家长演讲，大受欢迎。

这门神秘的课程并不对外开放，只定向招收符合要求的高净值女性，或是由已经上过课的老学员介绍，并且费用不菲。每次上课，势必要在全球范围内找一风景优美的清幽之地，学员放下手机等电子产品，在博士的引导下垂问自身，互相鼓励，几天下来，无不荡涤身心，重获平衡，堪称心灵热玛吉，效果立竿见影。

"Michael妈就是去上这个课吗？"妈妈们想起开始时郑晚亭的话，有人问到。

郑晚亭露出神秘的微笑，并不正面回答，经不起大家的好奇追问才勉为其难地暗示，不仅是邓岚，杨意也跟她一起呢！

可惜，刚刚背上巨额房贷的陈岩还来不及拥有这种高贵的烦恼，她的烦恼全是实实在在的刚需：交完一年小三十万的学费，洛洛还得报上费用跟学费几乎等额的兴趣班、补习班；宋河那轰轰烈烈却迟迟落不了地的创业项目；老板最近总是影影绰绰地暗示今年的奖金系数要调整……总之，千言万语汇成一个"穷"字。在陈岩看来，幸福的真意也很具体：立即还清房贷。除此之外，对她来说，什么婚姻困境、女性瓶颈、找回自我都是可以忽略不计的小事。

郑晚亭也很快发现这一点，她转而对另一位新来的妈妈产生了兴趣。那位新搬到清漪花园的女士还深陷产后抑郁中。育儿嫂刚刚与婆婆爆发大战，愤而辞职，家里全靠白班家务阿姨支撑。她的脸上还有一夜起床数次的幼儿妈妈的疲惫，头发也正值产后脱落的高峰期，身上那件Celine的T恤裙也皱巴巴地透着些许狼狈——郑晚亭很快把她说得入神。

直到生日会散场，她们两人的密谈还没有结束。

洛洛对今晚的狂欢十分满意，在回家的路上就忍不住把包在精致礼盒里的水晶王冠取出来，给自己戴在头上——这是今晚小雪生日派对的伴手礼。每个小孩都有一顶小小的王冠，女孩是艾莎花冠，男孩是小王子金冠，而且完全不是玩具店里那种廉价的塑料玩意儿，是陈岩陪冯佳晶去一个设计师饰品店定制的。925银配施华洛世奇水晶及半宝石，每顶都要1000元以上。

"妈妈，我过生日的时候，也想请小朋友来玩。"洛洛喜滋滋地对陈岩请求。

"如果我们到时候搬去新家了，就可以邀请他们。"陈岩想起刚买下的碧宫三期，虽是合院，但院落也将近 100 平方米，而且如果全副入室玻璃门完全推开后折叠隐藏，小院加上与之相连的客厅、饭厅与西厨，可以让室内与室外全然连通形成近 300 平方米的开阔空间，办五十人的派对也不显局促。

但不知怎么，她忽然又想起晚上还手表给冯佳晶时，冯佳晶脸上带着的讥讽之笑："你别理郑晚亭，别看她一双眼睛天天盯着别人的身家，其实她自己从来都是真的假的混着用。今天她拎的那只亮面鳄鱼皮 Birkin，连牛皮压纹都不是，我仔细看了看，可能是倒模 PU。真亏她敢用！这种做工的仿货，都不能算是 A 货，淘宝 3000 块一个不能更多！"

"假的？"陈岩很吃惊。

"不然呢？你以为这些女的个个都舍得一年几百万砸给专柜？她们人人都有好几个微信群，除了买吃的，就是买高仿。"

"她们至于吗？家里不都是挺有钱的吗？"

"有些是没钱装有钱，有些是家里有钱也轮不到她花。"冯佳晶看向陈岩，说，"真的，还是你这样的好，钱都是自己挣的，不必看老公和公婆的脸色，想怎么花就怎么花，也不用玩儿什么虚的。"

陈岩在心里浅浅地笑了一声，打开了自家大门。

随着门锁咔嗒一声响，萦绕了一整天、闪闪发亮的北郊贵妇圈光环瞬间摔了个稀碎。

图便宜租的这套叠拼并不舒服。房间全部朝北,采光又不好,整座房子又阴又冷。明明已经入了春,暖气还不得不开到最高,从一月到三月短短三个月已经把全年的燃气额度买到第三阶,一个晚上光是燃气就要烧掉几百块,陈岩之前从来没有想过自己有一天会为了烧燃气这种事感到肉痛。

中午出门前来不及清理的碗筷还扔在水槽里,全家人换下来的脏衣服也还等着洗,地板上到处扔着洛洛的玩具和书籍,还有星星点点的零食碎屑。这孩子像只松鼠,大人一不留神,就塞塞窣窣地偷吃零食。他们负担不起住家阿姨,只雇了一个小时工一周来三次,于是很多事都得靠自己。饶是如此,别墅区的老油子阿姨们还不乐意干,嫌打扫间隔长,事情多干活儿费力,于是总也干不长,时不时就要撂挑子。

手机亮了一下,宋河适时发来通知今晚又要晚回家的微信。陈岩忍不住骂了一句脏话,把手机狠狠地扔到沙发上。

是的,这一屋子的鸡毛蒜皮,现在又理所当然地全部归她所有。

等所有事情全部做完,已经快要十二点。躺到床上的那一刹那,陈岩舒服得简直想要呻吟一下——中年女人真正的高潮,真的不在于做,而在于躺。能够在一张干净的床上舒舒服服地躺好,什么都不必做,什么人也不必回应,才是一天的最高潮!

但也如同所有的高潮都会转瞬即逝,宋河回家了。

听到他开门的声音,听到他随便把球鞋一踢,想必明早玄关地板又要有两只灰扑扑的鞋印。然后他打开柜子不知道找什么，东西噗噜噗噜掉了一地，陈岩完全能想象出他把那些东西胡乱捡起来乱糟糟往柜子里一塞的画面，再是习以为常，也忍不住心塞。

如果说，被钱掣肘的婚姻是一幢年久失修的房子，那丈夫的种种窝囊行为就是成天扑簌扑簌往下掉的墙灰。女人住在这样的房子里，吃灰太久了，难免会想炸掉房子。

陈岩干脆眼不见心不烦，戴上耳机开始看白天带回来的碧宫楼书。

图片里美轮美奂的房子，像是一种崭新生活的幻梦。不不不，这不是幻梦，今天已经明明白白地画了押、签了合同，这个梦，正在一步步成真。

宋河洗漱完进了卧室，看到陈岩正在看碧宫楼书，不由感到一阵烦躁。

"真想不通你为什么非要买这个房子！今天碰到以前同事，还在可惜我把以前公司的股权全卖了，他说公司里有消息，今年真要上市了。"宋河说到这个消息，又是一阵气结。

没错，他们是卖掉了西城那套市值1000万的三居，陈岩又好不容易找来一个冤大头出了600万现金收购了宋河以前供职互联网大厂时候拿到的股权，才勉强凑够了碧宫首付。最后差的那一点儿，还是远在家乡的双方父母齐齐清空了钱包，或许还跟亲戚借了债，才补上，签下了今天的合同。

宋河的话，成功点燃了陈岩本就想要喷发，却被楼书暂时安抚住的怒火，她冷哼一声："说得好听，上市？！十年了，一会儿说纳斯达克上市，一会儿又说上创业板！上次又说要回购股权A股上市！就这么拖着你们，工资几年不涨，全靠我一个人的收入撑着，要不然洛洛的学费都付不起！你是幸亏出来创业了，再混下去一辈子都混不出个人样儿！"

陈岩一发飙，宋河就有点儿虚。他其实很想说，创业有什么好？公司小，融资不多付不起高薪，团队里人人都是大爷，就他自己一个孙子，生怕哪个祖宗攀到高枝儿，人家可以拂衣而去，他得收拾烂摊子。还不如以前在大厂，因为是早期员工，做着一个核心技术岗位，期权拿得不少，人人都得哄着他。他天天穿件优衣库上班，产品运营销售的小姑娘们求他看个数据改个需求还不是一口一个宋河哥，亲热得不得了。出去参加行业会议，总要被尊称一声宋总、宋老师，不要太适意。

但确实工资好些年不涨了。最后那一两年，陈岩在券商的职位升上去了，一年能拿百多万，买下西城那套房，全是她精打细算省出来的。她们金融公司那些小姑娘，比她挣得少得多，却个个打扮得花枝招展，每月一个当季新款包。一到放假不是去欧洲，就是去美国。只有陈岩，还戴着结婚时买的那只Tiffany素圈儿，最像样的包还是那年去日本出差被几个同事拱着在香奈儿店里为了面子硬买的，就是她现在开的那辆特斯拉，也是搬到顺义后只付了个首付买的，现在每月还在还着车贷。

宋河实在气短，他和陈岩都是从小城市来的，各自考上了好大学，毕业了也算是找着了好工作，哪知道踏入社会以后的日子如此之难，以前再会做题，如今也是解不开了。双方父母自然帮不上忙，两个小镇做题家，赤手空拳一起学做事、学做人，渐渐奋斗上来，攒出房子，而后成家、立业，30岁时生了女儿洛洛，人生的自信一点点建立，精英幻觉也是有的。结果洛洛到两岁多要上幼儿园，自诩中产的两人才真正遭受人生暴击，发现一月几万薪水在偌大北京真是不值一文。自家附近那所公立一级示范园没有过硬关系根本不可能进去，一月三四千块的民办幼儿园又是良莠不齐，就算捧着钱去上一月两万起的国际园，也还要提前一年半排队……就是从那一刻起，宋河觉得自己的人生不再属于他自己，而是妻子的、女儿的、房地产开发商的、国际学校的、教育机构的。她们叫他生便生，她们叫他死便死。所以碰到一个行业大佬来挖他创业，给了体面股份，即使并不想离开，经陈岩一劝说，宋河也就跟着去了。

架没有真的吵起来，两人都已经冷了下去。男的憋屈，女的委屈，各自坐在床的一角，复盘自己是如何走到了这一步。

过了很久，陈岩叹了口气："咱咬咬牙，过了这个坎，也就辛苦几年的事儿，还不都是为了洛洛。"

都是为了洛洛。陈岩在心里跟自己说，我可以的，我再也不要这么憋屈，我绝不会让洛洛以后还过这样的生活。

快到十二点了。

冯佳晶面无表情地看了一眼窗外，除了院子里公公重金布下的招财灯光阵晃得人眼花，没有丝毫人声。白天波光粼粼的湖面，深夜更像是重重鬼影。

叶其聪当然没有回来。

白天她告诉陈岩，叶其聪打电话说有事回不来是假的。打电话的人是她，但叶其聪根本没有接——他不但把女儿的生日忘了个精光，也不觉得她的电话需要回。

如果质问他，他肯定还要反过来把她骂个狗血淋头，说他压力多么大，分分钟几千万上下，忙得饭都顾不上吃，她还这么不懂事，整天来找碴儿，以为人人都像她一样闲着没事干吗！

从小到大，女儿小雪都是跟着阿姨睡，但今天晚上，小雪没有去拆堆了整间屋的礼物和玩具，反而抱着从小离不开的毛巾熊，可怜巴巴地央求她，就过生日这一晚，能不能让她跟妈妈一起睡。

小雪的五官其实更像叶其聪，只有那双圆滚滚的眼睛跟冯佳晶一式一样。不知为什么，明明晚上她跟小朋友玩得那么开心，但此刻乌黑泛着水光的眼睛里，却有着藏不住的不安和惶惑。

一向没心没肺的冯佳晶突然鼻子一酸，她摸摸小雪的头，同意了。

此刻，女儿就睡在她身边，小小的身子在被子里几乎看不出起伏。睡着了，小鼻头还皱着，不知做了什么梦，浓密的睫毛还在轻轻颤动。

女儿懂事地没有问，但冯佳晶知道，孩子突然这样脆弱，其实也想知道吧：为什么她过生日，爸爸不回来？为什么爷爷奶奶就住在离别墅区不远的霄云路上，却嫌吵不肯来参加她的派对？

但冯佳晶多年以来保持容颜不败的秘诀，就是遇到解决不了的事情，绝不为难自己。

她掏出手机，微信里果然一堆留言：

"晶晶姐，睡了吗？我把好看的新款都拍照发给您了哟，看看喜欢哪几件？我先给您收起来，不摆到店里了，你抽空来试试？"

"姐，你上次说要找的无烧鸽血红，我帮你找到了！颜色特别正，带GRS证书，好几年没看到这么好的了，明天来看看呗！"

"亲爱的，提醒一下，周四早点来我们会所啊！新来了一个帅哥泰式按摩做得特别好，这次埋线之前要先放松放松，不然又要疼好几天了。"

"别忘了后天试车啊，这次来了辆莫兰迪色的，全北京就一台！"

……

冯佳晶突然冷笑一声，逐条答了个"好"字。

不就是不懂事吗？

懂事有什么用。我不花钱，谁知道以后钱又给谁花了！

不管清漪花园的每栋房子深夜里有多少龃龉，到了清晨，每平方米缴纳的10元物业费总会散发出金钱的芬芳。

天气好的时候，湖光映着蓝天，长尾喜鹊在枝头叽喳，家家户户院前开着一树一树莹洁的玉兰花，装点着北京早春的寂寥。许多人家门前的迎春花已经一丛丛开得繁盛，绿柳招展着新芽，海棠、绣球、芍药、蔷薇，也颤巍巍探出嫩嫩的枝叶，等待着某个温暖的春夜过后，姹紫嫣红开遍。

如果步行在小区，时不时就会被某家厨房飘出的香气击中，根据主人出生地居住地分布的不同,有煎着牛排、炖着肉、弄着烧烤、煲着汤,还有油炸热炒的各种猛烈香气,小区业主们不仅会感受到人间烟火的盛世美好,还想攀进院子里去望一望,谁家的阿姨手这么灵巧,多少钱一个月,能不能挖?

对此,清漪花园的每一只流浪猫都有充分的发言权。毕竟很多宅子都是它们的私房餐厅,它们审慎地享用着各家餐厅免费提供的不同猫罐头、猫粮和玩具,来判断今日餐单是否符合自己的胃口。以至于清漪花园的流浪猫们,简直比城中民宅里的家猫还要肥壮、皮毛光滑,甚至因为心安理得地享受着自由、阳光和充分的户外运动,而显露出某种贵族式的骄傲、机敏、优雅。

尤其是每个星期一的上午,别墅区的全职妈妈们将之赋予了额外的幸福感——丈夫们不管是自己开公司还是上班,周一总要额外忙碌些,早早出了门,妻子们顿时肩膀轻了一小半。另一大半着落在小孩身上,兵荒马乱地把磨磨蹭蹭不想上学的小孩扭送去了学校,那一瞬间的松弛,才像是周末的开始。正是约美容的、健身的、打网球的、学跳舞的、学画画的、练英文的、习书法的、逛超市的黄金时光,快乐程度胜过喝高级酒店下午茶。

陈岩难得周一不上班,冯佳晶约她一起去跳操,陈岩推说要在家里写方案。冯佳晶说,是邓岚约的,可以去看看。陈岩假意又扭捏了一下,才说,好吧。

这家高级私教工作室开在某一商务楼里,老板是娱乐圈中的女明星,特地从韩国请回来几位偶像级的舞者,给会员上课。陈岩搭了冯佳晶的车,到的时候,邓岚与郑晚亭和另一位珠圆玉润、有些微胖的女士已经先到了，各由一个健身教练陪着，在一个太空舱造型的大型仪器里做360度人体成分与体型测试。

与陈岩以前去过的健身房不同，这里装修风格兼具现代感与女性柔美，大面积蒂芙尼蓝搭配米白色，配合柔和悦目的灯光，与其说是健身房，不如说是顶级美容会所。换衣服的时候，陈岩留意到浴室里的洗浴用品是祖马龙的，化妆镜前陈列着MAC的彩妆，算不上多奢侈，但已十分说得过去。整间工作室只接待女性会员，教练男女各一半，个个外形优美，即使是男教练也没有那种肌肉虬结、浑身臭汗的，从容貌到穿着，都清爽干净，十分悦目。

邓岚身边就站着一位，如果不说明，陈岩会在心里揣度：到底是哪个叫不上名字的小鲜肉男明星？看得出，他是邓岚专属的教练，一双深情的眸子只望着邓岚，旁人一概不理。邓岚极力持重着，身子却不由自主地想往他那边去，他还使坏，偏不接住，隔着一条楚河汉界，规规矩矩又柔情万种地称赞邓岚，皮肤真好，发着光，像少女。

郑晚亭做好测试出来，识趣地隔着一些距离站在邓岚旁边。看到冯佳晶和陈岩，她倒热情地招呼她俩，仿佛已是女主人的自己人——或至少也是蒙邓岚信重，可以代为招待关系略远的客人。

邓岚待郑晚亭完全看不出喜恶，看见冯佳晶却有三分亲昵。先夸她心思巧，小雪生日会送小朋友的王冠太精致，Michael带回家里谁都不让动，已经计划好要用在万圣节游行。这句恭维自然讨了冯佳晶的欢心，当即心花怒放地表示下次要把设计师介绍给邓岚。但作为旁观者，陈岩分明在邓岚温柔亲切的笑容里分辨出不易察觉的轻视，那句没有说出口的话，翻译一下大概会是：什么听都没听过的设计师，也配介绍给我？

等到陈岩自己故作随意地向邓岚请教碧宫物业如何、附近堵不堵车之类，邓岚终于意会到她在三期买了房，即将成为邻居。虽然依旧不算热情，但终于不再称呼陈岩为Rachel妈，第一次问了她的姓名，并答应会跟管家打个招呼，把她加进碧宫业主交流群。

但郑晚亭是不会让任何人长时间霸占邓岚的。她不断发起话题，不仅恭维邓岚，就连邓岚带来的那位其貌不扬、看不出来头的朋友，都被她招呼得密不透风。

有那么一瞬间，陈岩心里竟对郑晚亭有种隐隐的嫉妒，到底是什么路子，能给邓岚带来什么，才成了她的身边人？！

嘻嘻哈哈地练一个半小时，出透了一身汗，瘦没瘦不重要，但陈岩真切地感到，短短一个上午，她和邓岚的距离仿佛拉近了不少。房子收没收的不说，好歹能先进碧宫业主群了——3000万的投资，堪称当即收回一半！

坐在冯佳晶的车上回清漪花园，望着冯佳晶运动后红润光泽的面庞和意气风发的笑容，陈岩终于明白了北郊太太社交的第二站在哪里：就像学生时代女生的友谊开始于一起上厕所，别墅区太太们的友谊则开始于一起上兴趣班。

第二章 成年人友谊

"这个女的肯定有戏"——最近每一天,郑晚亭都在琢磨这个事儿。

这个女的是谁呢?其实也不算认识,不过是另一个出现在邓岚家里的女人。见过三次了,她对郑晚亭仍是不冷不淡的。许是邓岚初次介绍的时候,那种掩饰不住的轻佻,令这个女人顿时领会到了她的无足轻重。邓岚相互介绍这些女人的时候,总是会在她们的姓名之后,加上她们老公的身份。"这是赵雅心,她老公是鼎盛餐饮集团的老板。喜粤、御宝轩什么的,都是她家的。"对郑晚亭介绍完,邓岚转向这个叫作赵雅心的女人,半是调侃半是认真地说:"这是郑晚亭,她老公是做什么的我至今也没搞清楚,可能晚亭才是她们家里唯一能挣钱的吧!"

邓岚走开招呼别的客人,赵雅心出其不意地问:"晚亭姐,那您是做什么的?"

郑晚亭说:"主要做一些文化交流项目,我姥爷以前在体制内是管这个口的,托老爷子的福,上上下下都还有关系。"

是吗?赵雅心说了一个名字,问郑晚亭认不认识。

郑晚亭打了个哈哈:"我听过,但没见过。嗐,圈子里这些二代三代,都是好孩子,供着我跟大姐姐似的,回头一问,肯定相互认识。"

赵雅心意味深长地笑了笑,不再追问。

郑晚亭心知肚明，邓岚拿她当作是在饭桌上调侃逗乐的"篾片相公"。但那也没什么，刘姥姥让大观园里的太太们取笑了几日，走的时候拿了满满一车东西和百来两打赏银子，直接从贫农升级成乡绅。郑晚亭怎么会不懂：和富人打交道，要么能提供对等资源，要么便提供情绪价值——陪着、哄着、为之开解、任之差遣、亦步亦趋。被轻蔑、笑话是有的，可富人一旦动了真心随手给点儿什么，便胜却996无数。王熙凤不都说了："便是我们的丫头，也比一般人家的小姐尊贵些。"

其实邓岚说得也没错，郑晚亭的确是家里唯一挣钱的人。她们跟公婆住在一起，公婆倒是勤快，在自家院子里垦出一块地，种菜、养鸡、帮忙做饭、接送孙子。而老公刚子这辈子就没正经上过一天班。他年轻时爱跟人下象棋，搬到别墅区之后，没了那些街坊四邻，他迷上了炒美股——也不是真炒，就是每天看看指数、看看个股、上知乎看看股评，然后也像模像样地在朋友圈里点评局势、发布预测、探讨中美关系。在外人看来，刚子十足一副精英模样，股票炒得头头是道，石油、期货、比特币样样关注，家里一定是有许多资产亟待全球布局。

刚子一家人的日子，跟他们曾经在大杂院里的日子并无二致。而郑晚亭的生活、生计乃至名字，却被别墅区彻底改变了。

郑晚亭口中的姥爷，严格说来，的确是体制内的，也的确是文化口的，但，这位老人只是中国美术馆人事处的档案管理员，并于七十年代早早退了职，让返城之后没有着落的女儿顶上工作接了班。一家三代，平平凡凡，也平平安安。

生在北京城、长在皇城根,始终让郑晚亭有一种天然的优越感。她常挂在嘴边的话是:我家那个老宅子,出门走几步就是故宫——这话依然不假。但老宅子,不过是近50平方米的职工宿舍,姥爷在里面住到84岁寿终正寝,郑晚亭住到26岁结婚搬走,爹妈至今仍住里面。

刚子和她是小学同学、初中同学,两人一样不爱学习,读完初中,一起上了旅游职业学校,正式确立了恋爱关系。毕业后,刚子开了一段时间出租,嫌累,他妈说:"累就歇着吧,咱家也不是多一张嘴就吃不上饭。"就这样,刚子一歇歇到了现在。跟郑晚亭的婚事,刚子一点都不担心——就凭他家住的是两室一厅,郑晚亭也愿意嫁过来。

人其实想不到太长远的事。眼下的事、眼下的难,走一步若能改善一些,那是头也不回也要走这一步的。

比起刚子,郑晚亭确实机敏得多。毕业之后,她干起了导游。才带了两回团,她就无师自通地琢磨出了来钱的路子——在手机并不普及的那些年,她找了个哥们儿扮成农民在旅行团的定点休息区域摆摊儿,卖些古钱、玉器,假装是从自家地里挖出来的,也不懂价值,有人愿意给钱就卖。团里当然有另一个郑晚亭的哥们儿假扮成外地游客,两人一唱一和,很容易就把全国各地第一次来北京旅游的纯朴游客忽悠了进去。"反正也不贵,买回去是个纪念",许多游客都这么想。他们当然不知道,这些铜钱、玉坠,是在潘家园100元钱撮堆儿批发的假货。他们甚至都不仔细想想:在明十三陵的地界,为什么能挖出"乾隆通宝"?

郑晚亭没有机会去见更大的世界，她也想象不出能有什么更大的世界。住在首都二环里、挣着容易的钱，这个世界，对她来说，足够好了。可，更大的世界，到底还是对郑晚亭敞开了大门。

2009年，刚子奶奶住的南锣鼓巷那片平房拆迁，50多平方米的房子，最后竟然补了900万现金。一家人喜出望外，签了拆迁协议便张罗买房。刚子母亲原想着用这钱在通州买五套，三代人各住一套，另外两套收租，这一辈子就算拿下了。刚子父亲不同意，说一辈子没住过像样的房子，现在咱家也算是有钱人了，不如买个大别墅，全家一起住，真正过一过老北京"天棚鱼缸石榴树"的有院儿生活。那一年，北郊清漪花园刚开盘，600万即可拥有花园独栋。刚子父亲又豪掷100万做了全中式装修，仿着旧时王府的建制，起了两扇朱红大门，门上各镶63枚金钉，门外立着一对小小的石狮子、高悬一对宫灯，别墅外墙又用青砖式样的装饰墙砖通贴了一遍。可这毕竟不是四合院，横亘在一排排三层西式小洋楼中，怎么看都像是商业步行街上做游客生意的烤鸭大酒楼。刚子父亲满意极了，对郑晚亭说："房子弄完还剩200万，我再把自己的房子一卖，里外里好几百万全存银行吃利息，你还上什么班啊？给我们老韩家生个大孙子，就算是孝敬了。"

生完孩子，不但郑晚亭，连刚子父母也意识到：几百万存银行的利息，往多了算都不够吃，很快就要开始吃老本。别墅区生活样样都贵，特别是孩子到了上学的年龄，原来二环里的房子也卖了，全家人的户口都落到了顺义。要是舍不得掏一年20万的学费上国际学校，孩子只能就近去读学区里的菜小。想钻空子把户口挂靠回郑晚亭娘家回城里上学，却发现根本排不上任何好学校。郑晚亭咬咬牙，把孩子送去了国际学校，她想：这家里总得有一个要见大世面的人。刚子父母天天在家长吁短叹：这怎么养得起啊。刚子妈妈甚至还当着郑晚亭的面抹眼泪，郑晚亭看不下去，说："爸妈，学费的事你们就甭操心了，我就是上街要饭，也会把我儿子的学费挣出来，不会动咱家存款的。"

郑晚亭没想到，儿子上了国际学校，见着大世面的人反而是她——尤其是加入了同学妈妈群之后。别说世上，原来仅是在北郊，有钱人就这么多。以及，原来有钱人对钱是那么随意、轻松、不在乎。不说别的，妈妈群里，时常有人转让闲置。几千块一套的英文原版书、用过一两次的名牌手袋、品相良好的旧家具、还来不及穿就不合身了的全新童装……郑晚亭因为需要，又或者是好奇，询了几次价，愕然发现，甭管多贵的东西，富妈妈们最多开价三五百，到了最后真交易时，很多干脆直接白送，爽快得跟处理废品似的，还得谢谢你上门收走。

世间最贵的，是新鲜感。只要有钱，就可以一直占有这种感觉。

"我得从她们身上挣点钱。"郑晚亭毫不犹豫地干了起来。她从新发地源源不断地批发水果，额外制作了一批包装盒，便宣称是财富自由的朋友归隐之后为了给孩子吃、在全国各地找专人种植的绿色有机水果，自家吃不了的顺便拿出来卖一卖，量也不多。譬如一公斤草莓，定价是282.65元，有零有整，因为这是核算后的每公斤栽种成本，朋友并不靠这个挣钱，只是种子是最好的、地是最好的、团队是最好的，成本自然高。看上去、吃起来不如超市卖的那种精品草莓也正常——越是天然的东西，越是存在瑕疵。这么一解释，郑晚亭每次在群里放出水果订购信息，总是很快被抢购一空。

卖了一阵子水果，郑晚亭有些意兴阑珊。饶是她的水果已比进价高出五至八倍，对于阔太，终究只是小钱。尤其这些年微商兴起，讲故事卖水果的也多了起来，粥少僧多，被拆穿只是早晚的事。

郑晚亭开始大量地和孩子同学的妈妈们社交，她渐渐发现，这些似乎拥有一切的女人，心里都有一处黑洞，是物质无法填满的。稍微熟悉起来她就发现，她们需要被关注、被开解、被爱的急切，几乎是毫不掩饰的。以及，大多数有钱女人竟和穷人一样，都有隐隐的、持续的不安，必须相信存在一些强大的神秘力量，能替她们掌稳命运的方向。

郑晚亭想起一个人——老胡，在雍和宫附近开一间店，做佛教用品生意。她以前当导游时，会有计划地把游客往他的店里带。周围愿意和导游合作的商家非常多，但郑晚亭选中老胡，不是因为他给的回扣最高，而是他看起来最仙风道骨、特别能侃，店里还有他和许多高僧的合影作为背书，整体看起来最像那么回事儿。郑晚亭知道，比起回扣，成单率才是最重要的。

郑晚亭从群里精挑细选了几个太太，都是平日里明晃晃地挂着翡翠坠子、戴着老玉镯子的那种。她淡淡地说起，最近结缘一个大师，讲经讲得非常好，好不容易约了他到家里来，开一桌茶席，反正家里也宽敞，不如一起来听听，权当下午茶了。几个太太当然都来了，老胡也讲得极熟练：讲自在、讲随缘、讲放下，三泡茶的工夫，就让几个太太醍醐灌顶、悟得大智慧。临了，老胡要走，太太们万般舍不得，纷纷邀约老胡去自己家里开茶席。郑晚亭见机，说老胡可能很久都来不了了，要去港澳台、新马泰讲学，到处都有人请他开课。一个太太终于说，那我们也攒一攒，请胡老师安排时间来给我们上课呗，确实也不能白白劳烦老师。

就是那一刻，郑晚亭解开了别墅区的财富密码。

所以郑晚亭确信，能做成赵雅心的生意。只需多观察一阵，便知赵雅心内里也有一处黑洞，甚至比别人的还要黝深——因为赵雅心有一种显而易见的拧巴。在邓岚家里吃饭，阿姨端上来一条蒸鱼，赵雅心不吃，说这不是三净肉。邓岚劝她，说："这鱼是郑晚亭要吃的，是为郑晚亭而死的，你吃不吃，今天桌上都有这条鱼。孽是郑晚亭造的，与我们都不相干，你就吃吧。"郑晚亭也觉得好笑，没想到，邓岚这么一说，赵雅心便真的开开心心吃了起来。

"这个女的肯定有戏。"郑晚亭心想，"她心里一定有什么不见光的秘密，让她这么不得安生。"

但郑晚亭同时也留意到了，邓岚对陈岩态度的转变。饭桌上，不但把陈岩安排在自己身边，还亲昵地帮陈岩布菜。认识邓岚四年、鞍前马后地伺候着，郑晚亭从来没得到过这样的待遇。她十分好奇：这个初来乍到的女人做对了什么？

而陈岩明白，今天能被邓岚奉为座上宾，皆因她在无意中帮了邓岚一个羞耻的、隐秘的、预谋好的小忙。

三天前，邓岚直接私信邀约陈岩一起去国贸大酒店做 SPA，陈岩十分意外。邓岚说，本来约了别的朋友，但朋友家里有事临时爽约。毕竟已经订了两位，一个人去做还有点无聊，想着陈岩就在国贸上班，就顺便问一下。国贸大酒店"CHI"的 SPA 全套疗程人均 3500 元起，自然是她请客。

陈岩答应了，火急火燎地收拾了东西就往国贸大酒店走去。一路上，她忍不住又得意了好几次：碧宫的房子真是买对了。

在"CHI"的大堂等了一会儿，邓岚款款而来。她穿一件白衬衫配靛蓝牛仔裤，头发绾一个马尾，化了精致的全妆，除了手上一只三拼色马蹄印 Mini Kelly 手袋亮明自己是在爱马仕年消费 200 万以上的贵妇，整个人看起来像是清爽的女学生。陈岩赞许之余，却想：不是要做 SPA 吗，干吗还化了妆、吹了头？

见面寒暄了几句，理疗师就把两人引去房间。进了房间，邓岚脸上闪过一丝不快：安排的是双人间啊，能不能调成两个单人间？理疗师立即道歉，说："实在不好意思，您没有提前嘱咐，现在单人间全都满了。"

陈岩一时拿不准邓岚是害羞还是傲慢，只能不说话。邓岚倒是立即罢休，对陈岩笑了笑，说："那你先去洗澡吧。"

等陈岩洗完澡出来，邓岚仍是穿戴整齐地坐在沙发上。

"岚姐，您不洗吗？"

邓岚说昨晚参加了一个艺术展开幕酒会，穿着高跟鞋站了一晚上，脚不舒服，想让理疗师先按按脚。"你先开始吧。"邓岚示意陈岩赶紧脱了衣服躺下。

理疗师温柔的指压、大马士革玫瑰精油的芬芳、轻若流水的音乐，很快便让陈岩陷入甜美梦乡。半睡半醒之间，陈岩漫无边际地想：原来这就是有钱人的日常啊。她每天一睁眼，不必因为背着房贷强迫自己去上班。孩子吃完阿姨给做的早餐，再由司机送去学校，她想几点钟起床就几点钟起床。慢悠悠洗个澡，手指划过一排排簇新的衣裳，还有那些包，那些即使你出得起包钱，也出不起配货钱的大客专属定制包，它们看上去一模一样，只是细节略有不同，几十只摆在一起——这是有钱人专属的任性。她这一天，可以有无数安排，也可以全无计划，一切只关乎心情。就像今天，她起了兴致，打扮妥当，决定要出门，也决定要找个人来欣赏她。她像挑选衣裳和包一样，从她的联系人名单里，漫不经心地挑选了这个在国贸上班的女人。因为这女人是刚认识的，对她而言还有新鲜感；也因为她感觉到这女人，对她是巴结的、有所图的。所以，这个女人不敢拒绝她，她也要略施恩惠让这女人明白：她是值得被巴结的。

"女士，您现在可以去冲洗一下，接下来要帮您全身包裹敷水膜。"理疗师在耳畔轻柔呼唤，令陈岩回神。

陈岩起身，愕然发现偌大的套房里只有她自己，旁边的按摩床整洁如新、无人用过，另一个理疗师也不知去向。问自己的理疗师,邓岚去哪里了,理疗师说,半小时前就出去了,一直没回来。

陈岩无意继续追问,本想继续躺平享受这人间欢愉,老板突然打来电话,套房里信号不好,陈岩裹上浴袍匆匆走去大堂才接起来。挂了电话,正要回房,陈岩瞥见休息区的沙发上,坐着一个西装革履的男人,由于好奇多看了两眼,竟然是邓岚家的司机。邓家司机显然也看到了陈岩,两人对视上了,躲都无处躲。陈岩尴尬地笑了笑,没想到邓家司机倒主动问她:"陈小姐,按摩做好啦,我家太太呢?"

陈岩本来还想问司机看没看见邓岚,一个警惕男人的女性下意识,让她随口撒了谎:"岚姐在房间里躺着呢。我出来接电话,我们还没按完,大概还得两小时。您还是回车里等吧,别在这儿等,这儿全是没穿好衣服的女的走来走去,您一大老爷们儿坐这儿不合适。要被客人投诉,丢了岚姐的脸,就不好了。"

司机一听,连赔不是。陈岩盯着他进了电梯离开,才回房间继续躺下。

直到三个半小时的疗程结束,邓岚才从外面回来。陈岩也不问她去了哪里,只是告诉她:"你家司机刚才坐在大堂等你。"

邓岚显然是吃了一惊,说话声音都大了不少,问:"什么?那他现在在哪儿?"

陈岩说:"我让他回车里等着,别坐在大堂,不合适。"

邓岚收拾了情绪,本想感谢,想了想,又觉得此地无银似的,于是佯装没事,问:"按得还舒服吗?"

陈岩起身,一边穿衣服一边感谢:"太舒服了,岚姐,我完全睡着了。"

俩人不咸不淡地聊着碧宫的林林总总，等着电梯。门在这层打开，里面站着一位高大帅气的男士，邓岚不由自主地和他的眼神交错了一下，然后径直走到电梯的里角，把脸别了过去。但陈岩还是注意到了这俩人刚才那一刹那的眼神交流。她也不说话，开始在记忆里翻箱倒柜地找，这男人是谁？好面熟。不消片刻，她想起来了：这是邓岚的专属私教，帅得太过瞩目，所以印象深刻。本来碰到熟人不觉得有什么，但邓岚假装不认识，让陈岩一下子就明白过来：邓岚刚才去了哪里，以及她为什么要约自己一起来酒店做SPA。

陈岩很想笑，不只是整件事可笑，而是觉得邓岚有些可怜——唱大戏演《西厢记》呢？！被盯梢的大小姐费尽心机给自己找来一个打掩护的红娘。原来有钱女人并不能为所欲为呀！

邓岚执意要送陈岩回家。上了车，司机心虚，赶紧主动说："太太，刚才看您一直没联系我，我就上楼去接您了。结果碰到陈小姐，才发现是我记错时间了。"

邓岚冷冷地说："谢谢你哦，崔师傅。但麻烦你之后别这样自作主张了。"

陈岩说给司机听，更是说给邓岚听："岚姐，你做完SPA，整个人都在发光耶！"

邓岚哼了一声，转身直视陈岩，庄重地说："岩，今天谢谢你陪我出来。真的，谢谢你。"

陈岩笑了，她知道，邓岚算是领了这个情。并且心知肚明，她帮了她一个什么样的忙。

　　到了周末，洛洛和小雪一起上芭蕾课。陈岩把这件事说给冯佳晶听，两人狂笑一阵，冯佳晶说："其实我也挺理解邓岚的。她老公，土皇帝，自己后宫佳丽三千，还得让女人个个都为他守住贞节，凭什么？！"

　　陈岩叹了口气，说："凭这些女人都用他的钱呗。"

　　一出口，陈岩立即意识到这话不妥，她拉住冯佳晶的手，说："佳晶，你值得一切最好的。你老公和他们全家，怎么感谢你都不过分。你是这么好的女人，还给他们养了一个这么好的女儿。"

　　冯佳晶只是笑，不说话。

　　陈岩不知道，冯佳晶永远不会在早上邀请任何人进她家。

　　因为每天上午，她家都会被一股难闻的中药味笼罩，有一个专门的阿姨遵照她婆婆的指示每天一早给她熬各种调理身体的中药，跟叶其聪结婚七年，就熬了七年。

　　头一年，叶母还很客气，每周亲自送药上门，怕她嫌苦，还叫阿姨给她炖冰糖燕窝清口。尤其冯佳晶结婚不到半年就怀了孕时，一家人非常满意，各种顶级的花胶燕窝差点儿把她吃到吐。

　　等到生下小雪，叶母也还没有立即变了脸色，只是不等小雪满半岁，就不许她再母乳。早晚两顿中药一天都没断过，一心想让她调理好身体赶快怀上下一胎，生下金孙。

　　那简直是噩梦一样的三年。可怕到什么程度？冯佳晶每个月的生理期婆婆都了如指掌，整整三年一切寒凉的东西都不让她碰。

即使是每年最热的那几天,她连西瓜、冰激凌都不被允许吃。有一次冯佳晶实在没忍住,买了一杯去冰的凉奶茶,不知被哪个阿姨告诉了叶母,她便被叫去谈了足足一下午,设身处地、痛心疾首,仿佛喝下这杯奶茶就是亲者痛、仇者快,十恶不赦的大罪,又仿佛冯佳晶喝的不是奶茶,而是《甄嬛传》里叶澜依被灌下的绝育九寒汤。

是的,冯佳晶这辈子从来没有哪一刻像那几年一样疯狂地想要赶快生一个儿子!她婆婆让她干什么她就干什么:大半夜掐着时辰去某个犄角旮旯的地方见某位神乎其神的大师,然后从那以后,她一整年没穿V领衣服,因为要遵大师嘱咐把催生符挂在胸前不能露出,也不能摘下片刻!从福建活运来的田鸡,现杀之后叫她直接生吃!从小接受现代教育的她,还活生生喝过号称开过光的香灰水!那些时候,她心底甚至忍不住冒出一了百了的想法,最好这些奇奇怪怪的东西里有什么无药可救的超级细菌,吃完直接死了也挺好。

但没有。

她既没有死,也没有生儿子,甚至连一次流产都没有。她的子宫在这魔幻的催生里始终保持着沉默,像一块无懈可击的钢板,或者坚硬无情的石头。

冯佳晶是被一盘尿蛋彻底击溃的。那是叶母从福建乡下搜来的偏方——用童子尿泡生鸭蛋,不能煮熟,直到蛋壳泡软,连壳带尿一起喝下,据说此法保生男孩。冯佳晶死也不肯喝,叶母现身说法:"佳晶,不是我为难你,我年轻的时候也被我婆婆灌着喝了这个。但你看,叶其聪就是这么来的。你喝了吧,妈妈不会害你的,妈妈是心疼你。"

冯佳晶流着泪,直视着叶母,仰头一口喝掉了尿蛋,那冲鼻的臊臭味连叶母都忍不住干呕了一下。而冯佳晶面无表情,张开嘴让叶母检查过了,一声不吭,回房躺下。

自那天之后,冯佳晶开始偷偷吃避孕药。

熬了三年,叶父叶母催生的热情渐渐降温,到了现在,叶母似乎彻底对她失去了兴趣,除了阿姨自动执行、每天例行公事的促孕中药,已经对她不闻不问。

而冯佳晶,经过了如同自我毁灭一般的三年之后,也得到了彻底的解放——当第一次把那杯浓黑丑怪的中药倒进马桶冲掉,冯佳晶仿佛听见牢牢扼住她脖颈的枷锁,嘎嘣一声断裂的脆响,宛若重生。

陈岩从不问冯佳晶什么时候生二胎——或许是她自己也没有,或者不敢有这种想法。

但无论如何,在冯佳晶看来,陈岩又特别又温暖,她与身边那些一起医美、一起整天把自己饿得眼冒金星的闺蜜们不同:陈岩懂得说话的分寸,更让冯佳晶看到了独立女性的恣意。而那帮出身各种野模、网红的闺蜜,一方面总是当面劝她别强,不赶快生儿子当心老公跑掉找别人生,另一方面私底下八卦起来,看她吃瘪却不知多欢快——冯佳晶不傻,她当然知道。因为她们当着她的面八卦起其他人时还不是一模一样的口气。

上完芭蕾课，还在回家的路上，阿姨就打电话通知她，小雪的爷爷奶奶来了，正在等她们母女回家。这完全是太祖夫妇的作风，想来的时候推门就进，完全没有任何预告。但不管何时驾临，也不管她当时在何处做什么，只要人在北京，就必须脚踩风火轮第一时间赶来接驾，否则不知什么时候就成了叶其聪下一次发飙的导火索。

但今天，冯佳晶不仅无须小心伺候，老两口连照面都没跟她打。她们母女一进门，叶父叶母已经上了车，司机直接过来接上小雪，小雪的阿姨拿着收拾好的东西站在旁边讪讪地同她讲："太太，您家老太太说要接小雪去三亚住两天，他们老朋友聚会都要带孙子孙女，叫您帮小雪请两天假。"

"妈妈！"小雪可怜巴巴地望着她，冯佳晶知道小雪其实害怕单独跟爷爷奶奶出门。那一刻，她只觉得阿姨那尴尬的笑，像一记耳光狠狠地抽在脸上——但她还需笑着将另一边脸也送上。

"乖，跟爷爷奶奶去玩两天就回来了。"她摸摸女儿毛茸茸的发顶，安慰道。

小雪没有再反抗，她紧紧抓着阿姨的手，乖乖出门上车。也许小女娃早已习惯，妈妈也帮不了她什么。

自始至终，老两口连面都懒得露，但冯佳晶读得懂他们无言的震怒：小雪好歹姓叶，你姓什么？

听着汽车远去的声音，整栋房子陷入死寂。

家务阿姨早早躲到地下室假装忙碌去了，冯佳晶一个人站在空荡荡的客厅，大片大片油黄的阳光泼落在整个屋子，交错地在大大小小亮晶晶的镜面上欢快折射，像是洒了一层碎金。但她只觉得一阵透骨的冷，慢慢从地面上升起来，要把她冻成冰。

当初，她是怎样一个彻头彻尾的蠢货，被这两个老人感动得发誓，要一辈子好好孝顺他们！

那时她大学快要毕业，在一家数一数二的日系杂志做平面模特，主编喜欢她轮廓清晰像混血儿，看着洋气，还让她上了几次封面。拍杂志的模特费其实很少，还经常一拖就是好几个月，但她们都不缺钱，总有追求者供养。

只是，十几二十岁的漂亮小姑娘看着精，说到底还是傻了吧唧，不过是跟着男人吃吃喝喝玩玩，收些包包首饰，厌倦之后被分手，大多数女孩什么也留不下。有一个喜滋滋收了个卡地亚手镯到处炫耀，分手之后没钱了想卖掉，才发现是个不值钱的假货；唯一一个货真价实收了一辆奥迪TT，是不小心怀了孕，闹着要生下来，对方软硬兼施，送了一辆车算是安抚了事。

冯佳晶就是和大家一起去夜店玩的时候，认识叶其聪的。当时一堆男的，也不是没有比叶其聪更出挑的。冯佳晶又是带点混血感的新面孔，身材特别好，所有男的都想带她回家。但架不住叶其聪当时真是疯狂迷恋她，任何时候看着她的眼神，都像是滚烫的岩浆，流到哪儿烧到哪儿。

不管去哪里都会给她买礼物。一起逛街，什么东西只要她多看一眼，他都能立刻注意到，下次一定会送给她。叶其聪不能说长得帅，但他一直有运动习惯，身材挺拔瘦削，穿衣服低调得体，配上自信风度和追女朋友花钱的潇洒劲儿，顿时有一种难以言喻的魅力。从小成绩不好，永远被父母挑剔嫌弃的小城女孩冯佳晶，生平第一次被迷恋她的叶公子用金钱裹挟着活生生宠成了公主，体会到了整个世界任她予取予求的爽！

但即使是玩得最疯、宠得最甜的时候，冯佳晶心里都很清楚，眼下可能就是他俩关系的巅峰时刻。她在叶其聪手机里看过叶父叶母的照片，别看叶其聪一副风流公子样，两位老人却在所有照片里都不苟言笑。叶母爱穿中式上衣，夏天香云纱，冬天织锦缎，身量瘦小，目光永远带着刀锋，眼角和法令纹都毫不掩饰地下垂，无端让她想起历史课本里慈禧太后那张黑白照片。也因此，冯佳晶从不跟叶其聪提将来，要作要闹都只管眼下开心，送她昂贵礼物从不假惺惺欲拒还迎，而是直截了当、心花怒放地收下——反正她拥有的，只有现在。

叶其聪反而爱她这副痛快。有一次甚至把她带回老家玩了几天，恰好碰到了巡厂回来的叶父叶母。整个见面过程乏善可陈，冯佳晶不打算强势上位，叶父叶母也没有如临大敌地摆架子，全程不过是几句可有可无的闲聊，最后叶母问了问她的八字，又要了她的身份证号码，说帮她安排回程机票。

谁知道他们回北京没一个月，原本约会态度很放松的叶其聪在消失了两个星期之后，突然向她求婚。叶母还特地单独约她吃了一次饭，人还是那么严肃，但却完全没有居高临下的贵妇架子，话也说得那么庄重动情，让冯佳晶感动的程度远远超过了叶公子的求婚。

她先是批评了自家儿子对待感情态度的不够严肃，委屈了冯佳晶；接着又自我批评年轻时候跟叶爸爸忙于事业，忽视了儿子的成长，造成了今日的遗憾；然后她充满耐心和理解地倾听了冯佳晶自己的成长经历；最后发出邀约，希望冯佳晶成为她未曾拥有过的女儿……情真意切的一番话把冯佳晶说得泪如雨下、内心一片柔软，做梦都没想到，叶其聪的母亲不仅没挑她的出身、职业、学历，反而真的在关心她——冯佳晶从此在心里暗暗发誓，一定要像对待亲生母亲一样对她好。

不能再往下想了。

再往下想，脑袋里就像装了一架失控的空调扇，不仅嗡嗡作响，还冻得脑仁一阵一阵发疼。

冯佳晶觉得冷。她进到叶其聪的书房，径直打开了占据一整面墙的酒柜，从地面一直到天花板，整整12排，密密匝匝全是叶其聪收藏的威士忌。其中大部分是一种叫"轻井泽"的名贵威士忌，许多是珍藏版。她不懂酒，但她知道，这是叶其聪的珠宝，是叶其聪的铂金包。

冯佳晶拿了放在最醒目位置的一瓶。她清楚记得，那年叶其聪为了拍这三瓶酒，专程飞了一趟香港，花了快200万才拿下这一整套浮世绘酒标的40年陈威士忌。每个懂行的客人来到他们家，都对这套酒垂涎三尺，叶其聪经常洋洋自得，号称这些酒要传给他将来的儿子。

冯佳晶毫不犹豫地拧开瓶盖，看着暗金色、馥郁的酒液汩汩淌进水晶威士忌杯，有一种报复得逞的快意。

是什么时候从飞上枝头的童话里清醒过来的呢?

就是在她那号称价值几百万的婚宴上。

一辈子普普通通生活在小城、全部积蓄掏出来只有 30 万给女儿做嫁妆的冯爸爸，在女儿衣香鬓影的婚礼上把自己灌倒了，冯佳晶跟妈妈一起好不容易把他安顿下来，自觉不好意思，打算去休息室找婆婆解释一下亲爹的失礼。谁知还在门口就听到叶其聪大姨的鄙夷的话："这什么小门小户？你们也敢结亲？"

然后，冯佳晶听见口口声声把她当亲生女儿的婆婆冷笑一声："老头子这两年干什么都不顺。找大师看了，说要找个八字旺的儿媳妇。挑了这么多年没找到，这个小姑娘，八字旺得不能再旺！"

这一声冷笑，像一记闷棍，打在冯佳晶的后脑。以为嫁入豪门的狂喜、以为被夫家珍重的感恩、想要好好融入新生活的忐忑，全都成了笑话。

原来她不是人，她只是一个八字。

叶其聪今天难得回家早。

许是听说孩子被爹妈强行带走，叶其聪已经有了要好好哄哄妻子的自觉。至于看到冯佳晶已经把自己灌晕、肆意地躺在沙发上，则完全是意外惊喜——冯佳晶脸色潮红，衣衫凌乱，丝绸裙子的领口扯得豁开了，露出大半个雪白起伏的胸部，两条细白的长腿跷在沙发扶手上。叶其聪只觉心中一动，打算履行一下他身为一个丈夫、歇业已久的功能。

"你去洗洗。"叶其聪说。

冯佳晶睁开眼睛，看见是他，想也没想，便拒绝了："不洗。"

叶其聪把冯佳晶的脸掰转过来，又一次命令她："快去洗一下。"

冯佳晶推开他："你别碰我。"

叶其聪本以为是冯佳晶撒娇，但千种骚情、万种蜜意，最终全部化为一个急怒成狂的"操！"字——他看到了桌子上那个倒在一边，已经被喝得点滴不剩的空酒瓶，他自己都忍了好几年，一口没舍得喝！

叶其聪一把揪住冯佳晶的头发把她薅起来："你特么是不是疯了！谁让你动这瓶酒了？！"

剧痛让冯佳晶从酒精的麻痹中惊醒起来，她疯狂地又挣扎又踢腾，涕泪横流地狂喊："来啊，揍我啊！死在你手上我活该！"

叶其聪愣了一下，发现制不住剧烈挣扎的女人，一怒之下劈头盖脸给了她几耳光，又一把将她推倒在地。冯佳晶撞上了大理石茶几，惨叫几声，大约酒精仍然让她的肢体麻痹着，于是终于不动了，整个人扑倒在春花开遍的真丝地毯上哀哀哭泣。

过了很久，叶其聪冷静下来，他没有说话，只是把地上几近半裸、处处瘀青的女人抱了起来，微不可闻地说了声对不起。冯佳晶像一只受伤的小猫，嘤嘤地附在叶其聪耳畔哭泣："老公，你放我走吧……"

叶其聪终于感到一阵心疼。他是爱过这个女人的，甚至现在都还有几分爱意。在叶其聪莽撞的、浅薄的、无知的人生里，诚然他只能应对那些同样浅薄无知的女人，但，冯佳晶的底色里，有一层是不世故的天真。那种得到物质的快乐、相信每一句话的真诚、对他全心全意的崇拜，都像一个孩子，令他觉得安全、放松、伟岸、被需要。

他不由分说地吻住了她，说："不，我不会放你走，你是我的。"

这一夜终于过去。

熟悉的、从头到脚犹如针刺般的疼痛，反而让冯佳晶昏昏沉沉的大脑有了真实感。

她知道，经过今晚，当明天早晨的太阳升起，这个男人又会用尽心机地讨好她，给她换更好的车，送她更大颗的钻石。在这段用伤痛换来的愧疚期内，他会每天回家、陪着她、在外人面前给她做足面子，让她继续被那些浅薄无知的女人羡慕。

只是，眼里总是无穷无尽地涌出泪水，冯佳晶的整个脸颊被这些盐分腌得又涩又疼。

陈岩看着微信里邓岚发过来的电子邀请函，忍不住露出微笑。

今年即将再度开场的"大爱世界·年度慈善晚宴"，她之前只在媒体上看到过相关报道。每一年都是权贵云集、星光灿烂，想不到今时今日，她竟然收到了联合主办人亲自发的邀请函。

就凭这张入场券，买碧宫那套房子欠下的巨额贷款都瞬间没那么让人喘不过气来了！

仿佛一架通往财富顶端的天梯在一片金光中缓缓降落到她面前，陈岩不由得再次庆幸：还好那天当机立断，替邓岚支走了司机！

没想到，这还没有结束，邓岚口气亲昵地在邀请函后面跟了一句："亲爱的，给你留几张桌子？"

陈岩喜出望外！只是几面之交，自己居然在邓岚面前就已经有这种面子了！名利场上还能为她留出几张桌子。那岂不是可以把公司MD和自己的客户都一并邀请上？想到上次发完朋友圈之后，秦总好几次故作自然地跟她聊起邓岚，这不是最完美的展示机会吗？小孩一起玩算什么，岚姐的慈善晚宴上还有我几张桌子呢！

得意过后，陈岩脑子里总算还有最后一丝清明——毕竟是一路走来全靠竭尽全力、从无什么贵人帮衬的小镇做题家，谨小慎微都刻进骨子里了。答复邓岚前，陈岩忍不住问了冯佳晶："邓岚晚宴问我要留几张桌子，你说我要三张会不会太多？"

冯佳晶狐疑地问她："你有那么多钱吗？你不是刚买了房？"

陈岩愣住了："怎么？参加这种晚宴还要随份子？"

冯佳晶爆笑，耐心解释后，陈岩当场扇了自己两耳光——原来每一年"大爱世界·年度慈善晚宴"的席位，都是明码标价的，借此筹款行善。每一位董事会成员都负有席位销售责任，尤其邓岚是今年晚宴的联合主席，更是负责了最多数量的分发任务。所以她问陈岩要留几张桌子，不是出于对陈岩的宠爱，而是在问她：打算买几张桌子支持自己？而今年的时价，是一张桌子8万。

顾不得羞窘，陈岩知道，这个给邓岚的投名状，必须献上。委婉拒绝当然简单，但一旦拒绝，相信以邓岚的傲慢，绝对不会再给她任何机会。

只是,这个人情需要做到什么程度,陈岩有点儿没数,她试探冯佳晶:"你打算留桌子吗?"

冯佳晶要了一张。几个以前要好的模特朋友早就想参加这个晚宴,有一两个是刚进阔太圈试图打开社交局面,另外几个还没有上岸,为了能在这个晚宴上露面,已经提前讨好冯佳晶快半年了。

陈岩明白了其中的分寸,巧妙地回复了邓岚:"岚姐的活动我必须支持!请岚姐帮我留一张桌子,我带几位投资圈的朋友一起来。"——短短一句话,既是对邓岚满满的爱,又隐隐暗示着自己的朋友圈也不是等闲之辈。

但再机智的对话也解决不了陈岩送完人情要面对的首要问题:这买桌子的 8 万块从哪儿来?

像这种没办法归到任何一个项目里的人情支出,以陈岩在公司的职位,肯定是不能算到公关费里报销的,只能自己出。

如果是几个月前,8 万块虽然不是小数字,但陈岩也用不着头痛。然而现在不同,家里边边角角的现金都扫出来买房了,父母的钱也都掏空了,每个月还有车贷。等房子的贷款手续走完,还有巨额房贷需要每月偿还,别说 8 万,这个月连神仙水用完了都没舍得续新的,她打算买瓶玉兰油接上。

盘来算去,陈岩咬咬牙,决定把给洛洛存的暑假夏令营的 7 万块钱给挪用了。之前说好要跟小雪一起报这个长达一个月的海岛营,便提前把这笔钱单独存进了理财,连绞尽脑汁凑钱买房的时候陈岩都坚决不动这笔钱，然而现在也只有这一个办法了。

已经付出了这么多，不能为了 8 万块就前功尽弃。陈岩说服了自己。

第二天到了公司，她特地去 MD 办公室，详细说了这件事。

MD 秦总面露难色，说："事当然是再好不过的事，但公司今年项目拿得不顺，这种看不到近期回报的钱，想算进公关费显然是不可能的。"

买桌子的钱其实早已打进基金会的指定账户，陈岩完全没提。她在秦总面前佯装思忖了一会儿，摆出一副为领导分忧的架势，诚恳地说："机会难得，错过太可惜。这样吧，钱就由我私人付了，只是请秦总赏脸出席就好，顺便请几个重要客户给咱们的桌子撑场。毕竟邓岚说了，今年格外隆重，明星云集，正当红的几个顶流都要来献艺，平时难得一见的。"

秦总大为感动，没想到一直全靠认真、毫不起眼的陈岩，在关键时刻这么勇于承担责任。而且社交圈如此高端，着实是个人才！当即慨然表示，除了他的客户，陈岩也应该把丈夫宋河叫上，晚宴上各界大佬云集，既然创业，多认识点人总没坏处。

陈岩谦虚几句，心底却哼了一声："妈的，我出钱买的桌子，叫上我的丈夫，居然还成了你给我的福利了？"

到了晚宴那天，真正帮上忙的，自然还是冯佳晶。

她没有把自己的名牌旧礼服借一件给陈岩，怕陈岩多心，还认真解释：这些裙子她都穿出去过，要是再借给陈岩穿出去，被妈妈群里的阔太们看出来，别人难免看轻，反而对她不好。冯佳晶亲自打电话给一个小有名气的本土设计师,让他带着十来件礼服样衣上门,随便陈岩借穿——冯佳晶并非什么能上热搜的名人,设计师能如此给她面子,只有一个理由:冯佳晶在他那里买得够多,多到设计师本人承受不了失去这位大客户,必须跟她成为闺蜜。

冯佳晶又请了一个专业的化妆师,带着三个助理,各拖一个28寸行李箱,像变魔术一样掏出来各种小东西铺满了冯佳晶家半个客厅。给冯佳晶做好妆发之后,她让化妆师帮陈岩也做了一个造型。这些人一会儿还要跟着她俩直到晚宴结束,全程帮忙补妆和拍照——陈岩没好意思问,这么妥帖的跟妆拍摄服务一天要多少钱,但光看这个排场,想必又是自己绝对不舍得的数字。

宋河来跟陈岩会合的时候,看着焕然一新的妻子,几乎有点儿不敢认——真的,当初陈岩年轻十岁,都没今天这份光彩。那时他们回宋河老家举办婚礼,陈岩在当地的婚纱影楼化了个大浓妆,穿一件到处都是线头的影楼礼服,以至于婚礼所有照片里的陈岩,都是一脸的土气和不高兴。

"媳妇儿,晚上这桌买得值!"宋河赞她,"我什么明星都不想看,就看你!"

陈岩扑哧一声笑了,转念又感动得想哭:这男人虽平庸,但到底是爱我的。

晚宴设在一家五星级的庄园酒店。穿过长长的甬路,绕过巨大的雕塑喷泉,犹如宫殿般的主体建筑前面,竖起了巨大的背景板。"大爱世界·年度慈善晚宴"在灯光的辉映下醒目无比，下面是一排排如雷贯耳的赞助商的Logo。从这里，红地毯一路铺到了巨大的宴会厅。宴会厅门口的LED大屏幕上滚动播放着大爱世界慈善基金会历年来的善举和巨大影响力，一个接一个的明星在镜头里深情地送上他们的祝愿。

今年慈善晚宴的主题是援助留守儿童，所以现场布置以庄重素净为主，并无什么出格的奢华富丽。现场50张桌子上已经事先摆放好了嘉宾名牌。不出意外，在离门口不远处、远离舞台的一侧，陈岩找到了自己的桌子。显然，她提交的嘉宾名单上，还没有让邓岚必须另眼相看的名字，因此这张桌子的位置与陈岩本人的身份完全保持了一致。

出乎陈岩意外，秦总竟然已经到了，正在跟另一位形如乐山大佛的中年男子低语着什么，看到陈岩，只是微微点头示意了一下。

正在这时，一行人簇拥着邓岚和两三位光芒四射（不必是美貌，光是这几位名媛颈间鬓边的珠宝、衣褶间闪现的柔和光芒就已经撑得起这四个字）的名媛走到舞台下方最中间的那张桌子，在场内所有人灼灼的目光中谈笑风生。邓岚作为联合主席，跟这几位珠光宝气的名媛寒暄完毕，又带着身边的助手离开去迎接其他重量级客人。

邓岚路过陈岩的桌子时，陈岩已经早早站起来，笑着招呼一声："岚姐。"

邓岚看见是她，停了下来，示意助手先去，然后挽着她的胳膊，指了指桌上的一本画册，说："亲爱的，看看有没有喜欢的。"

那是今晚要用来拍卖的拍品画册，陈岩提前两周就收到了电子版。她认真看了，多是些董事会阔太们捐赠的名贵手袋、珠宝、知名艺术家赠作、赞助商提供的限量商品……并不觉得跟自己有关。然而此时此刻，陈岩庆幸自己做了功课——她准确地翻到其中一页，又惊又喜地对邓岚说："这不是 Michael 的作品吗，他什么时候画得这样好了！"

一开始邓岚的表情十分矜持，但架不住陈岩从立意到构图到运笔夸得热烈又专业，终于把邓岚逗得心花怒放，连连谦虚："我原说不可以，自家小孩子胡乱画的东西，怎么可以拿出来卖钱。但组委会说，既是为留守儿童捐助，就应该有一些儿童的作品。架不住他们偏爱 Michael，便挑了一张凑个热闹，肯定不会有人拍的啦。"

陈岩趁势把自己桌上的人物一一为邓岚引荐。邓岚兴致正高，当场暗示陈岩后续可以有一些合作。她跟几个朋友有一家小型上市公司今年打算做些股权定增，正需要像陈岩及秦总这样专业团队的帮助。

来不及细聊，邓岚匆匆被助理叫走。但无妨，她说的那一句足以让秦总目露精光。秦总打开拍卖图册，看了一眼邓岚儿子题为《希望》的画作：深深浅浅或浓或淡的墨色、绿色、深蓝色涂作一片，闪着油画颜料干透之后特有的微光，怎么看也就是一个小学生的涂鸦之作，然而标价 8800 元。秦总对陈岩说："一会儿拍到这张画的时候，你就举牌，务必把它拍下来。费用由公司出。"

这个晚上，每个人都过得心满意足。

邓岚是今晚当之无愧的女王，所有人都对她的影响力顶礼膜拜。无论是来宾的规格、到场明星的数量、义卖品的质量、最终筹得的善款数额，都大大超过了往年由旁人主办的几届，至少在接下来的两三年，基金会里再没有哪个能动摇到邓岚的话语权。

冯佳晶乐不可支。她们这一桌坐在靠近厕所的角落，摆明了就是冷落。但架不住这一桌全是花枝招展的女郎，个个模特身段，天生就是目光焦点。又会玩又会闹，时时有人过来同其中的某几位搭讪敬酒。借冯佳晶的光来到这种大场合，在座姐妹无不捧着冯佳晶，没人挑刺、没人塌台，真是难得的轻松又快乐的时光。

郑晚亭心花怒放。即使她的桌子是几位渴望挤进圈子的女学员凑份子买的，即使她捐了价值二十万的灵修课程却被主持人放到填空时段，还流拍了，但这些丝毫不能妨碍她作为邓岚密友、热门灵修课程合伙人，与现场每一位女嘉宾彼此认识、互加微信。当今名媛总有焦虑和迷茫的时候，她愿做她们每一位不离不弃的贴心人。

宋河也没有白来一趟。各家头部创业公司的明星 CEO 或远或近地跟他坐在同一个大厅里，笑声混杂、语声相融。虽然一个也没有说上话，但喝了两杯之后，恍惚间，宋河觉得自己仿佛也终于创业成功，正在参加乌镇互联网大会。谈笑有鸿儒，往来无白丁。未来三五年的行业大势，全在这群人的嬉笑嘲谑之中。

而真正干成了一件大事的人，是陈岩和她坚定的后盾秦总。虽然他们做梦也没有想到，起拍价最低的 Michael 画作，居然成了今晚竞拍的最大热门。这幅画一开始拍卖，全场都在举牌，拍卖师忙不迭报价，瞬间就喊过了 5 万。其间陈岩好几次犹豫，转头以眼神询问秦总，秦总示意她：举，举到底！

当竞价超过 10 万的时候，现场终于冷静了一些，只剩陈岩跟另外两三桌还在举。陈岩早就发现，其中一个是郑晚亭。陈岩心想：一个用假包的女人，哪来的钱买这虚热闹？肯定是邓岚安插的托儿，让她一直举，把价格尽量抬上去。

分秒之间，郑晚亭加到了 15 万，所有竞拍人全安静了。陈岩其实特别想使坏：干脆她也不举了，就让郑晚亭 15 万拍下，看她不得急死！拍卖师做最终确认的间隙，陈岩突然瞄到，邓岚一直在望着她，脸上甚至还有几丝感动的神色。"18 万！"陈岩直接喊出了这个价格，惊天动地，当场一锤定音。

此时已经喝到半醉的郑晚亭被震醒了，深觉自己失策——之前对陈岩冷淡得有点儿太着急了！

邓岚更是亲自小跑过来，和陈岩坐在同一张椅子上，一边满桌敬酒，一边感谢："岩，你这是干吗呢！"

一场晚宴，宾主尽欢，繁华散去。

陈岩两口子跟秦总坐一辆车。回家路上，陈岩立即道歉："秦总，我是不是太莽撞了？不该一口加 3 万。"

秦总非但没有责怪，反而大力夸赞："你做得太对了！横竖这个人情都要做，不如做得干干脆脆、轰轰烈烈！你看邓岚多高兴。

你要一点一点儿地跟那儿磨，就算是拍下来了，她也没那么喜出望外。"

"那，这画儿要不您带回去？"陈岩问。

秦总闭目养神，看都不看，只说了三个字："扔了吧！"

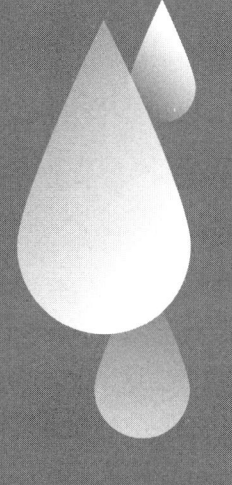

第三章　卖身契

邓岚满脑子全是吃的。

最好是一碗炸酱面,刚出锅的手擀面过了凉水,装在大碗里,码入青豆、芹菜丁、黄瓜丝、心里美萝卜丝……再用一小碗肉丁炸酱麻溜儿地拌开,一口面一口蒜,邓岚以前最爱这么吃。后来有段时间为了减肥,硬生生自此戒了。邓岚想,等回了北京,天打雷劈也要去海碗居吃一碗,连送的面汤全都喝了。

这个七天六晚的高级灵修班,费用99900元,晚餐只给学员吃六粒巴旦木,导师说,这有助于排空杂念,专注冥想。但邓岚闭着眼睛打坐,想起来的都是食物,连20多年前的婚宴菜单都完完整整地想了起来。那天她一口没吃上,一直在敬酒。邓岚想,当时要是甩开蒋南国的手,坐下来吃一筷子樟茶鸭,这个婚也算没白结。顺着牵住她的那只手,邓岚回望了一眼,蒋南国如今却是肥头大耳的模样,这令她顿时止住了食欲,慌忙睁开了双眼。

晚课要上两个小时,邓岚偷偷看了看表,才过了15分钟。她又看了看前后左右穿着一式一样素麻袍子的女学员,个个都是一脸沉静,若有所悟的样子。邓岚不得不闭上眼,强迫自己沉入这份昂贵的虚无。

空茫寂寥里,伸过来另一只男人的手,修长、有力,横过邓岚的身体,紧紧地扣在她的腰窝上。邓岚不动声色,不想惊动它。她渴望那只手,多做一些停留。

那手，是小威的。他的会员都叫他 Andy，只有邓岚知道他的真名并唤他"小威"，像是彼此交付了某一种真心。

上周搏击课，邓岚十分发狠，一个旋身飞踢，没站稳，往前摔落。小威一个箭步上去抱住了她。邓岚双腿一软，仍是重重地跪在了地上，整个身子彻底摔进了小威的怀里，因此感受到了他胸膛的壮阔。她情不自禁地把脸埋了下去，偷偷地嗅他的身体：便宜的沐浴露、才洗过的 T 恤、微微的汗、身体的热，混合在一起，是 26 岁男孩的味道。

小威把邓岚扶了起来，看她膝盖红了，忍不住用手轻轻去揉。"疼吧？"他问。邓岚不说话，怕说了疼或不疼，他都不再揉了。

那天晚上，邓岚洗完澡蜷在床上，暗自抚摸着被小威碰过的地方。膝盖光滑得像是常年被流水冲刷的鹅卵石，方才那只手蓦地探入水下，激起了涟漪，一圈一圈，从此处朝着她的五脏六腑递进、扩散，让她的心也水草似的荡漾起来。邓岚感到身体里正有一股暖流在奔涌，像封冻的河，被春日暖阳照射，终于发出一声清脆的裂响，而后裹挟着碎冰、落花和两岸的泥土，带着能量，漫过平原，直穿山峦，抵达入海口。

"吸气，吐气……"远处传来一个故意拉长声调的台腔女声，"想象你生命中最美好的事。"

像是被人窥见了隐情，邓岚被惊醒了。她睁开眼，感觉身下凉凉的，一摸，竟是湿了。

真是耻辱。邓岚暗骂自己，什么时候变成这样欲求不满的女人？

回想起来，到底是蒋南国先放弃她的。

那时她才 30 岁，蒋南国的公司完成了首轮融资，开始紧锣密鼓地奔向上市之路。邓岚任劳任怨、亲力亲为，抚育女儿、照顾四老、坚持工作。她当时还在电视台做主持人，蒋南国一直让她辞职，她不同意，就是想上班，想有个自己的去处，想始终拥有自己的名字。但那一年，蒋南国的母亲在家里摔断了腿，她的父亲又不慎中风，邓岚最终不得不辞职，从此生活里只有年幼的女儿、多病的老人和一个常年不回家的丈夫。

蒋南国好不容易回家，常常是醉着，倒头就睡。邓岚柔情万千地脱光衣服紧紧贴着蒋南国来回磨蹭，蒋南国迷迷糊糊中把她推开，说："别烦了，我好累。"

邓岚陷入了自我怀疑，时常哭，觉得自己既没当好母亲，又失去了工作，现在甚至变成了被丈夫嫌弃的妻子。她加倍节食、疯狂健身、做医美、上灵修课，有段时间人都魔怔了，瘦得皮包骨，只穿雪白的裙子，一到晚上十点就要开着窗户打坐接收来自宇宙爱的能量。邓岚和一帮前同事吃饭，给女主持们推荐她正在上的灵修班，一个大姐忍不住问，学这个是干吗呢？邓岚说，修炼自己，更好地经营婚姻。大姐问，你和你老公出了什么问题？邓岚说，也没什么问题，就是他现在一回家就喊累，除了勉强陪陪闺女，我和他经常连话都说不上，更别提夫妻生活了。大姐放下筷子，语重心长地对邓岚说："如今你家大业大，也不是说你老公一定在外面乱来，但事业做到他这个程度，必然见得更多、玩得更野，回到家里当然喊累。不是你的错，别什么都从自己身上找原因。"

蒋南国的确是肉眼可见的油腻起来。他的肚皮越来越大,穿XXXL 的衬衫和 T 恤,腹部也会顶出一个无处安放的球来。前额愈发稀疏,说话做事又着急又粗鄙,回到家把鞋和袜子一脱,沙发上一躺,对邓岚说,给我打盆洗脚水,稍微烫一点——仿佛是轻车熟路地走进了洗脚城。某一天,蒋南国临时兴起,突然翻身压住邓岚一头扎下去亲,亲了几下,似乎就累了,又转开躺平。邓岚想了想,还是主动贴了过去,撩开蒋南国的睡衣,向下滑动。但就在拨开蒋南国油光锃亮的肚皮、努力找到那个落脚点的时候,邓岚突然觉得,摆在眼前的其实是一碗已经腌制入味,但还没有上锅蒸熟的夹生扣肉,而她正在以手作筷,在肉与肉之间来回翻动试图找到垫在碗底的玉米笋。邓岚一想到自己差点吃了一块肥腻腻的、浸在浓油赤酱里的生肉,差点儿作呕,她也转开躺平了。蒋南国闭着眼睛等了半天,感觉下面完全没有动静,才睁开眼,发现邓岚像是睡着了。他有些不甘,伸手去揉邓岚的胸部,邓岚把他推开,说:"别烦了,我好累。"

自那以后,邓岚恢复了胃口,脸上迅速有了好气色,也不去灵修了,心安理得地和蒋南国保持着身体和生活的界限。

邓岚也想不到,自己又跑来灵修。

生活已经很好了,她心里也是知足的。普通人最操心的钱,在她这儿都没了概念。只要是这世上有的东西,她想要,就没有买不起的。三个孩子竟然都很乖巧,大富之家子女常有的傲慢与无知，他们一概没有，反而勤勉与自制——就这一点，邓岚很感激蒋南国。到底是白手起家的创业者，那种原生贫穷带来的持续不安与杀伐决断的天生狼性，不知不觉中，给孩子们做了榜样。

一开始，邓岚的确很享受这种"人生赢家"的生活：她和一些差不多身家地位的太太们，日日辗转于珠宝晚宴、秀后派对、艺展酒会……在每一种场合里，她们都是最重要的一桌，必须得是品牌最大的老板亲自陪着，一般明星根本上不了她们的桌。伺候高兴了，邓岚和姐妹们随手买一买，主办方为这纸醉金迷的一晚投入的成本就全回来了。

她们这个小群体，是封闭的、高傲的、彼此背书的，任何一个想混进她们圈子沾光的女人，身家、地位、名誉，样样都要经得起检视，稍有不合格，便会被她们齐心协力地打击。某次高级珠宝晚宴，一个刚捞上岸的新贵太太，举着酒杯不请自来地舞到了邓岚这一桌，要敬酒、要合影。众太太面面相觑，邓岚不紧不慢地站了起来，新贵太太左手举杯，不经意地展示了自己15克拉的订婚钻戒。"呀，你这只是黄钻吧？"邓岚不由分说地执起她的手，细细端详，"可是颜色似乎淡了点。"新贵太太一脸尴尬地说："岚姐，这是白钻。"

"还有这么黄的白钻？"

"这都到K色了。"众太太中的一位，不失时机地将话点破。

邓岚巧笑倩兮："宝贝儿，你肯定是被人骗了，买到这种成色的钻。我跟你说，不要贪小便宜买来路不明的珠宝，多买买大牌儿的，准没错！"

新贵太太脸挂不住了,影也不合,讪讪地走了。

邓岚落座,才对众太太说:"她老公我知道,是做小型私募的,成天就在外面胼。房子都是租的,硬买了个跑车去混超跑俱乐部。这女的也不知道是他在哪个夜店捞的,说自己家是温州富二代,两口子可活跃了,什么场合都碰得到。我上次跟上海吴太她们吃饭,私下打听了一下,这女的以前是什么温州选美小姐,你们懂了吧?"

众人哄堂大笑,并暗中庆幸自己老公是百度查得到的、胡润排行榜上有一号的真实人物。

但厌倦还是来了。就这七八个女人,恨不得每天见,就算去巴黎、香港、东京,也是她们几个。任是什么名流如织的社交盛宴,太太们永远是自己人坐一张桌子,不是聊孩子学校里的事儿就是聊家里阿姨们的事儿,仿佛是把家里的饭桌搬到了巴黎、香港、东京。终于有一次,邓岚在卫生间的隔间里,听到了两个年轻女孩的调侃。一个问,中间那桌老姐姐都是谁啊?另一个答,她们都是来给这活动买单的。

两个女孩走后,邓岚才出来,阴沉沉地坐回位置,对众太太说:"最近不想参加活动了,没意思。"

不想参加活动,日常见的却还是这些人。不过是把聚会场所改在了家里、健身房、美容院、插花教室、私人会所……渐渐地,太太们的脸上不约而同显露出了百无聊赖的神色,再多的酒精和八卦,都盖不下去了。

但即便再无聊,太太们却心照不宣地守着一条红线,绝不跨过。

邓岚小区业主群曾经爆过一桩丑闻：身娇肉贵的女主人和不知名男模偷情，被丈夫破门而入抓奸在床。气急败坏的丈夫不但在群里公开发了捉奸现场照，并当天就把女主人驱逐出门。一时羞辱还是好的，真正的惩罚还在后头——离婚时，女主人要求平分财产，才发现家里一切都在公婆的信托基金名下，丈夫名下只有负债，能平分的也只有负债。好不容易争到了夫家用自己名额买的豪宅，哪里料到，丈夫一家早有先手，当年只付了最低首付，每月还需偿还高额房贷。这个出身平凡机缘巧合嫁入豪门的女人，哪里懂得，真正的有钱人，是最会保护财产的。早在她嫁进门之前，夫家就做好了部署确保她无法占到一分一毫。被净身出户、没有工作、偿还不起月供，甚至因为豪宅总价太高卖都卖不出去的破产前贵妇，最后哭着求前夫看在自己替他养育了两个子女的份上，收回房产，换些现金。再后来，她消失了。听说她回了老家，又听说她用现金在南城买了处小房子，做起了微商。但实际上，当她从这个小区搬了出去，这个小区的人对她就不再关心了。

邓岚和同小区的太太们聊过这件事，她说："她老公在外面二三四五六都搞出来了，一点儿没有客气，对他老婆至于这么赶尽杀绝吗？"

一个太太心有戚戚地说："普通男人都受不了老婆给自己戴绿帽，更何况这些有钱有势的。说白了，妻子在他们眼里，根本不是人，是牙刷、是内裤、是特别私人的东西。他们可以有很多把牙刷、很多条内裤，但任何一把牙刷、任何一条内裤，被其他人碰了、用了，都让他们硌硬，必须立即毁了。"

"深呼吸，想象你的身体里，有水在流动，那是满月带来了潮汐。"拿腔捏调的台湾女声再度响起。

邓岚彻底坐不住了，悄悄从后门溜了出去。

初夏的杭州极美，邓岚灵修的所在，尤其美。

这是一间藏匿在杭州郊区山中的避世酒店，背山面湖，清净自然。几十处仿宋屋舍，散落在山林中，便是客房。从一处到另一处，间或有小桥流水、曲径通幽，一步一景，仿佛置身《富春山居图》中。

邓岚住在高处的别墅，沿着步道拾级而上，空气中满是幽幽的栀子香，除了几盏小小的引路灯，周遭无光，四野寂静，抬头便能看见浩瀚星河。邓岚不禁心想：他在就好了。

他，肯定不是蒋南国。是小威吗？她不敢多想，毕竟上次她就想多了。

那次去国贸见面，是小威提议的。下课之后，小威问她："姐，下周三我在国贸大酒店给人上课，下了课就没事儿了，你要不要来酒店找我？我开了一间房。"

邓岚鬼使神差地立即答应了，回到家里，才有点后怕——想去。但要怎么去？

司机崔师傅是蒋南国的眼线。这是她无意中发现的。某次蒋南国和她闲聊，随口问了一句："好酒好蔡如何？开业到现在我都还没吃上。"邓岚说:"还行,没有大厅,只有几个包间,确实不太好订。"过了一会儿,邓岚回过味来,昨天她跟蒋南国说的是要和太太们去吃宝屋日本料理,快要出门前,一个太太说月事来了,不想吃生冷,大家才临时起意托人换去了好酒好蔡。除了司机,根本没人知道这突然变化。连这么细小的事,蒋南国都知道,可想而知,崔师傅哪一次不原原本本地报告她的行踪?

邓岚也不敢发作,过了一阵子,她对蒋南国说:"我妈老家有个侄儿退伍转业了,想来北京。我妈让我给安排一下,这小伙子以前在部队是给领导开车的,要不就让他来给我开车吧。"蒋南国想了想,说:"崔师傅在咱家干了十来年,他现在的体力支撑不了跟着我每天起大早熬大夜,只能给你开开车。你要换走他,他就没工作了。这样做不合适。让你侄儿去我公司吧,给公司开车。"邓岚一听,只好作罢。

可是这一次是真的很想去。她甚至懒得细想小威哪儿来的胆量突然就单刀直入,是福是祸,只要是小威给的,她都愿意尝尝。

邓岚定了定神,琢磨出了法子:叫个闺蜜一起去国贸大酒店做SPA,中途自己上楼去酒店房间,神不知鬼不觉。只是十分犹豫,到底要叫哪位太太当幌子。她在心里审视了一圈儿,觉得都不合适。要么是平起平坐不好欠这种人情的,要么是郑晚亭这种虽然狗腿但心眼颇多实在信不过的。前思后想,邓岚想到了陈岩——这个野心勃勃的女人是忌惮我的,她有正经工作,不敢乱来。

一切顺利进行。当陈岩感恩戴德地趴在按摩床上,心满意足地闭着眼享受一小时1500元的伺候时,邓岚立即轻手轻脚地走了出去,用小威留在前台的房卡刷了电梯上楼。直到那一刻,邓岚才感觉到腿有些软、心跳很快,像刚从两公里开外的SKP商场柜台偷了一件了不起的东西,手脚并用地逃到了这里,还来不及看战利品,只是感到后怕和侥幸。

站在小威的房间门口,陈岩整理了头发、调整了呼吸,她感觉自己浑身都在冒汗,立即不自信了,反复闻了闻腋下,她心想:"来都来了,也只能这样了,最多进了房间我立即就去洗个澡。"

小威开了门,邓岚看见他,颇感意外——她从未见过他穿着熨烫笔挺的白衬衫和长裤,更未见过他用发蜡把头发抹得一丝不苟,认识他这么久,他似乎只穿紧贴身体的运动汗衫和短裤,仿佛那衣服长在他身上似的。当然,他必须那样穿,那是他安身立命的本钱。

往里走,还有更多意外。这是一间看得见长安街风景的套房,客厅正中央的桌子上,摆着一套华丽的下午茶点心和茗茶。小威毕恭毕敬地帮她把椅子拉开,请她入座,看邓岚愣住了,才解释说:"这个月在国贸上课,酒店的朋友送了我一张房券。我一直想请您喝下午茶,但您这么有地位的人,跟我这样的人,要是在公众场合被人看见了,我怕我给您丢脸。所以这不正好就让她们把下午茶送到房里来,您能放放心心地喝。"

邓岚扑哧一下笑出了声,继而放声大笑。整个人笑得蜷进了沙发里,一分钟前绷得要断掉的弦突然松了劲儿,在她心里弹奏出一曲荒腔走板的黄梅调。

小威心里发毛，问她："姐，我是做错什么了吗？"

邓岚坐了起来，真诚地说："谢谢你，小威。真的，谢谢你这么用心。我们喝茶吧。"

是，那一次她是想多了。但却意想不到地更加高兴——小威竟是如此体面。

所以，哪怕不小心被陈岩撞破，并不怀好意地暗示她和小威做了什么，她也没有恼怒。无所谓，真的无所谓了。她想起喝茶的时候，问小威以后打算做什么，总不能一辈子做健身教练吧？小威笑了笑，说："姐，你总是这么关心别人吗？"邓岚不好意思了，自嘲道："毕竟是三个孩子的老母亲。"小威说："姐，在我眼里，你只是一个特别美好的女人，我希望你更多地关心自己，好吗？你先快乐了，你身边的人才会快乐。"

想到这里，邓岚突然悟了。

她快步回到房里收拾好行李，改签了机票，给灵修顾问发了微信：我明天回北京，剩下的课不上了。

最近这个月，每周六上午八点，郑晚亭必定雷打不动地陪儿子去画室学画。

孩子完全理解不了妈妈这种突如其来的执念，连孩子的爷爷奶奶都理解不了。陪上课外班这种琐事，向来无须郑女士亲自费心，家里人个个闲着，谁都可以接送陪课，郑晚亭以前从不过问。家长群里都拿她打趣：虽说家家都是"丧偶式育儿"，可别人家娃丧的是爹，你家娃反倒丧的是妈！这次不知怎么的，郑女士忽然乾纲独断，非要把孩子拎到这间画室，还个个周末亲自陪伴全程。

小少年没有感到所谓母爱的温暖，反而时常在画室外教云里雾里的讲述中昏昏欲睡。但不管怎么说，他并不反感这个画室，因为上第一次课时，他把颜料胡乱涂抹一气的习作，居然被这个老外大加赞赏——一开始连郑晚亭都真的以为自家孩子有啥深藏不露的天赋，直到她发现每个小孩的画作，哪怕是一幅狗屎，也都得到了老外同样的赞誉，就再也没有任何期待了。"果然都是商业套路。"郑晚亭十分理解。

娇宠混沌的小孩当然无法领会母亲的深意。郑晚亭难道不知道她儿子这辈子跟艺术的缘分？！大概就跟她与佛祖的缘分一样稀薄吧。花着一堂课600多的课时费，听老外对她儿子不知所谓地一顿胡夸，自然不是因为她人傻钱多。

看着儿子完全不知底里地跟其他孩子一起走进画室，郑晚亭脸上露出了点到为止的热情，跟同样刚刚送完儿子的赵雅心淡淡地打了个招呼。

当然是因为赵雅心的儿子在这里画画，她才特地把自己的儿子也带来。说白了，自己儿子这不赀的学费都等着从赵雅心身上挣出来。郑晚亭非常有信心，在10堂课之内就搞定赵雅心这张单子。

有什么能让两个素不相识的妈妈迅速熟悉起来？除了小孩是同班同学，就剩下小孩上同一个兴趣班了。而且这种接近不露声色，每周定时见面，画室选在厂房艺术区，周边也没什么像样的商业区可以喝咖啡做指甲,妈妈们不得不一起坐在画室外的等候区瞎聊度过这段时光。一个学期下来,真要把周边所有八卦都交换一遍才算完。

因此,即使迄今为止,跟赵雅心还停留在不咸不淡地闲聊几句,郑晚亭也完全没有着急,一周只有周六一个上午的投入,她完全担得起。

但机会来得令人猝不及防。

今天课刚上到一半,就被一阵喧哗中断了。永远笑嘻嘻的外教甚至在教室里发出一声怒吼,妈妈们在休息区都听到助教小姑娘焦急的劝解,这下谁还坐得住?

大家一股脑儿冲进画室,发现是两个男孩打了起来。

两个八九岁的男孩打起架来,那动静,跟两只愤怒的小牛犊子似的。最先冲进教室的妈妈们第一时间确认了不是自己孩子以后,除了从旁七嘴八舌地劝解,一时真有点儿不敢上前。

唯有一人毫不犹豫地上前,拼着被熊孩子乱踢乱打乱扯头发,也忍痛把两人拉开。此人正是郑晚亭,她一眼看见,正在挨打的,是赵雅心的儿子Eason。

发现打到了大人,两个激动的小孩终于有点儿害怕。犹豫了一下,他俩各自的妈妈已经冲了上来,一边感激又歉疚地向郑晚亭道谢,一边拉住各自的儿子一迭声地问起原委。

有错的是Eason。他上课心不在焉,一眼看见同学新穿的乔丹鞋好看,非要去有意无意踩人家的鞋。那双鞋是限量版,网上炒到七八千一双，小男孩是个篮球迷，跟妈妈又哭又求满口答应了许多条件，妈妈才终于买给他。正是意气风发上脚秀出来的第一天，当下哪里肯干，两个人立刻打了起来。

双方对错毫无悬念，众目睽睽之下，赵雅心一时脸上挂不住，一巴掌打到儿子头上，喝令："你自己那么多鞋不穿，干什么要去踩 Daniel 的鞋？快跟他道歉！"口气虽凶，手上力道却是轻飘飘的，不过是做个样子想要平息对方妈妈的不满。

叛逆期的小男孩哪里懂得这些做母亲的路数，他刚当众被同学打，如今人人又觉得都是他的错，一向顺着他、哄着他的妈妈居然当着那么多人呵斥他，立刻崩溃。他一把推开赵雅心，愤怒地朝她大喊："都怪你，你给我买的垃圾！我才不要！你把钱都给自己花了，那都是我的钱！我爸说了，他的钱都是留给我的，你凭什么花！"

看到围观的妈妈们目瞪口呆的神情，一向高高在上的赵雅心简直像被剥了脸皮一样火辣辣地疼，她又气又急，再也想不起来端庄优雅爱的教育之类，劈头盖脸地狠狠打了 Eason 几下："我没你这种孩子！"赵雅心气急败坏，更让人看了笑话。

从没吃过亏的 Eason 更加又哭又闹，居然对赵雅心也拳打脚踢起来。赵雅心想要制住他，却又力不从心，一时兵荒马乱，鬓发蓬飞，狼狈得简直像街边打架的泼妇，哪里还有平常那种自恃高傲的样子。

妈妈们在一边徒劳无益地劝说，唯有郑晚亭坚定上前，双臂搂着 Eason 的肩，用自己的身体硬生生隔在他们母子中间，温柔地对小孩说:"阿姨一直看在眼里,大家都知道Eason不是故意的,只是误会。没关系的,我们冷静一下好不好,阿姨先请你吃个冰激凌如何?"

她给了助教小姑娘一个眼神,示意自己先把小孩带开冷静一下,助教忙和妈妈们簇拥着上来安慰丢了大脸、已经忍不住崩溃痛哭的赵雅心。

靠着两个球的冰激凌和一堆站在他立场上的安慰,郑晚亭终于让暴躁的小男孩冷静了下来,小孩对亲妈十分不满,仍愤愤不平地对郑晚亭说:"阿姨,要是我妈妈像你一样就好了。她什么都不懂,就知道天天逛街买东西,我爸都说她只会花钱,草包一个。草包凭什么打我?!"

那一刻,郑晚亭的心情复杂极了。一方面,草蛇灰线,伏行千里,终于抓住了赵雅心的软肋,说不狂喜肯定是假的;但另一方面,同样是妈妈,看见赵雅心辛苦养大的亲儿子对她溢于言表的轻蔑,又有一种感同身受的灰心:别墅区这帮太太们,锦衣玉食的背后,谁又没有一道血淋淋的伤口呢?

郑晚亭最后把儿子叫来,陪着Eason在店里吃冰激凌。助教送走了外教,也过来陪两个小孩儿聊天。郑晚亭收拾好心绪,施施然上楼去休息室找赵雅心。

向来冷静傲慢、自恃聪明的赵雅心,此时蓬乱着头发,眼皮红肿,鼻翼因为情绪激动冒出一片红色的细小颗粒,如同任何一个只顾伤心不顾形象的中年妇女。看到郑晚亭进来,她眼神中第一次露出一丝真切的感谢,苦笑着说,把孩子教成这样,让你们看笑话了。郑晚亭没有礼貌微笑,也没有急忙否认,她坐到赵雅心的身边,轻轻地搂了一下她的肩,眼圈儿微微发红:"都是当妈的,谁敢笑话谁啊?"

这句话奇异地把赵雅心微微地熨帖了一下。是啊,谁敢笑话谁?前脚上台分享怎么把儿子培养得这么优秀,考上了全美前十的高中,后脚不到一年儿子就因抑郁症退学,回国连学业都继续不下去;前脚是校园里风头无两的绩优生乖乖女,后脚在图书馆跟男同学亲热被摄像头拍个正着,引起轩然大波……哪个妈妈都不敢铁齿铜牙,敢咬定自己付出心血养出的儿女,将来一定不会拆了自己的台。

但郑晚亭的伏笔,当然不止于说句好听的话,她话锋一转:"但小孩教育的问题,并不是小孩自身的顽疾。多数时候,不过是大人自己内心伤痛与执念留下的死角。作为教育者的大人,如果始终无法与自己的内心和解,那么对孩子抓得越紧,反而创伤越深,直到造成终身无法挽回的遗憾。"

郑晚亭娓娓道来,说了许多身边青春期小孩同母亲决裂、两败俱伤的实例,直说得赵雅心脸色发白。因为这些小孩和妈妈,有些是Eason同校的学长学姐,有些是邻近小区的妈妈,都是直接或间接认识的人,跟那些教育专家虚无缥缈、泛泛而谈的长篇大论比起来,立刻有了某种真实而切近的压力。

"那你说,我该怎么办?"

跟了两个月,等了五堂课,郑晚亭等的就是赵雅心这句话。

郑晚亭决定赌一把,对她说:"人从知道到做到,总是有个过程。这里的障碍很大,叫作所知障。如果你知道很多道理,但不愿意去做,就会越活越痛苦。因为你心里知道自己不对,但不愿意改。人啊,不仅仅要做事,更要做人。如果我们用心做事,就是在做人,借着事情修人,你整个人会越来越好。修行,是我们一生的功课。你要了解你的所知障,要把自己的慈悲心立起来。"说到这里,郑晚亭特意顿了顿,她直视着赵雅心的眼睛,继续说,"你不用说我也知道,你心里背负的事情,很沉重的。可惜,你一直没有修过愿力,所以即使你知道背负的是什么,你也无法用愿力换愿意、用愿意换做到,最后用做到换来圆满与解脱。"

这句话像是晨钟暮鼓,回荡在赵雅心早已被沉重秘密压到无法喘息的心底。那一刻,她悚然而惊:自己越是想要假做若无其事,越是忍不住要歇斯底里,仿佛悲剧的结尾已经刻进了全家人的命运。

瞥见赵雅心眼底的挣扎,郑晚亭终于露出今天第一丝温柔而和暖的笑意:"下次我介绍你参加一个修行课程,很私密的,岚姐刚去。"

临近半夜,陈岩收到销售发来的微信,喜滋滋地汇报碧宫的银行贷款批下来了,约他们夫妇翌日去银行签约。

这当然是一种例行的小把戏,陈岩并不相信她才刚刚收到银行通知。销售这么做,只不过是为了彰显自己,一则二十四小时待命,为了陈岩夫妇买房实打实地在拼命;二则在银行里有路子,大半夜还能收到第一手的内幕消息。

收到微信时，陈岩正跟宋河躺在床上——中年夫妻日常躺在床上，不但不太会有热情澎湃的限制级场面，就连盖着棉被单纯聊天都属于凤毛麟角的温情时刻。现实是，夫妻俩享受宁静夜晚的方式，大部分是，各自靠在床头，各自玩自己的。

陈岩刷着朋友圈，宋河则十分起劲地用 iPad 追一个老悬疑剧。一个女的正绝望地哭喊："别逼我！我没钱了！早就没钱了！"

此时此刻，陈岩觉得这句台词完全是她的内心写照。照理说银行贷款批下来了，这是件好事。碧宫的房子终于落到了实地，开始了等待入住的倒计时——但这同时意味着另一件事，他们的房贷要开始还了！

销售拿着计算器给他们算利率、算还贷额时，即使觉得是一笔巨大的数字，然而两人盘算了一下，虽然有些吃力但也还能应付。但到了这笔贷款真的要开始一个月也不能停地缴纳时，两口子才切身感到了巨锤悬顶的压力。

陈岩把手机递给宋河看。一开始宋河瞥了一眼后假装没看见，过了一会儿，烦躁上头，他把 iPad 扔到一边，抓起手机打开几家银行的 App 开始查自己的每一个账户——其实有什么好查的，夫妻俩心知肚明，本来留出来的前三个月房贷，因为刚刚付完清漪花园下一个季度的 10 万元房租，只够两个月的了。

不仅如此，下午学校刚刚给陈岩发了邮件，再过两个月洛洛学校下个学年的学费也要预缴。之前吵嚷了几个月涨学费的事落下了实锤，果然明年的学费又要涨两万，班级家长群里毫无动静，只有一个姥姥抱怨了一句，但又很快撤回。

宋河在创业公司是高股权低现金的薪资结构,一个月到手只有两万块;陈岩自己收入的大头几乎也全在年中、年底的绩效奖金,平时税后收入不过三万,两人薪水加在一起也就堪堪够付房租和日常生活支出。之前碧宫的首付款已经榨干了他们的所有积蓄,预留出三个月的房贷之后,余下几个月的房贷、其他大额支出和洛洛的学费全得指望中期和年终奖。

陈岩并不是脑袋一热买了碧宫。本来算来算去,日子就算紧巴巴也还能运转。谁知日子跑起来,预存起来付房贷的钱,像烈日下的冰山,无声无息就融化了。留下偌大一个缺口,露出薄冰下的悬崖,战战兢兢不知哪一步就要跌进去,摔个粉身碎骨。

陈岩和宋河徒劳无益地沉默着,甚至没有精神吵架——所有要吵的架已经在做出买碧宫的决定之前就已吵完。所有能扫出一个子儿的墙缝和犄角旮旯都被彻底而凶猛地清理过了,就连之前被忘在脑后、自动打到医保账户里的钱都被双双取了出来,算进了现金流。此时此刻,在房贷迫在眉睫的压力下,连吵架都显得索然无味。

陈岩不知道什么时候迷迷糊糊睡着了,做了一夜乱梦,早上被闹钟叫醒的时候,只觉得头痛欲裂。那一刻,她真想就这样躺在床上,永远昏迷不醒。只要不醒,时间就不会转动,一切催命符般的待支付通知也就不会从手机里跳出来,在她的脑门上刺出一个"穷"字。

但空气中竟然飘来猛烈的香气——是她新买的肯尼亚咖啡豆磨碎后手冲激起的香味,微苦中夹带着坚果的焦香。然后是叮叮当当厨具碰撞、水龙头放水的声响,紧接着听到洛洛迷迷糊糊下楼找妈妈,宋河低声招呼洛洛不要吵醒妈妈,他轻手轻脚地带洛洛去刷牙漱洗。

伴随着这些细细碎碎的声音,即使叠拼的主卧朝北,晨曦的阳光并没有照进房间,陈岩却忽然觉得放松下来,柔软温暖的被子像一团云裹住了她。

可惜好心情并没有持续多久,送洛洛上学的路上,洛洛突然问她,夏令营的时候她可不可以跟小雪住在一起。毫无察觉的小孩理所当然得到了妈妈温柔的应允,开开心心地下车进了学校。

留在车里的陈岩却顿时觉得嘴角发苦,打算用在夏令营的那8万已经在上个月买了邓岚的桌子。她差点儿把这笔钱算漏了!而眼下她还需要给女儿额外再筹出8万。甚至这笔支出当时根本没有告知宋河,宋河一直以为是陈岩公司出钱让她攻略邓岚,所以这8万她还得筹得无声无息。万般疲惫的陈岩实在不想再声嘶力竭地跟宋河大吵一架,争辩把钱用在邓岚身上到底是打肿脸充胖子,还是一笔富有远见的必要投资。

但这一天的霉运还远远没有结束。

晚上陪洛洛上完芭蕾课,老师把陈岩和冯佳晶留了下来。一开始看来,这自然是好事,老师觉得洛洛和小雪进步非常快,身体条件也很好,决定选拔她俩进入第一梯队,密集训练,两个月后参加在大连举行的全国小学生芭蕾舞大赛。两对母女大小四个美人刹那都喜动颜色,洛洛与小雪开心得拥抱在一起,冯佳晶则笑着感谢老师对小雪和洛洛的关照,询问该怎么配合芭蕾集训的时间。

老师显然对她的表态早有预料,直接把接下来的训练日程表分别发到了两人的微信上。

陈岩看着这张一周需要消耗 8 课时的课表怔住了:原本一周上一次课,即使外教贵一点,一次课 500 块陈岩也觉得尚能接受。想当初在西城上 200 块一次的平价芭蕾课,教室又挤又小,米色的压腿杠已经布满了擦不掉的细小黑点,远远看上去似乎是灰色的。老师自己身材丰满沉重不说,一个班上二十多个小女孩她根本顾不过来,给孩子压起腿来动作粗暴迅猛,每次洛洛在教室里又怕又疼地大哭,陈岩在教室外都心疼得鼻头发酸。

初初转到这间别墅区的芭蕾教室时,母女俩第一次亲身感受到了芭蕾本身的高雅和美——教室坐落在一间别墅区会所二楼最大最明亮的区域,通天的落地窗外是金黄一片的银杏树,映衬着背后湛蓝高远的天,犹如嵌入了整窗的雷诺阿油画。偌大教室里只有五六个小女孩在翩翩起舞,老师本人曾经入选过俄罗斯芭蕾舞团,如今已 40 岁,依然瘦削优雅,对孩子说话轻言细语,脖颈又细又直,任何时候都像一只骄傲高贵的天鹅。

每上一次课多出来的那 300 块,换来了洛洛渐渐挺拔的姿态以及发自内心的舒展笑靥,陈岩觉得再值不过。

但一周 500 块和一周八个课时 4000 块,对陈岩来说,完全是两个概念。原本预计消耗一年的课时费,按这个节奏,一个多月就会花光。而且这种比赛,肉眼可见不过是个开始,一年只要有一两次比赛或公开演出,多半就要配合集训,加到一起,单是芭蕾这一项课时费可能就要超过10万。如果是一年前，洛洛这么欢喜，对于陈岩而言，最多就是蹙蹙眉的事。但眼下，面对下个月就要开始偿还的巨额房贷，陈岩觉得这笔课时费能直接让自己破产。

看她迟迟不语，天鹅颈老师只淡淡嘱咐一句让她回去确认一下课程时间再答复，就笑吟吟地向两个小孩介绍接下来要做的训练有哪些，态度上一时倒没有看出任何的偏颇。冯佳晶却是明白的，立刻上前解围，她挽着陈岩的胳膊，笑道："是啊，我们家也得跟其他课程协调一下时间呢，之前真没想到能够参加集训。"天鹅颈老师的笑容立即真切了几分，即使是完全相同的一句话，也似乎在说着截然不同的两个意思。

回家的时候，陈岩没有开车，她们一起搭冯佳晶的车回家。两个小孩在后面已经自封芭蕾冠军，模拟互相颁奖，叽叽喳喳，乐不可支。陈岩坐在副驾上，却觉得两颊热热的，像是穿新装的皇帝刚刚被人识破了在裸奔。

冯佳晶低声问她："你们去银行签完贷款协议了？"

陈岩苦笑："签了，1000万，20年期，简直像签卖身契。"

冯佳晶忍不住笑，沉默了一会儿，忽然轻声道："洛洛那么喜欢，你别让她退出了。这次集训让洛洛刷小雪的课时包吧。去年图便宜买的课时太多了，别到时候课没上完，机构倒了。"——冯佳晶不惯做好人，这辈子也说不出什么深情款款的话。

陈岩想笑着说谢谢，可这两个字却如同自有生命，死活不能跳出舌尖。她的喉间像是哽了一团棉花，一个字也吐不出来。泪水无声无息地掉下来一滴,令陈岩尴尬得别过头去,紧紧闭上眼睛。

夜色里,路边斑驳的彩色灯光一闪一闪地跳过她们的脸,两个人都不再说话,但分明有什么东西,在这沉默里、在小女孩嬉闹的笑语里,变得不一样了。

先送陈岩母女到楼下,宋河难得下班早,已经迎了出来,洛洛欢叫着一路跑过去扎进爸爸怀里。大约看出陈岩哭过,宋河一手抱起女儿,一手揽住陈岩的肩,三个人挤挤挨挨地往家走去,时不时爆发出洛洛的大声尖笑,在夜空中飘得很远。

原本开心的小雪忽然沉默了,脸贴到车窗玻璃上看了很久。

下车的时候,小雪抱住妈妈的胳膊,小声说了一句话。

冯佳晶只觉得自己的鼻梁又被一拳打中,酸到无法呼吸。她没说话,只是伸手搂住了女儿细瘦的肩。那句话虽然小虽然轻,但她听得极为清晰:"好想跟洛洛换一个爸爸啊!"

宋河不算高大,至少跟叶其聪一米八几高大挺拔的身材不可相比;他的衣着,也毫无品位可言,一件牛津布衬衫,领子皱巴巴的,连甚少见面的冯佳晶都见他穿过好几次。不像叶其聪,穿衣永远举重若轻,衣物配饰多到需要跟冯佳晶各自拥有一个巨大的衣帽间,甚至冯佳晶不当心穿错,叶其聪都不可能穿错。

但就在刚才的夜色里,他们一家人彼此依赖地走在一起,即使两个大人都承载着他们已经快要背不动的重负,洛洛依然被亲昵地抱在怀里,像任何一个被宠坏的孩子一样毫无顾忌地尖叫大笑。别说小雪，冯佳晶自己都替女儿感到妒忌。

可她没法回答小雪。

怎么答？难道要骗她，爸爸其实很爱她吗？不，也不能说叶其聪不爱小雪，心情好的时候，他也叫她"小公主"，给她买一堆比大人衣服还贵的名牌童装，但这种爱有前提——那就是，不要妨碍到他自己。

他也带小雪旅行，但旅途中所有琐事都必须由冯佳晶带着阿姨做妥。他如果想带小雪坐过山车，小雪就算吓到呕吐也得跟他一起坐。坐完之后，怎么安抚那个受惊的小孩、怎么清理一片脏污，都与他无关；他也喜欢拥抱亲吻软软糯糯的小女儿，希望女儿优秀，但他不负责除了对冯佳晶发布指令以外的任何琐碎陪伴，他不辅导学习、不研究教育体系，付钱已经代表一切；他也知道小女孩渴望爸爸的陪伴，但这丝毫不妨碍他一个月才回家几次——上次动手打了冯佳晶的愧疚大约已经在后面几天好丈夫、好爸爸的扮演中被填平，他又一周没有回过家了。

夜深了，冯佳晶坐在沙发上，看着阿姨收拾今天收到的一大堆快递。有前两天她订的无烧鸽血红。订的时候选戒圈、选款式，选到眼睛都花了，但真收到了，冯佳晶戴在手上拍了张照片，也就兴味索然地收了起来；有一只叶其聪让助理送来的Birkin，说是今年的限定新色，出差的时候特地让助理买给她。冯佳晶开箱看了看，立即想起来自己见过这款包——不是在小红书上，而是前几天早有一个陌生号码发短信给她，是一张某人背着同款手袋的照片。看那细瘦而洁白的胳膊，长及腰窝的如漆乌发，可想而知是一个漂亮的女孩子。紧接着，又是一条文字信息："你很快也会收到哦。"冯佳晶当时不明所以，现在看到这只包，还有什么不明白？

奇怪的是，冯佳晶发现自己并不愤怒，那个陌生号码发来的任何短信她都懒得回。只是有一种从脚底一直弥漫上来的疲惫，很累，累到让她想对一切说"随便吧、别烦我"。当初收到一枚30分的碎钻戒指都会让她足足开心一个月，眼下这一堆能让绝大多数女人尖叫着发朋友圈的迷人玩意儿，却再也无法令她多看一眼。

"还不如送给陈岩让她开心开心。"想到了陈岩，冯佳晶有点儿替她担心，晚上的时候，陈岩脸色灰败，平时眼睛里总是灼灼发光的热情和野心像是一下子熄灭了。那么要强的一个人，今天在芭蕾舞老师面前竟然吃瘪，就差亲口承认自己没钱。

当她偷偷看到陈岩眼圈红了，她自己也差点儿跟着哭了出来。她怕陈岩扛不住，然后从她的生活圈子里消失——那是比叶其聪消失更可怕的事。叶其聪消失，说不定她还要先开一瓶香槟，喝完再担心自己；而如果陈岩消失的话，她好不容易才找到的陪伴和理解，也会立即消失，然后她又将坠入无人回应亦无人知晓的漆黑里。

陈岩回到家里又哭了。

她恨自己不得不为了几节芭蕾课接受冯佳晶对她们母女的施舍——她们自然是亲密的闺蜜，但她也不得不对自己坦承，某种程度上，她是需要微微迎合冯佳晶的。冯佳晶看穿她的窘境并假装顺手送课的那一刻,她的胸腔里充盈着被关怀的感动,也同时混合着无能为力的羞耻,她一直小心翼翼想要在冯佳晶面前维持的虚假平等和脆弱自尊,刹那间被击得粉碎。

这一刻,她既恨自己,也恨宋河。

她被一个小小的兴趣班逼到了墙角,原形毕露,颜面尽失。从考上大学那一天开始,十多年如一日拼的命、流的泪、淌的汗,因此灰飞烟灭,全部清零。

因此,她恨自己失败了,也恨宋河始终无能着。

在冯佳晶面前,陈岩绷住了最后的体面,但回到家,把洛洛哄睡,她再也忍不住,关上卧室门,把电视声音开到最大,然后扑到床上放声大哭。

陈岩哭得声嘶力竭、涕泪俱下,完全与那种把眼泪当成武器的我见犹怜无关。她不再是趾高气扬的金融圈女金领,也不是一心往上钻的贵妇圈槛外人,她与任何一个陷入绝望、一心顾着大哭的苦命女人毫无二致。

在这商品世界,想笑,就得买;只有哭,不用花钱。

不知什么时候宋河走进来,一言不发地看她哭得又丑又狼狈。

等她哭够了,他坐到床上,把她紧紧抱住。那双臂膀那么用力那么紧,上一次这么动情,甚至不是求婚或新婚时。要追溯到更早,那时陈岩父母嫌宋河没房子不同意他们在一起,陈岩哭得不能自已,宋河也曾这样拥抱过她,仿佛要把她牢牢地箍进自己的身体,唯恐失去。

后来,他们像所有在一起太久的夫妻,拥抱、接吻、做爱,渐渐变得松弛而随意，最后俩人睡在同一条被子里，都会因为不小心碰到了对方的身体而下意识弹开。每天仍有无数的话题，多数用于争吵，能够沉默，已经是浪漫的康桥。

但此时此刻，宋河把陈岩紧紧地抱在怀里，像亲小孩子一样亲她的头发、亲她哭红的眼睛，她哭着哭着，突然也觉得，像是在撒娇。

算了，先睡吧。陈岩在心里对自己说，闭上眼，睡过去，最好别醒来。至少这一刻，还算幸福。

早上睁开眼，宋河告诉陈岩，自己做了一个决定：这个月，他的公司会签最新一轮融资，虽然估值远低于预期，但他还是决定私下卖掉一两个点，先把眼前这关过去。

说这话时，宋河还是头发乱蓬蓬的，身上穿着贪舒服一直不肯扔、发了黄还破了洞的旧T恤——他这辈子都不像是能变成有钱人的样子。

他们千疮百孔的银行账户上并未多出一分钱。但陈岩忽然觉得，这一刻，所有的委屈、怨愤、疲惫都瞬间消失，此时她整个人像是充满了电的特斯拉，只需轻轻一点油门，就会像闪电般冲出去。

迄今为止，冯佳晶只有两件事坚持了下来：一是坚持花钱，二是坚持维持自己的美貌。

一大早送完小雪，她穿上运动服开始在小区花园的步道上晨跑。

北京的初夏，突如其来地盛放了。凌霄、蔷薇、垂丝海棠，橙橙粉粉白白开如繁锦，映衬着深深浅浅、浓浓淡淡的绿，六月透亮的阳光，给这一切开了柔光滤镜，美得如梦似幻。

最玄幻的是，她居然迎面碰到了陈岩和宋河两口子在一起晨跑——明明昨天他俩还在夜色里贫贱夫妻百事哀、相互依偎着才能忍住热泪，才过了一夜，两人就神奇般的容光焕发了？！

看到冯佳晶，宋河笑着打了个招呼先跑去买早点了，留下陈岩跟她再跑一圈。

"他们公司这个月又要融资了，宋河决定卖掉一些股份。"经过昨夜，陈岩也没打算再瞒着冯佳晶。

冯佳晶替她松了一大口气。再怎么不懂，嫁进叶家多年，跟着看过那么多融资并购，她也明白宋河此时此刻做这个决定，多半是要吃亏的。平时看上去毫无雄性魅力的宋河，在关键时刻，却能默不作声地牺牲自己的利益鼎力支持妻子，难怪陈岩看上去容光焕发。

"我今年努力再搞两个项目，这个坎就算是过去了！"陈岩笑着，轻轻拥抱了冯佳晶，"谢谢！"她终于低声把这两个字说出口。

冯佳晶艳羡之余，忽然觉得，大约这才是真正的夫妻。

陈岩刚走，冯佳晶的手机亮了一下，叶其聪的助理又发来了微信，说叶总还要转去苏州出差一周。而就在十分钟之前，冯佳晶刚刚收到那个陌生女人发来的照片，是拙政园里一簇新发的六月雪。

陈岩的确是带着一种微醺感走进了办公室。

每个同事都注意到,陈岩像做了全套热玛吉、水光针,并顺利熬过了恢复期,此刻面孔红粉菲菲,仿佛碰到了什么喜事。

是真的有喜事。就在电梯里,她收到邓岚发来的微信,向她要公司地址,打算一会儿来看看她,找她喝杯咖啡。

陈岩心头一块大石稳稳落了地:8万的桌子、18万拍下的魔法,即将生效!

一进公司,她立即去了秦总办公室。

岚姐即将莅临的消息,让老谋深算的秦总也忍不住对陈岩露出微笑:"今天你先把岚姐招呼好,问清楚需求。律所、精算和方案支持,你一概不用操心。"

说着说着,秦总的脸色忽然僵住,神色来回变换,十分担心地问陈岩:"对了,上次我们拍下来的岚姐儿子那幅画,你不会真扔了吧?"

陈岩笑了,说:"哪能啊?我送去装裱了。助理刚才把它从库房取出来,已经挂在了贵宾室里。"秦总望向陈岩,那目光几乎称得上是欣赏了。

果然,当邓岚走进贵宾室,第一眼就动容了——想不到陈岩竟然真的珍而重之地把她儿子的画挂到了这家小公司最体面的位置。考究的白色细木画框妥帖地将这幅小画展示在正中间,挂在墙上居然也颇似某位大师作品。而且,如果不是此刻看到,连邓岚自己都想不起来,她儿子到底画了些什么。

陈岩这样一以贯之的服帖,让邓岚真真切切有了一分心虚和三分感动。在这一刻,身穿白色真丝衬衫搭配银灰阔腿西裤、面容瘦削、眼神明亮的陈岩,在邓岚心里,终于从面目模糊的孩子同学妈妈、见过几面的未来邻居、不值一提的焦虑中产……这些泛泛之交里变得清晰起来,她甚至想起了慈善晚宴上陈岩一锤定音拍出 18 万的爽快形象——邓岚当然一眼看穿,一心一意靠近的陈岩想要从她这里得到什么。但那又如何?邓岚并不是傲慢自大的乍富村妇,资源总要流转起来,才能创造价值。像陈岩这样的专业人士,已经一而再、再而三地证明了她的价值,邓岚自然明白,自己同样需要从指间漏出些什么。

"还是喝美式对吧?我们的咖啡豆还不错,跟岚姐您常喝的比不了,但每个月都从产地直接发过来,每天早上现磨,您可以试试。"落座之后,陈岩笑问。

邓岚却犹豫了一秒,微微皱眉,让陈岩倒一杯热水即可。

陈岩神色微动,给助理递了一个眼色,助理立刻会意退出。

两人寒暄几句,待助理再次进来,邓岚意外发现,递上的并不是一杯热水,而是用托盘周周正正奉上来的一壶热气腾腾的红枣八宝茶。陈岩亲手替她倒了一杯,又不动声色地解释了一句,其实早上她也不爱喝咖啡,倒不如一杯热热的红枣茶熨帖。

岂止熨帖!邓岚轻轻抿一口,红糖和红枣的甜意瞬间绽放在舌尖,一股融融的暖意从喉间渐渐滑下肚腹——此刻她才稍微放松下来。年纪大了,例假到访得也不再那么精确,临出门时还没什么感觉,进了陈岩公司的空调房,一股凉意让她小腹立即隐隐作痛,如果不是对自己的形象一向要求完美,她会立即不耐烦地转身回家。

但此时，对着陈岩善解人意的双眸，邓岚又有了把事情说完的兴趣。

项目其实并不复杂。邓岚名下有一家影视公司，早年买了个壳上市，如今也是一家小型上市公司。去年投资做的一部网剧意外爆了，于是今年打算加码重点做几部剧，也因此想要融资几个亿，来年大展拳脚。

然而实际情况是，影视投资经过了大火的几年，到了现在，新鲜感过去，即使以邓岚丈夫的影响力，邓岚公司签下意向的几部剧，从剧本到制作班底到明星阵容，全都无懈可击，但在证监会眼里，却绝对属于高风险项目，许多常规上市公司能用的手段并不见得适用。

陈岩问道："岚姐，你有具体的打算吗？"

邓岚笑看她一眼："所以才想问问你们专业人士的意见。"

沉吟片刻，陈岩道："你们融资，无外乎三条路，发债、银行贷款或者定向增发。影视项目发债获批的可能性很小，普通的定向增发难度也很大，银行贷款对你们来说，找担保虽然不是难事，但还要还贷，这让运营的压力就太大了——最好的办法，还是确定对象的定向增发。反正融资额度也不算大，我们提前找好融资对象，报批难度就会大大降低。"

看得出，邓岚绝对是有备而来，因为直到现在，她方才露出满意的微笑，拍了拍陈岩的手，笑道："找你，就是信得过你。你放心往下推吧，我让助理来跟你对接。"

一路把邓岚送到楼下，陈岩到底没忍住，故作大方地试探了一句："岚姐怎么没有考虑之前帮您收壳的券商呢？"

这个项目说难不难，项目方也完全没有任何非分要求，几乎算得上是在发糖！拍下她家公子的一幅画，甚至帮邓岚打掩护，都不过是敲门砖，陈岩才不会天真地相信，这会是自家被选中的全部理由。

邓岚的脸色当即冷了下来，轻哼一声："人家自有高枝。"

闻弦歌而知雅意，陈岩立刻知趣地转开话题，开始询问各个对接点。毕竟合同一签，接下来便要拉上团队对接资料、进场做尽职调查。

直到亲亲热热地把邓岚送上来接她的车，陈岩也没有消除心里的疑虑。

"管他呢！"陈岩不愿再多想，"一会儿就去给洛洛和小雪一人买条芭蕾裙，反正又有钱了。"

第四章　牡丹与城堡

陈岩没想到,加完班都快夜里十二点了,还会在小区里碰到独自一人的冯佳晶。

白日里的自然植物,到了空无一人的凌晨,举目是大片墨墨的黑,云天与远景糊糊地暗成一处,树影幢幢、路灯寂寂,即使心里知道小区安保过硬,也仍然让人有些惶然。

陈岩是在路过小区会所时,看到冯佳晶的。周围一片已经隐入黑暗,只有会所门前灯火通明,像惊涛骇浪的夜海上仅存的一盏明灯,那抹纤瘦的身影重重地跑了过去,留下一串清晰的喘息。

看见是冯佳晶,原本已经又累又困的陈岩心中一沉,她把车停到路边,朝冯佳晶跑过去。

听见背后传来脚步声,显然也让冯佳晶一惊,她猛然回身,看清是陈岩,才松了一口气,对她扬了扬头,转身继续。

冯佳晶像是在夜跑,也不知道跑了多久。在深夜微凉的空气里,她汗出如浆,高高扎起的头发被打湿成一绺一绺的,运动背心的后背也浸透一片,但她全无所觉,只是一步一步地全力往前冲,不像跑步,倒像在逃命。

陈岩没有说话,只是远远地在后面跟着。她不会问,为什么你这么晚还一个人在这里跑步?也不想提醒她,你跑得太用力了,手臂上的护袖都卷起来了,雪白皮肤上几个淤青印子原本藏得好好的,这下子看起来反而令人触目惊心。

陈岩并不是第一次见到冯佳晶身上有伤。之前太多次,从墨镜遮不住的眼下瘀青、从一侧微肿的脸颊、从走路时直不起来的后背,陈岩早已洞穿,冯佳晶光鲜外表翻开来的里子。

陈岩不会问冯佳晶,倒是时常自问:如果每天挨男人两巴掌,就不用再还房贷、不用再上班、不用再蹲在团购群里抢拼单课包,自己可不可以?

陈岩也不得不羞耻地承认,如今的她,也许是可以的吧。毕竟,肉体的疼痛是可见的、短暂的、能恢复的。而生活的重压是踩在脖子上的一只脚,令你呼吸困难、颜面扫地,又偏不让你断气,就是要让你求饶,苟延残喘,吃了满嘴的土还要劝自己再忍一忍,等这只脚从脖子上松开就好了。

陈岩知道,是自己让自己陷入了这捉襟见肘的困局,但即使痛哭过,崩溃过,她还没有后悔过。有欲望错了吗?如果没有走出来的欲望,她不会拼尽全力考上北京的双一流大学;如果没有走向卓越的欲望,她不会过关斩将以劣势杀入金融圈并稳稳留了下来;如果没有过好日子的欲望,她不会凭埋头苦干和精打细算在北京一步步换上了更好的房;如果没有赢的欲望,她不会破釜沉舟买下难以负担的碧宫以此周旋在富人圈子里——是,输会输得很惨,但万一赢了呢?

从未见过希望的人才会认命,一旦接近过可能的人就很难甘心。

绕着小区又跑了大半圈,冯佳晶终于停了下来,她大汗淋漓喘着粗气,走到小区湖边的凉亭里坐了下来。陈岩也默默跟了过去。

晚风一阵阵地拂过皮肤,轻柔得仿佛是安慰。陈岩默默地从包里掏出手绢递给冯佳晶擦汗,两个人都没有说话。

看冯佳晶汗都干透了,深夜的凉意也一丝一丝地从脚底浸了上来,陈岩才说:"走,咱回家吧。"

冯佳晶不肯起来,说:"我不想回去。"

陈岩说:"没关系,那我们就再待一会儿。"

"你知道叶其聪他妈,今天对我说了什么吗?"

彻底放松下来,冯佳晶才有心情说出原委:保姆收拾主卧的时候,把她偷偷藏在画框背后的避孕药翻了出来,并二话不说,直接告诉了叶家父母。老两口直接杀到她家一顿冷嘲热讽,将其中的咒骂和嘲讽挤挤,干货就是十个字:"你别占着茅坑不拉屎啊!"

"这也没什么,什么难听的话我没听过,"冯佳晶摸了摸手臂上的护袖,下了很大的决心,才继续往下说,"他爸他妈骂累了,还觉得不解气,一个电话把叶其聪叫了回来。叶其聪一进门,就拧着我的胳膊,让我跪下给他爸妈道歉,并保证以后不吃药了。我不依,他踹了我一脚,我就跑出来了。"

两个女人愣愣地看着彼此,到底是陈岩的泪先落了下来。

"佳晶,别回去了,"陈岩伸手拉住冯佳晶,"去我家吧。"

"别傻了,"冯佳晶一边哭一边笑,"你家哪儿还有多余的地儿?"

"你不用管,总之我不能让你回家。"

冯佳晶揩掉了陈岩脸上的泪,说:"我只能回去,我没有别的地方可以去。"

陈岩替冯佳晶心酸,转念一想,忍不住问:"你自己名下没有房子吗?"

此时累到脱力的冯佳晶已经有点儿反应迟钝,想了好半天才苦笑一声:"这种事哪里轮得到我做主?"

陈岩替她急了,说:"这么重要的东西你不买,没用的东西买一大堆!"

冯佳晶也很委屈:"我没有钱。"

"你在说什么鬼话?!"陈岩根本想不到"没钱"两个字能从冯佳晶的嘴里说出来,"就这一个月,你买表、买珠宝、买香奈儿的钱,就够付两居室的首付了。"

"我刷的都是叶其聪的信用卡。买大额的东西,他会直接给卖家转账。"冯佳晶幽幽地说,"叶其聪怎么可能让我手里有现金?我要是想跑,他把卡停了,我连买张机票的钱都没有。更别说偷偷买房了。"

陈岩说:"你应该给自己买一套房,给自己留一点空间,想做什么做什么。"她没有说出口的是,想哭的时候也可以痛痛快快地哭。这辈子永远不要再像此刻这样,绝望的时候甚至没有一个安全的地方寄放身心。

"我知道,岩,我知道。可是我真的没有办法。"

"我有办法,这两天我先帮你理理。"

冯佳晶执意要回家。陈岩很明白,冯佳晶不是不知道自己不会撇下她,而是这么晚了不想再拖着自己而已。但陈岩确实也无可奈何,家里没有空余卧室。深更半夜回去,吵醒同样累了一天的宋河不合适,让冯佳晶睡沙发也不合适,又心疼又气短,莫名又有点恨自己。

一起走到冯佳晶家门口,陈岩说:"他要是再敢动手你就报警。然后立即打电话给我,我来接你!"

冯佳晶努力笑了笑,一滴眼泪滚了下来,像一闪而过的流星,迅速沉没在黑夜里。

赵雅心怀疑自己已经灵魂出窍了。

是的,她被郑晚亭打动,参加了最新一期的灵修班。尽管她完全不相信这个敦实的女人——记得第一次在邓岚家见面时,郑晚亭在她面前假扮高干子弟,她就当场随意胡编了一个名字问郑晚亭认不认识。果不其然,郑晚亭语焉不详地装熟说认识。那一刻,她心里有了底,对这个女人不可当真。只是,郑晚亭推荐的灵修班确实名气很大,旁的不说,邓岚和杨意都来过。就算郑晚亭不靠谱又怎样?横竖让她至多挣个提成。看在她为自己解围的份上,赵雅心愿意让她挣这个钱。毕竟,赵雅心深藏的愧疚,快要将她吞噬。

灵修班上一期选在杭州,这一次则在庐山,皆是山川灵秀之地。说是庐山,其实远离游客嘈杂的旅游区,酒店设在一片静谧的山麓,几乎不接待散客。十来栋建筑散落在林间,一条蜿蜒的石子步道如同丝线串起了这串明珠。从外表看,这些房子都颇有岁月，山间特有的潮湿空气将墙面沁润得斑驳，暴露出来的木质檐架像是上了包浆，与葱茏的林木、鲜绿的苔藓融为一体，自带仙气。但真的走进，房间里却是极度现代与舒适的，连空气都精心处理过，清凉而干燥，每一寸肌肤都被抚慰得熨熨帖帖。但与一般酒店不同，这里没有电视机，倒是在临窗案几上摆着一只小小的青瓷莲花香托，袅袅地、若有似无地燃着一支安神香。

第一天到这里，先痛痛快快做了一次SPA，热热地喝下一碗美龄粥，然后又在虫鸣鸟啼、云蒸霞蔚中高床软枕、久违地美美睡过一觉。灵修尚未开始，赵雅心已经觉得不虚此行。

以至于在助教温柔如水地收走手机和iPad时，赵雅心甚至主动升级了一下自己的课程——从盛惠99900元的心缘班升级到129800的小得班，前者只参加本期八人的公共课程，后者却有幸能接受特地从洛杉矶赶来的心灵导师常光女士一对一的辅导。导师日程繁忙，本期只有两名学员能独享这一机缘。所有人都想升级课包，毕竟花得起10万块的人，根本不在乎再多花3万。当然是郑晚亭帮赵雅心锁定了席位。

前四天的课程，怎么说呢？赵雅心的最大感受是，饿。

其实中年女人，但凡还想维持魅力，在吃上多半是克己复礼的。但由于家境优渥，家里还有丈夫孩子，一天到晚总会被美食环绕。大鱼大肉不至于，但天南海北的鲜食必然是掐尖儿送到。可再好的东西，赵雅心最多也就吃两口，事前还得先吃一片二甲双胍，或是事后在跑步机上进行有氧运动一小时。

但这几天，赵雅心真是饿得全无指望。早餐一碗小米粥，配一碟核桃仁；午餐是特制酵素水一杯，及三颗大枣；晚餐更可怜，偌大一只白瓷盘上数着粒儿发了六颗巴旦木。赵雅心一边吃一边算：就这伙食，一天5元钱都用不了，怎么敢收十几万学费？！可按照导师的说法，这是一次唤醒精神力的辟谷，让人得以内观自我身心。

一开始，赵雅心饿得眼睛发蓝，疯狂想吃火锅，加进整块牛油那种。就要让霸道的香味钻进衣服纤维的每一道缝隙，与每一根头发丝儿交织在一起。筷子夹着弹嫩的百叶、鸭肠在红油里抖搂几下，立即送进嘴里，又辣又烫又香，所有味蕾齐齐打开，像是夜空中绽放的烟花；后来，赵雅心又觉得酸菜炖白肉更好。热油把八角和大葱爆香，再把姥姥自己压的酸菜洗净切丝儿，扔到锅里，炒出香味。提前煮过的五花肉，切成薄薄的片，整齐地码在酸菜上，最后倒入煮五花肉的原汤，酸菜与油脂混合，爆发出难以形容的香气，就这样咕嘟咕嘟地炖着，弄来一碟蒜泥和醋，配上白米饭，赵雅心觉得自己能吃下去一整锅。

但饿了几天之后，神奇的是，赵雅心竟然不饿了，也不太想吃什么，好像真的感受到了一点导师说的灵性——她的情绪变得模糊，之前心里总是暗暗汹涌的焦虑、内疚、恐惧都变得遥远了，隔着整条银河系，显得不再重要；她也不再关心一起上课的同期学员都是谁。灵修班从不安排认识的人同期上课，但即使是陌生人，刚来时也免不了互相探探底，彼此盘道一番。此时此刻，一起挨饿，一起冥想，一起在导师的要求下手拉着手，反思自己的性格缺陷和童年记忆之后，这些素不相识、内心有洞的女人，开始隐隐有了一种同属信徒般的、无知无觉的亲密。

之前那双让她像被一只巨手紧紧攥住心脏的圆滚滚眼睛，也不再盯着她了，随着她的七情六欲，渐渐淡去。

公共课程结束，已经是第五天的傍晚，因为对大部分人是最后一餐，晚饭终于丰盛起来。别处见不到的，这片山区特有的山野菜浇上辣椒油凉拌一下，还有山泉水磨的豆腐，出奇地鲜香嫩滑。细火煨了一整夜的土鸡汤，揭开瓦罐盖子，香气扑鼻，让辟谷多日的贵妇们生出回到人间的无限喜乐。这些菜式搁到平时，不过是略有野趣，而此时此刻却是色香味的盛宴，一碗汤下去，简直重新做人。

可怜的赵雅心却只得到了一碟无盐无味的泉水豆腐、一碟橄榄油拌野菜，因为她将在子夜，被闻名已久的导师第一个接见。

稀薄的食物果然没有让她的灵魂立刻变得浑浊，恰恰相反，赵女士的五感空前灵敏，饿得贼清醒，举动却十分平和、迟缓，导师尚未点化，她却已经有了即将飞升的入道之感。

一身淡青色布袍、黑长直发一丝不乱地束在脑后的助教，亲自引领几欲成仙的赵女士来到一间茶室门前。敲门之前，助教先温柔地叮嘱她："雅心，按照导师的要求，一开始的时候房间是黑暗的，我们在黑暗中才能更好地去除外界的干扰，也让我们可以毫无负担地面对自己的内心。导师会亲自引领你找到光，你不要紧张。"

待得到肯定的答复，才轻轻敲了两下，然后推开门，示意她进去。

屋里果然漆黑一片,赵雅心刚刚进来,门已经轻轻关上,顿时,不见一丝光。

即使已经有助教的嘱咐,但人陷入完全的黑暗,还是会从心底生出一种本能的茫然。什么都看不到,只有鼻端传来一丝袅袅的线香,以及窸窸窣窣衣袂摩擦的声音。一道温和润泽的嗓音从角落里传来:"站着就好,我来接引你。"那声音柔和清澈,却又带着微微的温情,令人十分安心。

果然,很快就有一只柔软干燥的手轻轻牵住她,赵雅心忽然生出一点不相干的好奇:对方到底是怎样在这样彻底的黑暗之中准确找到她的手的?但不知怎的,于黑暗之中被这样一只手引导着,在氤氲的香气中前行,整个人都放松下来,甚至有点儿像小时候,可以无比信赖地牵着大人的手,被带往任何一个地方。

终于,她被引导着坐到了一张软垫上,静坐、敛息,一缕轻柔的古琴曲微微地萦绕在静室里。

"告诉我,你是谁?从哪里来?"那道声音温润暖人,充满理解和悲悯。

赵雅心已经有些恍惚。

她是谁?

她是赵雅心,一个小心翼翼的妻子,一个被轻视的妈妈。

十五年前来到北京时,当然也是青春正好的女郎,虽然算不上绝色,但是东北女孩皮肤雪白、个子高挑,稍微打扮一下,也颇有飒爽之气。因为本科大学不太入流,找的工作始终不如意,后来在一家小网站稳定下来，说是经济行业网站，其实不过是老板开的流氓网页，专门发企业负面资讯，等人家找过来公关，就借机卖自家一文不值的广告位。说是编辑，她也就是粘粘贴贴，然后把标题和配图改得耸人听闻。

父母不过是基层小公务员，吃喝不愁，但也没法再多给女儿什么。她一直租着房，来北京时的野心勃勃渐渐消磨得差不多了。赵雅心并没有什么奇遇，工作不需要对外沟通，就连讹诈也轮不到她。相亲遇到的男人，条件好的反过来挑剔她家境一般，本人除了外形可以，学历工作都算不上体面；条件不好的男人，以赵雅心的精明，也实在犯不上去扶贫。兜兜转转两年，找了一个条件平平的男人结婚。男方父母借遍亲戚，替他们在天通苑首付买了一套90平方米的两居室，两口子自己还贷款。就在这个狭窄的房子里，他们生了儿子，每天洗着孩子尿湿染屎的衣服，赵雅心已经快要想不起，当初到底是为了什么，来到这座城市。

谁知竟然也有了转机。一个前同事跳槽到了一家经济类报纸，想找个助理，因为薪水给得太微薄，一直留不住人，最后问到赵雅心的头上。一想到能进入主流平台，她二话不说辞了职，倒贴钱去做这个助理。丈夫人虽然平庸，却很支持老婆上进，不仅对她收入减少无怨言，还把亲妈接到家里带孩子，让她腾出手去好好干。

一口憋了好几年的气终于吐了出来，那些时日，赵雅心工作起来当真拼命，一边做助理，一边找机会写稿发稿，不到一年转岗做了记者。因为太拼，以及她不舍得年轻女孩那点儿特有的小方便，报社人人都以为她单身。姿色不坏的年轻女记者在经济类媒体想要成为大拿不容易，但想约个采访什么的其实颇有优势。并不需要真的牺牲什么，采访对象多是男性，对年轻女孩儿总是多三分容让。何况赵雅心业务能力的确过硬，又完全不计较得失，反应快、逻辑好、情商高、会说话，发得了嗲、戳得了心，很快崭露头角，开始专做企业家专访。

就是那时候认识了现任丈夫老朱。京城餐饮大鳄，人到中年，原配去世之后没有再婚，夜夜笙歌好几年，进入了疲惫期，被采访时看到意气风发、口齿伶俐、娇俏动人的赵雅心，居然颇为心动。

专访刊登之后，老朱约她吃饭。赵雅心知道，这是老朱的惯例。饭桌上，老朱递过来一个袋子，这也是老朱的惯例。只是，打开袋子之后，赵雅心着实吃了一惊——她早就听说老朱出手阔绰，采访过他的记者，男的送手机、女的送香奈儿包包，而她的袋子里，赫然是一只爱马仕铂金包。74500！赵雅心在心里默默地念出了它的售价，这还不算配货。虽然买不起，但并不妨碍赵雅心乃至任何女人铭记铂金包的价值。

赵雅心只看了一眼，把袋子递了回去，说："谢谢，但不必了。"

"怎么？是不喜欢这个颜色？"老朱关切地问，"你喜欢什么颜色？我帮你换。"

赵雅心说："只是工作，朱总不必如此客气。"

推了几次，老朱只好作罢，笑着说："这还是第一次有女人拒绝爱马仕。"

回想起来，赵雅心也不知道是本能还是早有打算：当场收下那只包，和老朱从此银货两讫，互不相欠；不收，虽然老套，但男人就是吃这种欲拒还迎的把戏。她是已婚妇女，应该当场收下那只包，但是她莫名其妙地赌了一把。

果不其然，老朱开始更多地和她约会，礼貌地、主动地、小心地，次次都恰到好处，让她见识实力与体面。过了半年，老朱将一枚戒指放到了她面前，说："你回去想一想。"

赵雅心迟疑了一个晚上——倒不是不舍得木讷、没什么感情基础的老公，只是看着儿子天真甜美的睡颜，于心不忍。

这件事，她只对母亲一个人说了。母亲极其困惑，问："他难道不知道你都结婚有孩子了吗？"赵雅心说："他不知道，也没必要知道。"母亲一听，惊慌失措地说："这种事情怎么可能瞒得住！"

赵雅心淡淡地说："妈，你还记得吗？去年超超生那场大病，一下子把我所有积蓄连同当月工资都花光了。那个月，房贷都差点儿还不上，还是我打电话找你借的。我实在不想再过这种日子了。"

母亲在电话那头沉默不语，半晌后才说："你自己决定吧，别委屈了孩子就行。"

黎明时分，一夜未眠的赵雅心站在卧室窗边，看着窗外的一角天空——确实只有一角。婆家当初图便宜，买的朝北低楼层小户型，在整栋楼的拐角上。窗户被广告牌遮得严严实实，必须直直向上看,才能看到一线被钢架分割过的夜空,分割到她家这扇窗,恰恰好好一只小三角。她下定了决心,再也不要像蝼蚁一样过着毫无指望的人生,至少午夜再失眠的时候,手里可以执一杯好一点儿的酒,窗户外可以看到整片星空。

翌日,她开始毫无惧色地指责丈夫毫无上进心,不管孩子,成天打游戏,完全看不到未来。几次大吵后,她提出离婚。男人反抗了几下,发现根本无法动摇她钢铁般的意志,并且很快就家无宁日。他对她其实也早谈不上还有什么情深意切的爱,于是同意离婚。他因为自己不想养小孩,只得把房子留给了赵雅心母子——处理完这一切,赵雅心大大方方地戴上了老朱的求婚戒指,那是一只卡地亚经典四爪钻戒,没有障眼的碎钻,堂堂正正一粒主石,足足五克拉,在阳光下浑似一只插电的灯泡。亮起来了,她心想,人生亮起来了。

"雅心,把你的手给我,告诉我你内心的恐惧。"

这几天已经黯淡下去的那双天真的、黑白分明的圆眼睛立刻又变得明亮起来。

她想到那张跟自己小时候十分相像的小小面孔,只是多了几分男孩子特有的虎气,孩子依恋地抱着她,仰头看着妈妈,圆眼睛里泛起水光,眼角发红,自己虽委屈得要命,却仍拼命地忍着,懂事地安慰她:"妈妈,我跟姥姥姥爷都特别特别好,我会听姥姥的话,一点儿都不捣乱。妈妈多陪陪弟弟,弟弟还小。"

赵雅心终于忍不住痛哭出声。

这个世界上,如果说赵雅心最亏欠谁,就是跟前夫生下的儿子。

父母对她失望,对她喊叫,虽然也让她难过,但赵雅心并不觉得自己有错——想过好生活能有什么错?

父母一辈子毫无成算,不过是给自己口饭吃,让自己念个随波逐流的菜场学校,虽然嘴里望子成龙、望女成凤,实际全无投入。要不是自己拼命挣扎出来,人生多半就像她哥哥一样,既不好好读书,也找不到什么像样的工作。在老家那种地方,不停地换工作,干半年歇半年,有钱就吃喝,没钱就熬着,虽然秉性不坏,不知不觉间,爸妈的退休金大半也渐渐贴补到了哥哥家。

前夫?呵,前夫更不必说。能痛快离婚,固然是赵雅心用了心机,但难道不也是因为他自己心虚吗?这么多年了,拿着一份半死不活的工资,儿子生下来,眼看开销翻着倍地上升,嘴里说要努力,实际该打游戏打游戏,该睡大觉睡大觉,天天只会喊压力大。不想压力大,你倒是去努力啊!况且,离婚不到一年,很快再婚,据说又生了个宝贝女儿,不管内里有什么糟心事,至少表面上早已平复如常。

唯有超超,离婚的时候他才3岁不到,还是只萌哒哒的小团子,不管看见什么,都一迭声地:"妈妈妈妈妈妈……"

是的,再婚的时候人人都只当赵雅心单身,不然老朱也不可能认真追她。第一次结婚时,因为对夫婿并不满意,她并未将前夫带回东北,家乡人见过前夫的并不多。而且当初结婚登记的时候,他们是回了前夫老家,一个偏远的河北小镇做的登记,她也没把户口和丈夫迁到一处。除了两本结婚证，自家户口本上干干净净，一丝变动也无，如今跟前夫离了婚，她回到东北本地甚至还开得出未婚证明。

赵雅心一不做二不休，把前段婚史和小孩都瞒了个严严实实，当作单身与老朱低调地结了婚，然后迅速怀孕生子，将朱太的位子坐得稳稳当当。因为她对婚礼毫无要求，并公开对所有人声明：真实生活大过虚无仪式。老朱觉得事事要强的新太太，是为了体谅自己丧偶二婚不应当太喜庆，主动在人生大事上牺牲自己，大为感动，当即将婚房——一套时值将近5000万的独栋别墅记在了赵雅心名下，引来无数艳羡。

私底下，赵雅心悄悄卖掉了前夫留下的房子，加了一点钱换了回龙观一套105平方米的大两居，赵父赵母则带着不存在的长子超超搬到了这个无人认识的小区，外人只当老两口是把赵雅心哥哥的孩子从老家带到了身边。除了每个月打到父母账上的一万块生活费，赵雅心几乎从不出现在这里，她竭尽全力要把闪着光的日子过到底。

一直到Eason长到五六岁，一切趋于稳定，赵雅心才有余力对着母亲朋友圈里那个孤独而努力的小小少年的照片潸然泪下。她时不时去探望一下孩子，给钱、买东西、尝试着弥补。

跟老朱生的Eason，从小有自己的专属阿姨，吃穿用度都是最好的，办个生日派对花掉的钱，够赵父赵母加孩子三个人花销五年。超超却一路菜场幼儿园、菜场小学长大，姥姥姥爷对他要求严格，却绝不花钱让超超去上什么补习班、兴趣班，所有课外学习不过是祖孙两代在灯下一起读书。

超超小时候还不晓事,如今渐渐懂事了,每次见到妈妈,眼神里满满是快要溢出的孺慕,还从不抱怨,也不要东要西。看到那张稚嫩的面孔上满是对妈妈的心疼,自觉铁石心肠的赵雅心每次都心如刀绞。

赵雅心经常带一包钱给父母,父亲不收,说:"你每个月给的一万生活费够超超用了,我们不需要你的钱。"

赵雅心无声地哭,超超立即上来抱住她,小大人似的,劝她:"妈妈不要这样,把钱留给弟弟吧。弟弟比我小,妈妈你也不用总来,多陪陪弟弟。"

赵雅心更加哭得泣不成声。等回到顺义豪宅,再看到Eason,感觉那是别人的孩子。

Eason自幼娇纵,上次在美术课上,当着所有的人面对她撒泼,她完全没了心疼,下死手打他。"我没你这种孩子!"赵雅心一边骂,一边想,"我的孩子是超超。"

严防死守了多年的秘密,一旦被掘开,顿时像崩塌的大坝,一发而不可收。无边的黑暗是一个能让所有丑陋和秘密恣意展开的魔法罩,在这间仿佛是与虚空对话的暗室里,到了最后,赵雅心已经想不起她到底说了些什么,总之什么都说了。她也完全想不起导师对她点开了什么人间真谛,任凭泪水流了又干,干了又流,眼睛红肿得如同盛夏时节的平谷油桃,又大又亮,刺痒发疼,整个人像是被掏空般虚脱,却又在这黑暗中得到了某种直抵花蕊的抚慰。

不知过了多久,音乐换成了一个低低吟唱的人声,然后一盏接一盏的暖黄色球灯被点亮,令尚未缓过神的赵雅心如同见光的吸血鬼一般惊起。

盘腿坐在她对面的中年女人微笑着望向她,可惜角度选得不太完美,一盏射灯正好打在她的脸上,连眉梢眼角的皱纹都纤毫毕现。

看得出这个女人最近做过了医美,脸颊光亮,皮肤光滑,但底子里的黄是去不掉的。尤其一双标志性的吊梢眼,即使化妆师已经努力帮助她向丹凤眼靠拢,却依然藏不住隐隐的凌厉,让人觉得有三分似狐。

"你的慈悲心开始立起来了,"眼前这个中年女人说,"你的灵魂会慢慢痊愈的。"

赵雅心根本听不进去,只觉得此刻是在澡堂子里,她赤身裸体,而这个女人穿戴整齐,还直勾勾地盯着她的私处,令她羞耻无比。

她是谁?她不会认识我吧?我怎么觉得我认识她?她是不是老朱的朋友?赵雅心有一万个疑问。登上返程的飞机,破天荒地要了两份头等舱提供的飞机餐并且吃个精光,赵雅心还在暗自嘀咕:这个女人到底是谁?太面熟了。

邓岚戴了一顶棒球帽,一副硕大的蛤蟆镜挡住了半张脸,没被挡住的另外半张,被口罩很好地掩了起来。不只是她,坐在这家医美中心的分诊台,每个女人都害怕被熟人认出来。

私人顾问一溜儿小跑赶紧前来,一边道歉一边把邓岚领进VIP休息室。邓岚仍是十分不悦:"下次我来之前,你提前把我的休息室开出来,我直接去。"

还好,主刀医生早已在休息室恭候,仔仔细细又端详了一遍,对邓岚说:"你的状态很好,不过等治疗结束,你会达到完美。"这句话果然让愠怒的邓岚开心了,她千恩万谢地送走了医生,顾问不失时机地去帮她安排抽血化验。邓岚摘下口罩、墨镜和帽子,兴致勃勃地拍了几张自拍。

邓岚要做全身超声刀,这是美国来的仪器和团队,只有这家医美中心敢做美式全麻超生刀。之前邓岚在脸上做过,效果非常好,只是疼得不行。一发一发打下去,像是烧得滚烫的钢针快速扎进肉里,剧烈灼烧的痛感在深层炸开,痛到整个脸都不由自主地痉挛。1000多发打完,人仿佛被从水里捞了出来,浑身湿透,手脚发抖。

痛是痛,但缓过来之后,脸上的浮肿、岁月的下垂,竟实打实地消失了、改善了,邓岚想,干脆把全身都打一遍。

这个念头,在邓岚从杭州灵修回来之后,越来越强烈。她先是想,不管了,要约小威一次,把想做的事都做了。这世上已经没有几件她还想做的事,她沉郁很久了,她一定要做。

做了决定之后,邓岚并不着急安排,她首先要审视自己。洗完澡之后,站在镜子前,邓岚仔仔细细地观察自己的身体——身材维持得不错,几乎没有赘肉,这是数十年如一日节食与运动的必然结果；脸也还行，一年两到三次医美，始终没有松垮。但是看仔细些，手却有些暴露年龄了。因为太瘦，手背上青筋凸起，皮肤有些松弛，纹路也出来了，"跟老太太的手似的"，邓岚心想。破绽找到一处，必然还有更多处。邓岚沿着手向上，检查自己的手臂，果然，大臂不够紧实，瘦是瘦，但轻轻一拍，肉有些晃荡。再转过身看身后，臀部也是一样的问题，有些耷拉。捏一捏，竟然是老年人那种棉絮般的疏松手感，这可把邓岚吓坏了。还有大腿、后背、胸……一番审查，几乎令邓岚绝望。她穿上衣服躺在床上放任自流了，最终，欲望战胜了羞怯，邓岚点开医美顾问的微信，约了面诊。

"全面提升，大概需要打 6500 发。"做完评估，医生关切地问她，"受得了吗？"——无论是肉体上的，还是经济上的。

"赶紧安排。"邓岚没有任何顾虑。

等待手术的间隙，隔壁 VIP 房突然传来一声撕心裂肺的女人惨叫，不是戛然而止，而是一唱三叹，叫得凄惨、悲苦、声泪俱下，令邓岚毛骨悚然。正好顾问走了进来，邓岚好奇地问道："隔壁在干吗？生孩子呢？"顾问神神秘秘、讳莫如深地说："这可比生孩子疼多了。"

"什么手术？"

"是术后感染，给她清创呢。"顾问始终不肯明说，"她自己没算好日子，做完手术月经来了，现在还有点粘连呢，得给她撕开。"

听到"撕"这个字，邓岚似乎想到了什么，却因此更加不寒而栗。

看邓岚一脸惊恐,顾问反而来劲了,说:"有些女客人,嫌自己松了,或者外观不好看,所以做手术切掉一点,再缝紧一些,显得漂亮。"

邓岚难以置信地说:"怎么可能有人做这种手术?!"

"做的人挺多的呢,二十几岁没生过孩子的都有来做的。"

"她们为什么啊?!"邓岚要发疯。

"还能为什么?为男人呗。"顾问轻蔑地笑了笑,"男人才不管你为他生了二胎三胎,也不管你和他一样会变老会发胖,甚至不管其实是他自己太短太小,男人就是会嫌女人松。而靠男人的女人,只能想方设法紧。"

邓岚没有再搭话,她已经走神了:她想到肥头大耳的蒋南国,又想到了风华正茂的小威。这两个男人,如此不同,却同样对女人有着强大的吸引力。各式各样的女人,含情脉脉地看着他们,不经意地用胸抵着他们,假装无知地提出问题,然后等待解答,再神色自然地崇拜他们。她是亲眼见过的,在晚宴上,或者在健身房里,那些比她年轻、比她性感、比她自信、比她妖娆的女人,完全无视她的存在,径直朝着蒋南国或者小威走来,大大方方地施展她们的伎俩。而她呢?她只能装作不在意,然后回家生闷气。

男人太了解,体力或者权力,都是一种引力。于是他们在任何年纪,都肆意地任性、自负、对女人挑挑拣拣。然而,引力这种东西,有些男人是真的有,有些男人只是觉得自己有,但无论哪一种男人，面对女人，都认为自己大可不必努力。

"女士，换衣服吧，咱们可以进手术室了。"护士的催促令邓岚回过神来，这一刻，她很沮丧，真想直接回家。

顾问以为她是害怕，立即老练地安慰她："姐，别担心，不疼的，咱是全麻。一会儿一觉醒来，你就是25岁了。哪个男人看到你，都得给你跪下。"

邓岚躺在手术台上，想起顾问说的话，于是在麻醉开始前，坚定地嘱咐主刀医生："一会儿给我往死里打！"

陈岩连续好几晚都辗转反侧，难以入睡。

冯佳晶过得好吗？她一开始对冯佳晶还带着隔岸观火的滤镜，但真的走近了，时时在一起，即使冯佳晶什么也不说，陈岩对她的担心也越来越掩不住了。

她在遭受暴力！她在被人苛待！她在濒临崩溃！

如果说陈岩的要强可以理解成偏执，上进意味着野心，所谓努力也跟焦虑差不了多少，但至少，陈岩从不自欺欺人。

她看得十分清楚，冯佳晶的处境已经不算太妙。她不会劝好友轻易离婚，她完全没有那种居高临下的道德洁癖。现实世界里，能做叶太太，谁还想去当个朝不保夕的平面模特？况且连模特这份工作冯佳晶都脱离多年了，不做周全打算就直接闹离婚，不是自立，而是自绝。

但她也绝对不会劝冯佳晶认命忍一忍。更何况，在叶家的家庭关系里，人为刀俎，我为鱼肉，好友毫无议价权，真的不是她单方面愿意忍，就能忍得过去的。如果不留后手，到了退无可退的时候，难道只能哀哀哭泣吗？

想了又想，陈岩下定决心，要帮冯佳晶刨出一条路来。

她为冯佳晶做的第一件事，是整理。

陈岩等到周末，一大早就去了冯佳晶家里。冯佳晶睡得迷迷糊糊刚起来，不明所以。陈岩说，你就别管了。她把冯佳晶的两个阿姨一起叫上，把冯佳晶的衣帽间清空全部拿到客厅。冯佳晶自己都以为全在这里了，谁知阿姨又从阁楼和地下室拖出五六个大箱子，最后甚至从小雪房间的洋娃娃裙子上摘下了一只红宝石胸针——冯佳晶买的时候也是很喜欢的，况且价值不菲，还跟叶其聪撒了几次娇，但新鲜劲儿过去也就抛到脑后，不知什么时候她拿着它陪小雪一起过家家，最后自己忘了个干干净净。幸好戴在娃娃身上没有人觉得是真东西，否则丢了，连想都想不起来是在哪里丢的。

陈岩无语了片刻，掏出笔记本电脑，替冯佳晶做了一张表格。她让阿姨把东西逐件拿出来，清理干净，自己则一边登记造册，一边拷问冯佳晶：这件什么牌子？什么时候买的？在哪里买的？多少钱？有没有收据？有没有卖家的联系方式？冯佳晶差点儿被问到崩溃，好多东西她根本想不起来自己居然买过，看到还很惊异：咦？怎么同样款式的包我有两个？哦，不对，一个是金扣，一个是银扣，我不太喜欢银扣，所以一直没用过。你看，五金件上的保护膜都还贴着呢。过一会儿，冯佳晶又想起了什么，问阿姨："记得这个包我还有一个迷你款的，你看到了吗？"阿姨讪讪地笑，说："太太您忘了，上次您表妹来北京，您让我去衣帽间把您说的这个包找出来送给表妹了呀。"冯佳晶大笑，说："当时我一定是喝多了！那个包找代购买的，也要11万呢！我才用了两三次。"

听到这里，陈岩忍不住问："你买这些东西是真的喜欢吗？要是真的喜欢，为什么完全不放在心上？"

冯佳晶愣住了，过了好一会儿，才茫然地答："也没那么喜欢。但是不买，我更不快乐。"

陈岩摸了摸冯佳晶的头，像是对待一个令她束手无策的女儿。

全部造册完毕，天都漆黑了，两人筋疲力尽地瘫软在沙发上。冯佳晶只喊想死，陈岩心里也想死，不，是钦佩，一个人到底怎样做到，杂七杂八的奢侈品买了差不多近一千多万，名下的现金却统总不到五万块？

但至少，陈岩松了一口气，一张表格里，除了用得很旧的衣服首饰包，还有许多几乎全新的抢手奢侈品。这些东西，哪怕打五折脱手，少说也有三四百万。陈岩让冯佳晶坐过来，把表格给她讲了一遍，两人又把贵重的、能随时变现的东西，单独放进几个柜子锁了起来，最后一起躺在床上，陈岩对冯佳晶温柔地说："佳晶，以后无论如何，你都不必怕了。"

冯佳晶一开始有些茫然，明白过来感动得眼圈一红，不再说话。

陈岩还在为冯佳晶的境遇悬着心，谁知又过了一个周末，她居然已经有心情兴致勃勃地招呼陈岩陪着去挑古董珠宝。

陈岩恨铁不成钢，到底还是放心不下，赶紧把手头的事情分门别类地处理了，冯佳晶已开着一辆钻石蓝的跑车来接她。

"叶其聪刚买的，这两天我先开开。"陈岩留神打量了一下，冯佳晶今天的气色颇为不错，不但脂光粉妍，好心情更像是要飞溅开来。她精心梳了别致的编发，化了暖色的妆，嘴唇粉嘟嘟像是即时在邀吻，还穿了一件一字领露肩的连身短裙，皮肤雪光晶莹，曾经的伤害仿佛也随着几天前的瘀痕消失不见。

原本以为是去哪家商场，车子却开去了附近另一个小区。那小区倒也是片老牌别墅区，近几年渐渐从云端跌落下来，多数房子都以颇为实惠的价格租了出去。

她们去的，是其中一间。冯佳晶同她解释，也是另一个同学妈妈推荐给她的。卖货的这位之前在珠宝杂志做主编，人称沈太，如今在家做古董珠宝掮客，眼光和渠道都是上佳。

虽是老房子，但进了门发现，并不显旧。大概是为了呼应主人的行当，整体装修是偏洛可可风的，墙壁贴了莫里斯花纹的壁纸，挑空客厅里悬着三重水晶吊灯，靠墙支了硕大的壁炉——当然是可以真烧柴、真点火的，客厅里一张猩红色的丝绒古典沙发，华丽、庄重，令人顿时联想到了红宝石，花钱的欲望一下子就上来了。

沈太留着浓密的蜜糖色长卷发，穿件蕾丝白衬衫配丝绸鱼尾裙，指甲修得干干净净、不着颜色，为的是不抢宝石风头。妆面只抹了一点儿绯色唇蜜，有一种素雅的妩媚。看到她们进来，沈太立刻上前热情地贴面吻了一下冯佳晶,大力赞她:"每天都这么美,哪个男人不想为你花钱啊!"

明知她的用意,冯佳晶还是被逗得哈哈乐。而陈岩的不咸不淡,被沈太看在了眼里,便知情识趣地不过多招呼她。

落座之后,先不忙步入正题,沈太一边摆出全套家什手冲咖啡,又开了香槟,一边同冯佳晶把周围妈妈的最新八卦一一交换了个遍。

等到陈岩觉得今天只是来喝下午茶之后,沈太终于回房拿出了一只核桃木托盘和一个 iPad。托盘里黑色的丝绒布上,是七八件小物,或是戒指或是耳环,显而易见,这些不过是些添头,来一趟总要摸摸实物,不至于空手而归。大头却是 iPad 上的照片,这些宝贝她是不会在微信上发给任何人的,都需亲自来家里看详尽细节图,看得中意了,先付定金,再下一次,才能看到实物。

冯佳晶兴致勃勃地依次看下去,最后选中了一枚 20 世纪 40 年代装饰风格的古董钻石胸针。长方形的碎钻组成两个相连的圆环,十几条钻链穿过双环如同飞瀑倾泻而下,每一条尾端又坠着一粒大小均等的 0.5 克拉马眼形切割钻石。别在衣领上,一步一摇,熠熠生辉。

"都是好钻,总重 15 克拉呢。"沈太不失时机地补充细节。冯佳晶抬头,满是肯定地看了看沈太,都不消说话,沈太立即说:"给你就 22 万,别人至少要 26 万。"

选到了喜欢的东西,冯佳晶很开心,又从托盘上选了一只碧玺金托古董戒指，戒面是一片伸展的金叶子，晶莹的碧玺是脉络上闪光的露珠，工艺十分精巧。但因为碧玺所值有限，也不是什么牌子货，所以价格十分讨喜，不过两万出头。

冯佳晶一伸手拿起来便替陈岩戴在手指上，戒圈居然恰恰合适，冯佳晶和沈太都笑起来——这合该是陈岩的东西啊！

陈岩连连推辞，冯佳晶坚决要送给她，最后直接打开手机银行，当场转账给沈太，阻拦不及。陈岩看这操作，立即想起来，这只能是储蓄卡转储蓄卡，不由心内纳罕。

回到车上，陈岩开口问起，哪儿来的钱？冯佳晶喜滋滋地说："叶其聪给的。"

上次冯佳晶深夜回了家，叶其聪早已睡下。他本想第二天再趁势发作给冯佳晶一点儿厉害，没想到，冯佳晶早已一心求死。一大早，她从厨房抽了一把刀放在叶其聪面前，又穿了一条自己最喜欢的裙子，化好了妆，冷静地对叶其聪说："来吧，杀了我吧。"顿时，将叶其聪吓得够呛，他看见冯佳晶雪白的身体上全是自己造成的伤，更是良心难安。他从来都不是一个十足的恶少，但就像每一个在母亲的强势溺爱和父亲的轻视中交替成长起来的富二代，他的软弱、恐惧与暴戾，只敢对着女人发泄；而当女人像男人一样冷静、无情和强大时，他又立即怕了。

叶其聪立即抱住冯佳晶，拼命开解她，大意是：我爸妈就是古板，他们的要求特别简单，不就是生个儿子吗，生了儿子我爸妈就会消失不再来烦你了。你吃避孕药干吗？又不是说现在立即要，我们好好过日子慢慢生嘛，你何必非要硬碰硬？我对你发脾气是我不对，但哪个男人能接受自己的妻子不愿意为自己生孩子？再说了，生个儿子也不完全是为我爸我妈和我，你看小雪那么孤孤单单，难道不想让她有一个弟弟将来陪着她、保护她吗？咱们儿女双全，一家人整整齐齐，多好。

叶其聪的话说得太善解人意，冯佳晶晕晕乎乎居然还有点被说动，但想起夜里和陈岩的对话，她抓住机会讽刺了叶其聪："一家人？我不觉得你们拿我当一家人。这家里有一样值钱的东西是写在我名下的吗？房子、车子哪个不是你的或者你爸你妈的？我名下的储蓄卡里连5万块钱都取不出来。前两天小姐妹找我借10万块钱救个急，我说我手里没有，人家差点儿和我翻脸说我铁石心肠不肯帮朋友。是啊，说出去谁都不信，堂堂你叶家的媳妇儿，手里只有一张信用卡副卡。"

叶其聪赔着笑："你若生了儿子，别说我，你要什么我爸我妈都会给。"

冯佳晶冷笑道："算了吧，我的心早被你们伤透了。"

过了一周，冯佳晶突然收到银行入账提醒：一百万。转账人是叶其聪，还附了言：这是爸妈和我的诚意，你也别闹了。

听完原委，陈岩哭笑不得。好不容易有了现金，冯佳晶还没捂热，一转身又花出去二十多万，只剩下七十几万。要是不干涉，大约最后又会变成一堆可能连标签都不会拆的奢侈品。

但以冯佳晶的性格，劝她储蓄，也基本是不可能的事，想了想，陈岩向她求助："那你帮帮我好不好？我朋友做了一个很不错的信托产品，正规大银行，一年回报能达到7%，但必须一百万起买。我钱不够，干脆你出75万，我出25万，咱们合在一起买？前段时间宋河卖了一点自己的股权，否则这25万也没有。你出的钱多，全放在你名下就行。到期分红，你拿七我拿三，要是亏了或者达不到，就用我的本金赔你。如何？我知道一年四万的利息对你来说不算什么，但我要是能挣到那一两万，洛洛一年的芭蕾舞学费就有着落了。"

冯佳晶哪里懂得陈岩的深意，听起来反而真的是能帮陈岩一个不错的忙，于是她一口答应了。买东西就继续刷叶其聪的卡好了，反正不刷卡省下来的钱也到不了自己手里。冯佳晶漫不经心地想。

陈岩二话不说，当场转了25万到冯佳晶的卡里，又立即约了做信托的朋友下单。直到冯佳晶卡里的100万明明确确地被划走，陈岩才放下心来。

这是她为冯佳晶做的第二件事，攒钱。

尽管课程已经结束快半个月了，赵雅心脑海里的那点儿异样感却不但没消失，反而变得越来越强烈。

也说不清是因为清醒过来才意识到把毕生最大的秘密暴露给了一个陌生女人，还是因为那个陌生女人有一种说不出来的奸佞感，她总觉得，一定在什么地方见过这个人。

这种不安越来越剧烈，她终于忍不下去，跳起来打开笔记本电脑，翻开了当初做记者时的采访资料，快速地逐张照片翻找起来。

半小时后，她顿住了，她真的找到了那个女人的照片。许多年前，她和同事采访过一个轰动一时的保健品诈骗案的老板。彼时还没有东窗事发，这个奸猾的台湾男人花了大钱请她供职的报纸报道自己。赵雅心当时就被他的油嘴滑舌和完全不顾基本事实的胡说八道震惊到了，采访结束，她私下对同事讲：这人八成是个骗子。后来等到无数人报案时，这个老板连同他的台湾团队早已卷款而逃，只留下倾家荡产的受骗者的哀号。

照片里的台湾男人早已不知所终，而同时出现在照片里，远远站在他身后，监督采访和拍摄的女助理，上个星期就坐在赵雅心的面前，收了她13万不说，还窃取了她心中最不可与人说的秘密。

出离的愤怒和恶心，让赵雅心简直要原地爆炸！她竟然在这么一个台湾女骗子面前自揭伤疤、泣不成声，还以为自己被她拯救了。要是没把她认出来，自己从此说不定还要四处替她敲锣打鼓，歌功颂德！

怒火中烧的赵雅心当即拿起手机给郑晚亭发了一个微信："立刻到荣祥广场的遇吉岛咖啡，我现在就过去等你！"不等郑晚亭回复，她拿起车钥匙就出了门，就不信郑晚亭敢不来！

确实如此，等赵雅心推开遇吉岛咖啡店的门，郑晚亭已经等在里面了，看到她，立刻笑吟吟地迎了上来："亲爱的，怎么这么急？你才结束课程，要好好休息一下呀。感觉怎么样？"

赵雅心冷笑，也不说话，坐下来先点了咖啡。郑晚亭能这么快就赶来，不是心里有鬼是什么？

赵雅心没有猜错，能把见过世面的阔太、名媛忽悠得跪地朝拜的女导师，自然也不是等闲之辈。她虽然没有把当年的女记者和今时今日一身贵气的名媛联系到一起，但仍然敏锐地捕捉到了赵雅心一瞬间的情绪变化，等赵雅心离开之后，她立刻给郑晚亭打了电话："可能要穿帮，今天这个客户看样子以前兴许见过我。"

郑晚亭被吓得打了个寒战。她意识到，马上要来的，可能是决定她整盘生意生死的重大危机。顾不上埋怨搭档，她立刻在心里开始做能想到的所有预案。如果搭档是错觉当然最好，但她不敢把全部希望寄托到侥幸上。

因此，当赵雅心冷冷地把手机上那张陈年旧照翻出来正对着她，郑晚亭表现得很镇定："这是谁？"

赵雅心恶狠狠地说："这是谁你不认识？常光，跟你合伙的女骗子，装什么导师！"

郑晚亭不慌不忙，假装很仔细地又看了几眼手机屏幕，说："这不是她。世界上长得像的人也不少，你肯定认错了。不能因为一张照片，你就血口喷人吧？"

赵雅心怒火攻心，压低了声音怒骂："你少他妈和我来这套！"

郑晚亭端起咖啡啜了一口，撇了撇嘴："姐，花不起这个钱你就直说，何必这样？"

没错，别墅区的女人，什么都能忍，唯一忍不了的就是被别人说自己没钱。你说她们丑、她们胖、她们老公出轨、她们没朋友，别墅区的女人都可以用厚厚的钞票垒成巨盾，挡住这些轻飘飘的酸言酸语。是啊，你瘦、你美、你老公天天下班就回家，你还不是穷？还不是要意淫有钱人不快乐？拜托，钱不能买到一切，但钱绝对能买来瘦、美，以及许多人的臣服。换句话说，你有的一切，我都能用钱买。但，当有钱人没了钱，她所拥有的一切自信、骄傲、优越感，也即刻化为齑粉，任何人都能立即上来踩一脚、白一眼，以前被钱挡住的羞辱，将以百十倍的力量啐到脸上：看吧，没了钱，她什么都不是，好惨。还有，被传没钱以后，不只是羞辱，在有钱人这个圈子，更加是一种有毒警告：这家人资金链断了，千万别和他们再有任何牵扯。没人再和你老公做生意，也没人再和你做闺蜜。

为了捍卫颜面和资源，许多人宁可打落牙齿和血吞，生怕被别人看扁。

周旋在别墅区太太中多年的郑晚亭，深知这一点，她就是要利用有钱人的虚荣，让赵雅心闭嘴。"这样吧，我替你申请，让课程团队退你学费，当作我请客。"说完，她还慈悲了，"无论其中有什么误会，又或者你有什么难处，只要这个课程帮助到你的身心重建，哪怕只是一点点，我都替你开心。"

但郑晚亭犯的最大错误是没有意识到，此刻坐在她对面的赵雅心是个什么样的女人。赵雅心是那种会在乎面子的女人吗？她狠起来，可以连亲生儿子都假装不认识，会拉不下这张脸？

只听一声脆响，赵雅心狠狠地把咖啡杯砸碎在地上，轻蔑地看了她一眼，头也不回地走了。

众目睽睽之下，目瞪口呆的郑晚亭还没有来得及感到尴尬，手机屏幕亮了，一条微信提示跳了出来，赵雅心发的，只有三个字：你等着。

第五章　离场

这两天，一条热搜吸引了所有人的注意。

标题写得很耸动——《杨意居然信邪教？一年供奉上千万！》点进去发现不过是对着几张照片看图写话，貌似客观分析杨意近年来事业空间被挤压，接连几部作品扑街之后已然崩溃皈依不知名邪教，靠向宇宙发功拯救颓势。认真看下去不难发现，真正的猛料其实是那几张照片。其中一张照片里杨意同几个女人穿着一式一样的素麻灰色袍子，围成一个圈打坐，同时闭着眼睛仰着头，对着天空张开双手好像在接收什么，脸上的表情都很沉醉，意味明显。这条帖子下面的转发和评论迅速爆了，大众眼里又美又时髦的当红女星，私底下居然为了红走上歪门邪道？！骂的、指责的、冷嘲热讽的、接受不了又哭又喊的，瞬间淹没了网络，霸占了每个人的首页和朋友圈。

北郊的妈妈们自然也看到了这条传闻，只是，她们比其他人更要目瞪口呆，或者唇亡齿寒一些——她们其中有不少人，都认识照片中的当事人，甚至，连陈岩也对这张照片记忆犹新。在冯佳晶家的生日派对上，郑晚亭为了展示这个灵修课程一座难求，曾经神神秘秘地给她们看过这张照片，当然她也只是小心地在众人面前晃了几眼，并未将照片发给任何人，所以照片必然不是郑晚亭本人泄露出去的。幸而写帖子的只是不相干的八卦爱好者，只认识杨意，特地把她的脸部圈了出来——但这些妈妈们显然认出了她旁边的好几个熟人，大家都有点儿瞠目结舌。其实在别墅区，养尊处优的妈妈们参加个茶修课、塔罗牌课、心灵瑜伽课之类的，又或者一年去一次中国的西藏和国外的不丹、以色列、印度朝圣，是一种无伤大雅的常态。这些女人能说出点儿买包、买衣服、买珠宝，又或是给孩子选学校、选兴趣班之外的内容，还显得挺高级——当然，谈科学、谈金融、谈投资更是可以，但门槛太高。谈玄学却是没有门槛的，讲讲自己的心灵体验，在那些远离尘嚣、风景优美的地方往朋友圈里发几句禅言禅语、人生真谛，倒也不算俗气，确实是一种颇为拿得出手的生活情调。

忽然被圈外人截图发了出来，看着照片上这些中年女人脸上狂热又虔诚的表情，人人又都感到了一种发自内心的尴尬。似乎没做什么坏事，却莫名成了全世界的笑柄。这一刻，陈岩甚至庆幸自己的拮据，但凡手头宽裕些，之前可能就随着邓岚去灵修了。

这个帖子要不要转给邓岚，陈岩有些犹豫。不转，她手里拿着邓岚新一轮融资的项目，杨意虽然不是邓岚公司的艺人，但以她们的密切关系，这种形象危机可大可小，说不准就会有什么牵连；但要说转，以邓岚和杨意的关系，邓岚听到消息一定比自己更早，自己一头撞上去，倒成了通风报信看好戏的小人，邓岚面上没事，心底免不了要迁怒。

陈岩决定，先看看发展。

扑通！扑通！心脏跳动的声音，此刻像是某种巨大无比的怪兽正发出的嘶吼，每一声都带着地动山摇一般的震颤。

血管里的血液汩汩流动，不知为什么，也带着唰唰前行的声音，它们一股脑儿地涌到头顶，感觉就要渗出发麻的头皮，郑晚亭似乎生出看恐怖电影一般的幻象：她的头上布满了密密麻麻的血点，而每一个血点还在不断地扩大、融合，最终，从渗血的毛囊里挣扎出一只只锋利的爪，从头顶顺势往下一撕，她的整张脸皮就被撕掉了！

郑晚亭已经失眠了好几夜。

"你等着。"无论她在做什么，那轻飘飘的三个字都像热播剧的弹幕一样，一直在她脑海里循环往复。如同所有灾难片刚开始那样，明明是碧空如洗、芳草茵茵，远处是孩子的欢笑，人们安心做着习以为常的事……可是，隐隐约约却响起了越来越紧促、越来越尖锐的鼓点，预示着毁天灭地的一刻即将到来。

一直到天色麻麻亮，微光争先恐后地穿过窗帘的缝隙挤进卧室，郑晚亭才迷迷糊糊地睡着。可是，等她睁开眼睛的时候才发现，手机被打爆了。

天已过午，北京真真正正热了起来，灼白的阳光毫无遮蔽地刺穿每个角落，郑晚亭整个人却冰冷得像是刚刚被从冰洞里掏出来。

绝望，却又有一些终于等到另一只靴子落地的解脱。

郑晚亭麻木地翻看来电显示上的74个未接电话，又略过微信里三屏质问她、咒骂她、找她算账的私信，打开了那个冲上了热搜的微博。整条微博以及相关评论里的焦点都只提到了杨意，但这并没有让郑晚亭感到稍稍放松——她不傻，这只不过是开始。

她没想到，赵雅心一出手，竟然就这么狠，这么不留后路！专业、迅疾、一招致命，完全超出了妈妈群日常撕扯的逻辑！

郑晚亭记得很清楚，这些照片她是悄悄给不少人看过，但一直很小心没有发给过任何人，唯一一次，是赵雅心终于开口说想去灵修课试试，又有些举棋不定，来来回回之间，她一个按捺不住便把这几张照片发给了赵雅心，说："你的好朋友们都去过了。"虽然她又很快撤回，谁知就这么短短几十秒，赵雅心便把照片存了下来。

都怪自己着急。都怪自己因为缺钱着急。都怪自己要负担全家生活因此常常缺钱而着急。

这几天，郑晚亭在心里做了很多预案：赵雅心如果找上门来，她要怎么装聋作哑；赵雅心要是在群里骂街，她要怎么卖惨装傻；赵雅心要是让邓岚出面，她要如何推脱找补……郑晚亭自觉就算撕破脸，撑死了也就表个态从此不再开班，把风头躲过去，明年换个题目再开始。反正这个圈子里，永远不缺一头撞进来想要迅速融入的新人，也不缺大风大浪里翻了船想求个自我安慰的自欺欺人者。

万万没想到，赵雅心连面都没露，直接一出手就把看上去八竿子打不着的杨意给捅到了公众舆论面前，把杨意架到了风口浪尖上——杨意一个人，一年能挣出一个小型上市公司的利润。不知多少人，靠着她吃饭，用着她挣钱，动她一根头发丝儿，都像是戳了资本的肺管子，小小一个郑晚亭，自燃事小，引火是大，烧到了杨意，她根本得罪不起。

想到这儿，心知再等下去也只有一个"死"字，郑晚亭从床上一跃而起，抓起男人扔在柜子里的牛栏山喝了两口，烧灼的酒精点着火滑过喉间，才仿佛给了她一点儿面对的勇气，开始逐个电话、逐个微信回过去——

"不不不，姐，照片怎么可能是从我这边漏出去的，这么多年你还信不过我？"

"亲爱的，合影不是我一个人才有啊，去上课的都有吧？"

"我这次真的太伤心了，千里迢迢邀请老师、任劳任怨地组织课程，这么多年帮了这么多人，效果怎么样，圈子里谁不知道？完全是本着做公益的初心来做这件事，现在不知道是谁在背后捅刀，我真的很灰心。"

"放心吧！我们不会受影响的。网上那些八卦的除了明星还知道什么？这种捕风捉影的新闻撑死也就三天热度。"

……

郑晚亭回完电话和微信，已是下午。公婆从学校里把孩子接了回来，看到她失魂落魄地坐在客厅一角对着手机忙个不停，也不敢问，只能嘱咐孙子别去打扰妈妈。

对付过去就好了，郑晚亭心想，活人还能被骂死不成？

人真是能被骂死的，过去是，现在更是。

赵雅心见过太多了。

真正上过班，尤其是参与过商战的人，思考问题的方式、摆弄权术的手段，岂是一般全职主妇能比的！赵雅心平时就不太爱和这些妈妈们接触——她以前可是混在爸爸们的圈子。见惯了男人在生意场上的阴谋阳谋、纵横捭阖，她怎屑于掺和到女人之间好起来梳小辫、翻脸时撕头花式的交往中？可为了孩子、为了老公的生意，又不得不假装温顺起来。谁叫郑晚亭踩了她的死穴，彻底激怒了她？那她和男人一样，狮子搏兔，亦尽全力。

得益于早年间在流氓财经网站工作时学会的讹诈模式，后来又在报社里帮客户炒过热搜，对于怎么发起攻击不留痕迹，怎么掀起舆论风暴，赵雅心驾轻就熟。甚至，她还有合作过、信得过的专业水军公司，专门做灰色地带的生意，不管是买转发还是上热搜全都不在话下。这年头，杀人何须动刀！发动舆论把对方弄到社会性死亡，真的让其比死还难受。

把杨意架出来烤只是第一步。第二步，水军公司继续维持话题热度。派出无名技术宅小号深度扒皮解析灵修骗局。先是把号称哈佛毕业，嫁过湾区富豪，开过三家公司的旅美女博士，曾经的人生赢家，如今的灵修导师常光女士扒了个底儿掉，不仅展示了她当初跟台湾保健品诈骗集团老板同框的照片，还进一步挖出了她的一切履历皆是虚构的，本人不过是台南普通市民一枚。此前全面肃清保健品诈骗大案，因她只是老板助理，并未遭到通缉。她返回台湾蛰伏数年，把自己重新包装了一遍，以常光之名创办了一套贵妇灵修课程，并发展了一个在内地的主理人共同经营——这个人，便是郑晚亭。

至此，郑晚亭算是正式浮出了水面。

看到自己的照片出现在扒皮帖，郑晚亭还来不及崩溃，杨意经纪人的电话又来了。明明前一天,郑晚亭已经把她忽悠得半信半疑,两个人还在同心协力地排查,是哪个环节出了岔子。结果扒皮帖一出,杨意的经纪人暴跳如雷,一个电话打来:"你丫等着收传票吧!不把你告到倾家荡产,这事儿不算完!"吧嗒一声电话被挂掉,那尖厉失真的咆哮声仿佛仍在郑晚亭的家中回旋。

什么都顾不得了,要打、要跪、要羞辱,也要去服软了。郑晚亭冲出家门,开着车直奔赵雅心的家而去。

担心赵雅心不见她,她甚至没敢报给门岗说自己是赵家的访客,胡乱报了同小区另一户认识人家的房号,才算是混了进去。

到了赵雅心家,她按了一遍门铃,等了几分钟,毫无反应。从厨房的窗户往屋里打量,影影绰绰是有人的,不开门,只能是因为赵雅心从可视监控里,看到了来者何人。

郑晚亭咬咬牙,反反复复按门铃,心底里甚至有了一种一了百了的疯狂:我偏要一直按,有本事把我抓走,正好我就不用面对这一切了!

十分钟后,一脸不耐烦的赵雅心出现在了院子的铁艺雕花栅栏门后,隔着门,从头到脚打量了郑晚亭一眼,道:"你不是很牛吗?讽刺我没钱,怎么现在倒像个捡破烂的?"

一向最会营造高贵身份的郑晚亭,此时此刻,穿着还没来得及换的宽松过夜大恤衫,脚上踩着一双厚底塑料拖鞋,头发蓬乱,脸色仓皇,一夜未眠出的油几乎快要从脸上淌下来。半个月前她还是风姿绰约的核心圈层贵妇人,现在站在门外的她,只觉得自己像一只油浸浸的蟑螂,被人轻轻踩在脚下,只要稍稍一用力,立刻就会粉身碎骨。

呵，但羞耻是奢侈品，郑晚亭自觉不配谈它，只靠着真情实感红了眼圈儿，伸手抓住雕花铁栅栏，如同拉住了女主人的素手，苦苦哀求："雅心，看在孩子们的面上，你原谅我这一次好不好？我十倍奉还你的学费，当作我的诚意。你就给我一次弥补的机会吧！你肯定也知道我家的情况，一家老小全靠我一个，我要是垮了，孩子这辈子都完蛋了……"

说到最后，耻辱叠加绝望，令郑晚亭泪如泉涌。

赵雅心仔细欣赏了一下她的狼狈，却丝毫没有开门的意思，只是眉毛一扬，冷笑道："你看看我这房子、我门口停的车，我缺你这点儿钱吗？而且，你找错人了吧？我现在已经无所谓了，最想要弄死你的人估计是杨意吧？你把她坑得损失惨重，把你全部家当卖了都弥补不了。"

郑晚亭无计可施，想着那就鱼死网破，于是抬起头来，幽怨地对赵雅心说："你也不用这么得意，我是有见不得人的事，你不也有吗？"

赵雅心竟一点也不意外："没错，我有。但我那见不得人的事，我自己会去捅破。我自己的虚荣、我自己的错，我自己偿还。你还是管好你自己吧。"说到这里，赵雅心刻意停了一下，再一个字一个字重重地唤出她的名字，"郑红霞。"

听到自己的真名，郑晚亭明白，一切都尽在赵雅心掌握了。她根本没有鱼死网破的资格，赵雅心早将自己置之死地而后生了。

被要挟后的赵雅心，更是对她一句话也不想说，连嫌恶的表情也懒得做,直接转身走了。

眼睁睁看着赵雅心施施然回身离开,优雅轻快地关上房门,门合上发出的轻轻一声响,如同晴天霹雳,将郑晚亭震醒——她后悔招惹赵雅心吗?那必然是肠子都悔青了。只是,别墅区的妈妈们谁没吃过报班的亏,都是熟人搭着熟人,自娱自乐画一个小圈子。这些针对全职太太解闷的课程,要么是某个孩子的家长亲自授课,要么是大家一起组班找来老师……几万几万地花出去,很难说清楚哪个是交了智商税,哪个是充了社交值。

就算特别不满意,通常是私底下抱怨几句。难得碰到性格暴烈的,最多也就是要求退费,退了费彼此还要说几句场面话把气氛圆回来。毕竟都在一个小区、孩子都在一个学校、老公都在一个圈子里,谁也不想轻易把事做绝。横竖是打发时间的玩意儿,太较劲了,就像郑晚亭之前的嘲弄:是不是花不起钱?哪知道赵雅心偏是这样的狠人,为了出一口气,软硬不吃,搞事唯恐不大。事到如今,郑晚亭心知肚明,再找赵雅心求情只是徒增耻辱,必须另谋他策。

回到车上,郑晚亭开始给邓岚打电话。她盘算得很好,一则请罪,二则杨意终究是邓岚带来的,曲意逢迎了邓岚那么久,说不定她还愿意帮忙斡旋一下。

但电话一直打不通。

一开始是没人接。

后来再打,就全是短促的、冷漠的、无法接通的嘟嘟嘟嘟之声。郑晚亭心里一沉,这是被拉黑了吧?

拉黑她的还不止邓岚。郑晚亭给常光发微信，只是绝望之中想迁怒于她，对她咒骂几句，没想到，常光已经把郑晚亭删了，连带常光微信的头像和名字都换成了毫无意义的图片和字符。再打电话，果不其然，电话也停机了。或许在杨意热搜爆出来的同时，常光已经开始撤退——果然是有经验的骗子。

郑晚亭再也受不了了，把车开到罗马湖边上，撕心裂肺，号啕大哭，主要是委屈——她根本不是扒皮帖里说的内地主理人，她只是一个不挂名的主力销售，每介绍一个太太，报名费到账之后，常光立即给她返佣15%，从不拖欠，变现极快，以至于郑晚亭从未想过，常光和她的四个助手，都是外籍身份。如果出了事，只有她是没办法跑的。更何况，所有学员，包括她自己，恐怕都不知道常光的真实姓名。而所有学员都知道她，郑晚亭，跟公婆一家住在清漪花园，有一个8岁的儿子在北郊国际学校上学。正是因为她有名有姓跑不了，圈子里的太太们才放心花大价钱报了名。

这一刻，郑晚亭其实也不想跑，她想死。

拉黑郑晚亭的时候，邓岚正在接见陈岩。

陈岩打电话约她，头一次这样语调严肃、毫不客气，不仅希望马上见面，还破天荒提出，希望不要在公司、不要在家里，也不要在公共场合，有重要的事情需要私下商谈。

几轮接触下来，邓岚早已发现，说陈岩有多聪明，是谈不上的，但她至少很有分寸，做事认真，不会故弄玄虚。因此她也丝毫没拿架子，直接把陈岩约在了自己租下的一间茶室——当时租下来，是给孩子们的读书会找一个不受打扰的固定场所，她负责在学校附近租了这一间一百多平方米的场地，另一个妈妈负责找陪读老师。房子收拾出来，小孩每周周末最多只用一次，反倒是她自己，发觉了这里的方便：家里时常人来人往，开着流水席，都是蒋南国的朋友。自己如今那些朋友，多半也是蒋南国的朋友带来的。在家里，她总是不自觉地拘着，怕给蒋南国掉面子，怕一时得意忘形被蒋南国的朋友或者眼线传闲话，连酒都不敢痛快喝。但在这里，只有一个小时工一周定期过来收拾一次，连面都见不到，又是小孩子读书、妈妈们喝茶的地方，布置得清雅舒适，令人放松。在这里见见朋友，甚至一个人泡泡茶、喝喝酒都感觉十分惬意，简直是她的私人天地。

陈岩是从公司直接赶过来的，落座之后，没有废话，直接掏出几份文件放到桌上："岚姐，这几份是我们公司尽职调查时，会计师事务所和律所的人发现的问题，您先看一下。"

邓岚扫了一眼，发现是公司最近三四年的财务报表复印件，有几处被人用红笔圈了出来。她没有看文件，反而看向陈岩："这些我也看不懂，我信得过你，你直接说吧，是什么事？"

陈岩沉吟了一下，也没有客气："岚姐，我们是自己人，我就直说了，您有问题随时打断我。"她先指着第一份文件，"这是你们买壳的时候，当时的投行提供的资产评估表，还有会计师事务所的签字。但我们这次尽调，用的是我们公司的合作会计师事务所，根据他们的报告，您看圈红的这几项资产，根本到不了您收购时评估的价格。"然后她把后面几份文件圈红的地方一一并排放在一起,好让邓岚看得更清楚,"一般来说,这种收购时的高估,后面会很快暴露出来,但在你们公司这几年的财务报表里,这些缺口都被拆东墙补西墙地做平了,到了今年的账目上,已经基本看不出来了。"

说到这里,陈岩顿了一下,看了看邓岚的表情,又道:"会计师今天报过来,我让他们先捂住了。我得先问问岚姐您的意见,如果你们公司内部已经有默契,我好跟团队统一一下处理方式。"

邓岚的脸色变了几次,从懵懂到恍惚到不知所措,最后努力琢磨出了其中真意:"你是说?"

陈岩点头:"没错,当时有人做了假,负责收购的投行、会计师事务所,还有你们的财务,应该都心知肚明。"

邓岚没说话,两手紧紧交握在一起,因为太过用力,指节都已经发白,陈岩真担心那么纤细的手指会被折断。良久,邓岚问:"依你看,他们黑了多少钱?"

陈岩措辞仍然十分谨慎:"从目前的财务资料看,这几项的价格溢出加在一起,大概两千万左右,但我们不能确定这些钱的流向和具体分配,以及最终套现的成本。"

饶是如此,邓岚已经气得嘴唇发抖。陈岩立刻明白,邓岚这个公司老板显然被手下彻底蒙在了鼓里。这么生气,应该也不是为了钱。主要是,她的财务、她的团队,完全不把她放在眼里。可是再仔细想想,这多少有点儿不合常理——以邓岚在常人面前的脸酸心硬,背后还站着她的老公,按理说谁也不敢在太岁头上动土。

电光石火间,陈岩想起了自己那个疑问:邓岚为什么轻易换掉了上次的合作伙伴,选了自己的公司?当初问邓岚时,邓岚还颇有深意说了一句:"人家自有高枝!"

邓岚是有所察觉的吧?她察觉到了什么?陈岩不禁更好奇了。

陈岩正犹豫着要怎么劝慰邓岚,邓岚的手机却疯也似的震个不停,逼迫邓岚中断情绪。

这种时候,无论是谁,给正在暴怒的邓岚拼命打电话都讨不了好,更别提是给她惹了大麻烦的郑晚亭。邓岚拿起电话,摁了两下拒接,像是故意展示一般,当着陈岩的面一鼓作气把郑晚亭的电话号码屏蔽了。"傻×!"邓岚明明白白地骂了一句,把电话拍在了茶几上。

谁知,手机仍是震,邓岚恶狠狠地拿起来,倒要看看是谁不依不饶,却发现不得不接了——是杨意来电。热搜的事邓岚是知道的,恰恰又因为是自己给牵的线,反而有些左右为难。既不敢主动慰问,也不能装聋作哑。如今杨意找上门来,完全不能躲了。邓岚接通了电话,还没来得及开口,杨意已经带着哭音问她在哪儿,待邓岚报出地点,杨意就猛地挂了。

邓岚和陈岩面面相觑,先前的话题显然进行不下去了,邓岚发话:"你们先正常推进,回头我再跟你详细说。"然后她亲昵地搂住陈岩的肩,竟然有点儿哽咽,"岩,幸好有你,还是亲姐们儿才靠得住!"忽然从准邻居被升职成亲闺蜜,陈岩一时间有点儿受宠若惊。

正在这时，门猛地一下被推开，杨意一阵儿风般卷了进来，摘了墨镜抱住邓岚就开始哭："姐，我这次被你害惨了！"

陈岩愣了一下，手脚麻利地把桌上的文件迅速收了起来，正想示意邓岚后自己悄悄离开，杨意已经发现了她，啜泣顿住，也看向邓岚。

邓岚此时此刻最不想做的事，就是一个人面对杨意，陈岩对于她来说，也不是外人了。于是她跟杨意道："陈岩是自己人，你有什么委屈，咱们一起想想办法。"

其实，到了此刻，杨意也没有什么秘密可言了。她找邓岚，不过是半真半假地卖惨，一则寻求支持，免得被圈里人落井下石；二则也是让邓岚表态，灵修班是跟着她才去上的，结果现在自己损失惨重，不可能让邓岚一个人站干岸。

况且，惨是真的惨！信邪教的新闻一上热搜，杨意整个团队的电话快被打爆了。媒体的电话就不说了，出了这种形象危机，她的各种商务合作，已经签了的派了律师来谈违约，正在签的全面中止。不止如此，好不容易拍完要播的戏也开始观望要不要剪她的镜头，签完约准备进组的戏，导演客客气气打电话过来表示理解，让她别着急进组，把目前的事处理好再说——那话里的意思很清楚，处理不好就别来了。最绝望的还是舆情，营销号拿她取笑、吃她的人血馒头就算了，好多也不知道是竞争对手派来的，还是无端端就是恨她的网民，往死里举报她，说她宣扬封建迷信。这两天，杨意工作室上至投资人，下至小助理，人人疲于奔命，四处澄清。而杨意本人，除了在家生气在家哭，根本不敢再抛头露面，以免节外生枝。

杨意边说边哭，越说越觉得自己惨，一开始还多少有点儿表演性质，哭到后来自己都觉得前途无光，渐渐发自内心地歇斯底里了。她哭，说找了律师要起诉。可律师跟她说，这个灵修班确实没有打宗教的幌子，也没有任何传销行为，它本身也宣称只是一个心理辅导课程，从形式到内容都挑不出大毛病来，怎么告？最多是告郑晚亭侵犯肖像权，就算告赢了，郑晚亭能赔多少？十万，一百万，一千万最多了吧？就算她赔得出，一千万跟杨意的损失比起来，根本是九牛一毛，约等于无。

邓岚越听越是坐立不安，倒不是她得罪不起杨意，确实是内心有愧。她们这些太太，都是无须抛头露面的，属于保罗·福塞尔《格调》里说的"看不见的阶层"，丢脸也丢不出圈。反而是杨意，真真切切靠自己从无名之处一步一步搏上来，她的名字就是她的事业，天晓得她有多珍惜。如今一个无心之失竟然闹到这种田地，此刻邓岚给杨意跪下磕头的心都有了。

陈岩在旁边认真听完全程。其实从她第一眼看到这条热搜，就在琢磨这个问题。直到此时，待邓岚终于把杨意安抚住，情绪稳定下来，陈岩才忍不住开口："其实，你们有没有考虑过，换一种思路解决问题呢？"

杨意和邓岚齐齐扭头看她，已然如此，不如听听这个女人还有什么招儿。

陈岩说："就像小意的律师所说，打官司没有依据，也不划算，不如反过来承认，因为娱乐圈的高压状态，让小意产生了严重的心理问题,因此不得不寻求帮助。律师不也说了吗,这个灵修班绝无宗教属性,也没有任何非法行为,就算导师本人是个无良骗子,那有错的也是骗子,而不是努力想要自救、勇敢寻求帮助、积极走出心灵泥沼的学员啊!"

听到这里,邓岚和杨意不由对视,眼前一亮!

"现代人有心理问题的很多,我们每个人身边也许都有一个正在遭受抑郁症、强迫症、双相情感障碍的亲友,难道我们要嘲笑他们为了自救而作出的努力吗?今时不同往日,大部分网友对心理疾病都有客观的认知,也非常理解、共情遭受心理疾病困扰的人。小意如果站出来,承认自己正在对抗心魔,只是不小心被蒙骗选错了帮助者,但无论如何,小意都希望借由自己的遭遇呼吁大众,请关怀所有心灵上陷入困境的人。也请所有病友,即使走了弯路、遭受误解,也不要放弃、不要感到羞耻。因为能拯救自己的,始终只有自己!"

陈岩这一番话说完,杨意破涕而笑,对邓岚说:"姐,你这个朋友很有意思啊!"

说罢,杨意主动靠了过来,对陈岩说:"咱俩加个微信呗。"

离开邓岚的茶室,陈岩又马不停蹄地直奔芭蕾教室。今天是训练日,冯佳晶已经把两个孩子接去上课了。

大人的世界不管如何风云变幻,小女孩的世界却始终宁静美好。小小舞者随着音乐节奏优美地舒展开身体,像一只只跃动的音符奏出动听的乐曲。

隔着玻璃望着她们，陈岩的嘴角不由露出笑意。

正在这时，冯佳晶捅捅她，笑嘻嘻地给她看自己的手机——是她在小红书发的短视频。上次陈岩帮她把贵重的东西整理收纳起来，也让许多被打入冷宫的衣物浮出水面。冯佳晶一时无聊，拍了几个整理视频，而且干脆选了五件比较新的、万把块左右的东西，或是鞋子，或是手袋，或是短裙，自己亲自穿上，并把穿搭心得细细说了一遍，然后打算选五个留言免费赠送。谁知就这么几个视频，尤其是送东西那条，发了三四天居然点赞破万，留言一千多条。

留言多是甜言蜜语，也有少数酸言讽刺，冯佳晶全然不在意，逐个看下去，乐不可支。

"你看，还有人给我发私信，想签我呢！"冯佳晶只觉得逗。

陈岩却眼前一亮，接过手机仔细看了起来。那个私信确实只值一乐：号称是MCN公司，却连公司注册信息都搜不到，私信内容看上去也是群发模板，大约不过是搂草打兔子，估计连发私信的人自己都不是很在意。

但她还是将冯佳晶的小红书账号仔细翻了一遍。这个账号其实已经用了好几年了，内容零零星星只是冯佳晶旅行时候或者无聊时候的自拍，偶尔也晒晒新买的东西，纯粹自娱自乐，粉丝只有几千个，大部分还是平面模特时代留下的老粉，基本没有活跃度。

真正有变化，是从送东西这条视频开始的。有人翻回去看了她的整理视频，发现她送的东西肯定是真货，于是纷纷留言求临幸。又是数一数二的日系平面模特出身，加上这么多年吃过穿过用过，对着镜头，冯佳晶无论讲解什么都显得头头是道，优点缺点全是一手经验，十分有说服力，看她上身、听她说完，连东西本身都显得更好看了，陈岩自己都觉得被冯佳晶说得心痒，想买同款。

"佳晶，"她若有所思地看着朋友，"我觉得你应该好好运营一下你的账号，说不定会有惊喜。"

"你说这个号？"冯佳晶白她一眼，"现在漂亮小姑娘太多了，都挺会穿的。我做模特的时候都没火，现在一个中年妇女孩子妈，还能有什么惊喜？"

陈岩正色对她说："你光发自拍当然不行，但你有你得天独厚的优势，别浪费了。"

冯佳晶若有所思，她从未想过，自己也有过人之处。陈岩说："你的样子、身材、品位就不说了，你还有许多人没有的东西——钱。"

冯佳晶扑哧一笑，说："你又讽刺我。"

陈岩说："不是在开玩笑。真的，要说化妆、搭配，别说年轻小姑娘，像我这样的，多看两个教学视频也就会了。但，我就算再怎么学习和模仿，恐怕也永远不会知道，爱马仕的这包那包要怎么配货、花多少钱才能被香奈儿请进贵宾室、买哪些品牌哪些珠宝最保值、哪家航空公司的头等舱坐起来最舒服飞机餐最好吃……因为我和很多人一样，没钱。而有钱的人，又没有几个像你这样，模样上镜、姿态大方、表达流畅，你把你这些年花钱的经验和感受，认真讲一讲，我相信很多人都爱看。反正我就挺想看的，不如你就先录一期，给你收拾出来的那些奢侈品，看看二手能卖多少钱。"

冯佳晶犹豫地说："我能行吗？我啥也不会。"

陈岩立即接道："别的暂时还没发现，但你是真的会花钱。在这个时代，只要你会做一件事情，就有人看，就能变现，就能成就一番事业。"

冯佳晶有些被触动，说："那我试试。"

陈岩把手机还给冯佳晶，真挚地说："作为女人，你一定要找到一个方式，始终拥有自己的名字，无论是在房产证、工资单、营业执照，还是在妻子、媳妇儿、妈妈这些身份里。"

果不其然，杨意的个人声明在微博上发布之后，舆论当即反转了。几乎所有媒体和女性博主全都站在了杨意这一边，为她正名、和她共同呼吁，而大众也立即掉过头去清算之前对杨意落井下石的那些舆论。世事总是如此：不是东风压倒西风，就是西风压倒东风。无论如何，杨意安全脱身了。不但脱身，甚至可以说是因祸得福，封面专访纷至沓来，好几个品牌立即和她签了商务合作，为她量身定做视频短片，"心里有光，就不怕黑""因为是姐妹，所以不松手"……杨意看到这些脚本，轻蔑地一笑：不怕黑？我像阮玲玉一样快被人言逼死的时候，这些"姐妹"又在哪里？

陈岩看到杨意的个人声明，几乎是一字不改地用了她说的原话，心中莫名涌出一股签了上亿大单的暗爽。虽然加了微信之后杨意再未和她说过话，但她无所谓，就算杨意不领这个情，邓岚也会感恩戴德地把这情领下来的。

事实上，这些天邓岚一直在留意风吹草动，眼见着杨意发布了声明，舆论扭转过来，邓岚立即从衣帽间里把自己那只崭新的喜马拉雅铂金包全须全尾地封盒包装，叫司机给杨意专程送了过去。这只包是蒋南国的公司上市之际，她花了上百万，在佳士得拍卖会上拍下的。只在上市庆功酒会当晚用过一次，之后便供在她的衣帽间里，如同婚纱一般，高调一次已足矣。杨意这些年挣的钱再多，也是舍不得买的，毕竟演戏、上综艺、拍广告、出席活动都是辛苦钱，哪里比得了资本自己滚动就能滚出来钱，来得轻巧，用得爽快。

邓岚知道这一份歉意绝对足够打动杨意了。司机前脚离开杨意家，邓岚后脚就收到了杨意的短信，只有一个字：姐！！！

杨意翻身了，便不找郑晚亭的麻烦了，但其他人却不肯放过郑晚亭。尤其看过杨意的声明之后，其他学员更是生气：是啊！这不只是骗钱，还让饱受心魔困扰的我们雪上加霜！

郑晚亭在家躲了好几天，手机不敢开，因此并不知道杨意已经虎口脱险心情大好，还在想着怎么再去通融。想来想去，只剩一个邓岚还有可能。郑晚亭决定必须去试一下，于是又开着车去了碧宫。

可惜，郑晚亭想要用同样谎报房号的方法进入碧宫没能成功。碧宫的保安一定要得到房主的电话通知才肯放行，而郑晚亭连给碧宫熟人套近乎的机会都没有了——给人家发微信请求通知门禁，收到的只有微信好友验证提示：你还不是他（她）朋友，请先发送朋友验证请求。

没办法，郑晚亭只能把车停在邓岚经常出入的北门门口，死死等着邓岚出入。

等待这件事，郑晚亭并不陌生，这么多年来，哪个金主不是这样用尽手段慢慢磨过来的？但等待和等待也是不一样的，之前她是织网的那一个，一步一步旁敲侧击，静静等着目标最终落网，那时的等待，一样焦急，但尚且带着一种狩猎般的俯视；但今时今日的等待，却是身处罗网之中，孤注一掷的挣扎。

时间一分一秒地过去，天色也渐渐暗了下去。

先是周边各个国际学校的校车接踵而至，嬉闹的小孩跟问长问短的家长一起把幽静的小区门口搅和成了一锅热粥。

粥很快也凉了下去。然后是赶着回家的车流，在衣着鲜明的门岗一次又一次的敬礼致意中，形形色色的豪车一辆接一辆静默地驶过，在落日余晖与庄重大门的映衬下，像一卷英国旧时贵族的生活风情画，处处透着岁月静好的奢侈劲儿。

等着，看着，郑晚亭忍不住哭了，仿佛人人都怡然自得，只有自己，仓皇得像是丧家之犬，摇尾乞怜等着别人的施舍。

终于，郑晚亭远远看到邓岚的车开了过来，急忙下车，等着她的车子靠近大门减速通过防撞杆时，猛地冲了上去，拍着邓岚的车门，喊道："岚姐！岚姐！"

邓岚吓了一跳，看清是她，松了一口气。

保安已经赶了过来，一人警惕地站到郑晚亭的身旁，另一人关切地问邓岚需不需要帮忙。

邓岚摆摆手，按下车窗玻璃，郑晚亭不管不顾地带着哭腔求道："岚姐，看在我跟了你那么多年，你帮帮我吧！"

邓岚顿时大怒："你还敢来找我！我把你带进圈子，你是怎么报答我的？！连我都算计进去了！为你这破事儿，我今天赔了一百多万！你还打算让我怎么帮你！"

郑晚亭愣了一下，情不自禁退后一步，邓岚的车立即径自开走，空气中只留下邓岚一句轻飘飘的嘱咐给门岗："这人是骗子！别让她进小区。"

当即几个门岗看她的眼神都奇怪起来。一开始见她开辆奔驰，又常常在小区出入，所以车在门口停了一下午也没人敢说什么。这时，门岗们对视一眼，其中一个板着脸朝她走了过来。

不等他过来，郑晚亭已经自觉上车离去。

她麻木地扶着方向盘，只觉得全身空空荡荡，像被抽干了每一丝力气。来到这边十年了，十年前那个踌躇满志看着自家独栋别墅的胡同女人，无法也不愿想象，十年过去，她没有照着计划，换上更大的豪宅、更贵的跑车，反而在这个瞬间，她成了一个人人喊打的女骗子，连保安都可以过来踩一脚，随意驱赶。

手机已经调到静音，关了震动，但是屏幕还在不断地亮起，郑晚亭丝毫没有查看的意思。

就在刚刚，邓岚的车回来之前，郑晚亭收到了最后的致命一击。

赵雅心选在晚饭前后、太太们都闲下来时,用了一个豆瓣八卦小号发布了郑晚亭的扒皮帖。其内容之详尽、扒皮之彻底,令所有太太们目不转睛、叹为观止——原来郑晚亭真名叫郑红霞,她并没有一个文化和旅游部的高干姥爷,她的父母至今仍住在50多平方米的老公房;她中专毕业,她老公以前是出租车司机,如今常年无业。更绝的是,这个帖子还搜罗出这些年郑晚亭跟太太群在各种场合上的合影,她的每一个假包、每一件外贸尾单同版A货都被刺眼的红色圈了出来。这些照片、聊天记录、购物信息从何而来,没人在意,左不过是墙倒众人推,总有好事的老街坊、有过节的卖家会私信爆料,总之,这个帖子很快就被转得到处都是,整个北郊别墅区,连带朝阳区、海淀区甚至上海静安区的妈妈群,集体沉浸于对这个叫作郑红霞的冒牌货,心安理得又欢乐痛快的鄙夷之中。

郑晚亭的手机理所当然地又被打爆了,想对她破口大骂的、找她退学费的、要她赔偿的、威胁要告她的……一股脑儿地围剿着她。

郑晚亭面如死灰、失魂落魄地回到家,却见儿子坐在客厅沙发上哭,一家人正团团围着孩子焦心地问缘故。爱孙心切的老爷子锃亮的青皮秃脑袋在屋子里晃来晃去,大嗓门把吊灯都震得发抖:"没他们这么欺负人的,我明天找他们校长去!一年收几十万学费,敢这么欺负我孙子,我跟他们没完!"——郑晚亭一向烦他那股浑不懔的劲儿,像胡同里的老瘪三,几十年了还养不出一点儿体面,无论碰到点儿什么都大喊大叫,其实什么事也干不成。

孩子听若未闻，像头小牛犊般呜呜直哭，大人问得急了，才哭喊起来："他们说我妈妈是女骗子，说我是小骗子，叫我滚出去！呜呜呜……"

几个大人一时间不知所措，一抬脸发现郑晚亭正好站在玄关，一脸发怔地看着他们。

还是刚子回神得快，他几步冲过来一把抓住妻子的手臂，一迭声急问道："你去哪儿了？出了那么大的事，给你打了多少电话都不接！一下午有好几个女的气冲冲地来家里拍门，你到底干了什么啊！"

"我……"一个"我"字哽在郑晚亭喉间，她一个字都说不出来。

小孩还在呜呜地哭，老太太头也不回，一边唉声叹气，一边紧紧搂着被排挤的孩子。

老爷子长叹一声，跌坐在沙发上，锃亮的青皮秃脑袋好像在刹那间失去了光泽。

一股猛烈的愧疚感攫住了郑晚亭的心，她挣脱了刚子的手，一言不发走进卧室，锁上了门。

这当然是个不眠夜，奇怪的是，郑晚亭一滴泪都没有落。

原本以为，最后一根稻草压下来，排山倒海的恐惧和绝望足以让她生不如死——但当一切都被赤裸裸地掀开，她只是麻木地躺在床上，没有办法做任何有序的思考，脑海里一大堆乱糟糟的画面。不过不是眼前的麻烦，不断跳出来的，是那些她原以为早就被遗忘的时光。

那时，她还是郑红霞，常常会没心没肺地大笑，在后海边上那些挤挤挨挨的胡同里，她最喜欢让刚子背着她疯跑；刚子妈做点好吃的就非得叫上她，她怕胖不肯吃，每次去都像是上刑，但去了，又从来拒绝不了一碗浇了满满黄花木耳五花肉的打卤面；做导游的时候，大热的天她带着一群老头老太太爬长城游故宫，最后累得直接坐在马路边，跟车司机递过来一瓶冒着泡儿的冰镇北冰洋，她呼啦啦喝下一大口，看着日落紫禁城，心想"北京就是好"；儿子一岁的时候，她忙了一天半夜进门，小孩子熟睡后，微微张开像蔷薇花瓣一样粉嫩的嘴唇，身上还自带一种甜甜的奶香，她轻轻卧在儿子身旁，深深嗅下去，闻到了幸福与安宁。

就这么想着，笑着，天亮了。

郑晚亭洗了一个澡，甚至有心情敷一张面膜。

她把头发仔仔细细地吹干，选了一只有点儿过于红的唇膏，再打开衣橱，穿上她跟刚子结婚时，特意买的V领收腰红色连衣裙，裙子上有大团暗红的印花，像隐隐燃烧的火焰，要是邓岚看见，一定会嫌弃轻佻。

她打开门，走下楼。

孩子还是被送去了学校，一家子正愁眉苦脸地坐在餐桌边，桌上是已经坨掉的面条，刚子妈鼻头眼圈还是红的，正揪着餐巾纸大声地揩鼻涕。看见她走过来，刚子站了起来，老头儿只哼了一声，没有说话。

"爸，妈，我对不起你们，也请你们原谅我，我也不想拖累你们，我就是想让孩子过得好一点。"郑晚亭轻声说，然后，她跪下去，端端正正给这一家人磕了一个头——在当年他们的婚礼上，老头儿老太太就想遵这么个老礼儿，郑晚亭哪肯受这个气，愣是没搭茬儿，死活不肯磕头，把老两口晾着在那儿气了好久。但这一刻，她是心甘情愿对他们行这个礼。结婚十几年，两位老人出钱出力带孩子从无怨言，跟刚子起了争执，也向来都是押着刚子对她让步。这次出了这样天大的事，他们这么生气这么发愁，也没有对她出一句恶言。

她看明白了，在这家人土气聒噪的外表下，他们比这别墅区的任何一个人，都更高贵。

"哎呀，这傻丫头！"刚子妈急急过来扶她，她不肯起来，一时间刚子妈手足无措。

郑晚亭看向刚子："刚子，对不起，我们离婚吧。我欠的债我自己负责，你和爸妈带着孩子好好过，没有我这个骗子妈，孩子不会受那么大影响。以后谁再来烦你们，你们就对着她们狠狠地骂我，骂得越难听越好。"

刚子还没说话，老爷子已经啪的一声把手里的筷子拍在桌上，大喊一声："胡闹！"因为太生气，一向健朗的老人竟手脚发颤。

几个人慌忙把他扶住，好半天，老头儿才平复下来，他看着儿子儿媳，瞪着大眼一字一顿地说："什么过不去的坎儿，也得一家人一起过，提什么离婚！"

"红霞，你在外面的事，刚子都告诉我了。挣钱是要紧，但咱老北京，做事就得讲良心，那些坑蒙拐骗的事是能干的吗？你要是被抓了进去，咱家几辈子的老脸丢光是小事，横竖我跟你妈也活不了几年了，可你儿子从此有一个坐牢的妈，你让他一辈子怎么过？"老爷子喘匀了气，又道，"但这事也不能全赖你。孩子上学一年好几十万的开销，刚子又不成器，全家指着你一个人挣钱。你一个女人，没有学历没有背景，这么辛辛苦苦谁都得伺候着，我跟你妈看着也心里难受。"

说着说着，他忍不住老泪纵横："孩子，这是我们欠你的啊！当初都是我的错，拆迁了有俩钱儿就忘了自己姓什么，觉得住别墅有面子，谁知道住这儿的和咱们根本不是一样的人。这别墅，它就不是个房子，它里里外外全是钱啊！"

郑晚亭一整夜没流一滴泪，此时此刻泪如雨下："爸妈，我真的想好了，你们年纪大了，我不想拖累你们，咱们好歹保住孩子别受牵连……"

刚子伸手揽过她的肩，也红了眼眶："你别说傻话，什么叫拖累，你挣钱不也是为了这个家？我跟你一起挣钱，咱把欠别人的都还了。干不了别的，我还干不了外卖、开不了滴滴吗？大老爷们儿还能让钱给难死！"

老爷子最终拍了板："都别争了，这事听我的！咱把这房卖了，红霞，你就拿这钱去还债。咱干干净净、清清白白回城里，或者去延庆、去廊坊、去平谷、去门头沟，也不为这些个虚面子受这个洋罪了！孩子只要自己发奋，读什么学校都能读出来！"

这番话，让郑晚亭扑通又跪了下来，给刚子爹妈磕了十几个响头，没人可以拦住。

一个月后，报过名的妈妈们纷纷在群里说，她们陆陆续续收到了退还的学费。

郑晚亭再也没有露过面，孩子也默默办理了转学，有人看到过刚子去挨家挨户敲门，放下钱就走。

许多人对郑晚亭的态度也渐渐松动了，聚会时还会想起她，说少了这么一个嘴溜儿的妙人，真是少了许多气氛。

有太太提议，不如下一次叫上郑晚亭，都打听清楚了，她不过是个挣提成的销售，自己掏钱赔给大家，简直可以说是高尚了。

另一个太太说："可不嘛，听说她家把房子都卖了。"

立即有人问："房子都卖了，那她以后住哪儿？"

众人七嘴八舌，开始替郑晚亭担心。约定谁下次碰见郑晚亭，就替大伙儿问候她，约她出来玩儿，大伙儿都不怪她了。

然而，没有人再见过郑晚亭。

郑晚亭一家人，在一个金黄色的初秋早晨，安静地消失了。

第六章　破茧

不知不觉，北京进入了一年当中最美的季节。

天，猛然之间变得高远了。不同于春日总带着淡淡云色的浅蓝、盛夏时节突如其来乌云翻滚的墨蓝，过了立秋，天色就一日比一日湛蓝，明净得没有一丝杂色，只看一眼，你便会对自己说：即使再有什么过不下去的，也等先过完这个秋天再说。

居住在清漪花园的业主们，更加能在早晚变得清凉干燥的空气中，体会到这种独属于季节的美——某种意义上，秋季甚至是这座以湖泊和绿地闻名的别墅小区每年最为生机勃勃的时节。

整个夏天，小区里的妈妈们三五成群地带着孩子们，满世界里游学、参赛、旅行，经历了疲惫的旅途、明明暗暗的较劲儿与交好，十万、二十万地花出去，终归是要开学了。大家陆陆续续地回来，互赠从全世界各地带回来的伴手礼，孩子们相约着在开学前一起玩耍——冷清了一个暑假的清漪花园，仿佛一夜之间活了过来，早早晚晚都充满了欢声笑语。

不仅如此，刚刚奔上了国际学校这条赛道的别墅区新人，从更远的国际学校转学过来因此需要搬到附近小区的老手，在经历了或短暂或长久的房屋修葺之后，也纷纷赶着开学季之前热热闹闹地入住了。

在这片充满新奇的喧闹中，几周之前那些关于郑晚亭的流言也理所当然地像从未存在过,消失得干干净净。

太太们又有了别的兴趣点——新学年。学校资本层面和管理层面的八卦那么多,不吃透了,谁知道哪一脚就会踩到坑里?大大小小的教培机构,收起费来动不动就几万起,有没有心仪的老师离职?有没有哪家请到更牛的老师?自家孩子能不能约到抢手的课?况且长久没练网球、瑜伽、普拉提,教练还在催……人人都有一脑门子杂事。个个都有见不完的新朋友老朋友、约不完的下午茶,好些日子不在,那些个新开的咖啡馆、甜品店、时髦餐厅总要依次去打个卡。太太们的聚会上,会逗乐的人总是层出不穷,一个消失了,又有一个补上来,且带来了新鲜的笑料和八卦。那个慌忙搬走的矮胖女人,在贡献了笑料、八卦乃至自己的丑闻之后,很快便被太太们淡忘了。

郑晚亭的房子,因为压了价,在挂牌之后出手很快。说不清是哪一天,住在旁边的邻居便惊奇地发现,这套小独栋别墅已经被遮上了施工的绿色围挡,时不时有工人和货车出入。然后仿佛还没两天,那绿色围挡也消失了,再次出现在人们视线中的建筑,让邻居们大大松了一口气——曾经种满前后院的茄子、西红柿,胡乱搭成的黄瓜架子、满地攒雨水的矿泉水桶全都消失了,取而代之的,是请了专业园艺师精心设计、错落有致的花园,连随便种在门前的月季都是进口品种,层层叠叠开得繁茂,风微微拂过的时候,像织了一条会流动的花毯。

站在小区道路上望过去,那些丑陋敦实的违建也被拆除了,幕墙换成了边框秀美、光线通透的落地玻璃,从前仿佛"全聚德"烤鸭店的中式门楣也换成了利落简洁的哑光铜大门。据热心上门拜访过的消息灵通人士透露，内部装修更是高级，随处可见宾利的沙发、芬迪的地毯，整套别墅装了各式各样的智能家居，那家六岁大的女娃，站在屋子中间就能泰然自若地操控家里的一切。

人们很快就习惯了这家柔美的女主人和她中午出门、半夜才到家的科技新贵丈夫，还有那个每天要叮叮咚咚练上两小时钢琴的瘦弱小女儿。

邻居们的记忆跟水里的鱼一样靠不住。那个青皮秃头、中气十足、每天早上骑自行车送孙子的老头儿，每年夏天会敲门送上自家吃不完的黄瓜、西红柿的老太太，以及他们的儿子、儿媳和孙子，全部如同这早秋里被蒸发掉的露珠一般，彻彻底底地无影无踪了。

陈岩是清漪花园里为数不多还要上班的女主人，小区里的和煦暖阳、丰美花草、熙熙攘攘，都与她无关。她感受到的秋意之美，是微信上弹出的那个对话框："亲爱的，今天你抽空来我家一趟？"——来自她的新朋友、女明星杨意。

想想半年前，对陈岩而言，杨意还是一个遥不可及的风云人物，她只存在于热搜上。几个月前，在邓岚的客厅里第一次见面，杨意甚至拿她当空气，除了礼节性敷衍一两句，几乎对她视而不见，饶是如此，陈岩仍是暗戳戳地借位拍下合影去朋友圈炫耀——杨意红啊！普天之下，她陈岩是谁？哪怕邓岚，即使财富远在杨意之上，但对于普通人来说，也不过是一个过耳即忘的名字。但，当她们和杨意连在了一起，"陈岩"这两个字就有了意义，能被看见了，能被羡慕了，能被好奇了；而到了如今，杨意已经是陈岩微信好友里一个随时能点开的头像，这不，眼看着就要登堂入室，成为杨意的座上客了。人生际遇就是这么神奇！

这一切的开始，不过是她做下了一个买房的决定。思及此，陈岩颇有些夙愿得酬的快意。

"我正要出门，要么现在？"陈岩并没故作矜持地拿架子，也没有先千恩万谢一番再小心翼翼地询问几点方便，她的回答丝毫不客套，显示出平等交往的朋友之间那种直来直往的爽落。

得到肯定的问答之后，陈岩跟公司的人交代了一声外出，便直接驱车去了碧宫。

不知是不是心理作用，秋日长空下的碧宫，今日只觉得静美，少了一些曾经高高在上的傲慢。陈岩以前在家居杂志上见过杨意的家，据说建筑及室内设计均出自名家，并不是那种生硬的样板间风格。大到客厅角落里的当代雕塑，小到沙发上特地搭配的抱枕，或是餐厨架上整整一长排各有出处、或趣致或精雅的马克杯、咖啡杯，处处都在不经意间显露出高雅的品位和胸有丘壑的格局。尤其是真的走了进来，还能感觉到更上一层的美，不是说比杂志内页上的高清大片更精致，而是因着许多日常生活的痕迹，显得不那么崭新、不那么刻意，更加真实美好。

见陈岩看得兴致盎然，迎出来的杨意忍不住微笑。她已经彻底放松了下来,见陈岩甚至没有化妆。习惯浓妆的女人忽然不化妆多少会显得有点儿没精打采,然而就是这点没精打采,让杨意少了镜头前的犀利和紧绷——陈岩也明白,对于一个万千宠爱加身的女明星,愿意素颜见人,一是因为自信,二是因为信任。杨意穿着一套Lululemon的瑜伽服,应该是早上刚健完身,弹力恤衫已经被水洗得有点儿失了筋骨,配着女明星特有的瘦骨嶙峋身材,行动间反而有一点被放大的肆意与慵懒。

落座之后,杨意亲手给陈岩做了一杯手冲咖啡,姿态自然却有一种说不出的美感。咖啡不出奇,但盛名在外的大美人这样亲近而尊重的态度让陈岩心里无比熨帖——这一刻她突然理解了那些对别人精明万分,却时不时为女明星豪掷家财的有钱老男人。绝代佳人真要对谁好起来,短时间内估计真没几个人能够扛得住。

佐着这杯黑咖啡而来的,不是鲜奶和饼干,而是杨意情真意切的感激。确实,要不是陈岩出的主意让舆论翻了盘,杨意这一把说不好真的要凉。陈岩也没有客气,继续建议杨意,以她的地位,团队里应该好好找一个视野开阔的、教育背景硬一点儿的、有舆情经验的好公关,别再一味用家里的亲戚和靠忠心耿耿混年头混上来的小助理。杨意更加感念陈岩丝毫不居功的潇洒,又觉得心有戚戚焉:她的大经纪的确是她的亲姐姐,核心员工跟了她许多年,说白了以前不过是保姆、秘书、文案,他们跟着她,在这娱乐资本化的大好时代,一起野蛮生长,摇身一变也成了执行经纪、商务统筹、宣传总监。论起争角色抢资源拉关系,讨价还价翻脸吵架，团队里个个是摸爬滚打多年一身武艺的高手，然而论起高屋建瓴的当代管理学、传播学、公关学，抱歉，那就全体欠奉。不是没有公关，可大约就是买个软文、热搜、水军之类常见操作的水平，碰到这次的大事件，确实缺了一个能够提纲挈领、扭转乾坤的人。

想到这儿，杨意待陈岩更加亲热了三分，她好奇地问："以前都见不到你，最近倒是老看你跟岚姐在一块儿？"

稍作斟酌，陈岩笑道："是岚姐关照我，跟我们公司最近有个合作项目。"虽然觉得没什么不能说，况且邓岚与杨意关系密切，但未经客户许可，她还是含糊了一下。

杨意嗤笑，亲昵地白了她一眼："你也太老实了。是不是她们公司融资的事？岚姐早就跟我打过招呼，其实不问我也知道。"

陈岩只是笑。

杨意不着恼，反而真的有些感慨："你跟我之前认识的人太不一样了。要是别人，早就吹得天花乱坠，我只问一句，他们能吹一百句，不定在哪儿就挖了个坑等着我跳。"

陈岩放松下来，倒取笑杨意："谁让你长得这么漂亮，别人一看就大意了，根本不知道你还那么聪明。"

杨意摇摇头，仿佛决意把那些不靠谱的人和事置之脑后，然后郑重地说："之前岚姐跟我提过一句，我也没顾上。但要是你来负责这个事，我是放心的。这样吧，我也投一点儿。怎么操作怎么投，你直接告诉我，我就信你这个人，不会让我吃亏的。"

这倒是意外之喜。邓岚公司做不了普通的定向增发,必须提前定下投资人名单来降低难度。也因此,邓岚自己找来的投资人和陈岩找来的投资人,在最后业绩决算的时候,分量自然是不一样的。

明知杨意是早有主张,私下必定已和邓岚议定得七七八八,不过是在她面前做个顺水人情,陈岩也发自内心地千恩万谢。邓岚家中往来皆富贵的晚宴,杨意周围众星云集的姐妹淘,说到底,还是不如真金白银的提成来得实在。陈岩知道自己是个普通人,只想尽力过得好一点、从容一点,花团锦簇很好,但对于她来说,实在没那么重要。

两人亲亲热热把后续的事情说妥,陈岩以为这就是杨意把自己叫到家里要送的大礼,没想到起身告辞时,杨意让她等一下,又从衣帽间拎出来一袋东西,陈岩一看那沉甸甸的亮橘色大纸袋,便知道是什么了。

那是她想也不敢想的铂金包——曾经也想过一次。公司的女副总时常拎一只黑色金扣的当作公文包,颇有威仪,令她动心。她私下问过时髦的女同事,贵吗?女同事说,大概八九万吧。那时她嘀咕了一句:"也还行啊,不是高不可攀。"女同事嗤笑,你以为你捧着钱走进爱马仕店里,想买就能买?没那回事,还要配货的,懂不懂?你想买一只8万的Birkin,至少还要再花8万买别的东西,这叫一比一配货,就这样还不一定给你。万一有比你配得多、资格老的客户和你争,你就没戏。总之,想稳稳从爱马仕店里抱出Birkin,先在店里砸个三五十万吧。

三五十万，用来买房子多好。陈岩顿时不敢想了。

看着陈岩愣怔的表情，杨意在心里小小得意了一下：到底是女人。男人哪里懂铂金包，最多是知道这东西贵。只有女人才懂，这东西何止贵，根本是考验、是竞赛、是短兵相接，得不到是气短、是权轻、是技不如人，得到了是肯定、是优越、是睥睨众生。用铂金包做礼物，是大手笔、是硬通货、是陈岩这样的女人能理解的涌泉相报。

果然，陈岩立即从沙发上弹起，边往后躲，边说："太贵重了，我不能收。"

杨意上前，拉起她的手，柔情蜜意地说："是我特意给你挑的，只有你能用。"

陈岩又心虚又好奇，终于还是无法战胜诱惑，接过袋子，诚惶诚恐地解开丝带，从盒子里取出了一只深灰色的铂金包——成熟女性的矜持在这一刻当场瓦解。"太好看了！"陈岩仿佛一个小女孩，把自己的欢欣雀跃、喜出望外，毫不设防地展现在杨意面前。

"专门给你挑了35的大象灰，装得下笔记本电脑。我平时看你喜欢穿灰色系的衣服，搭这个正好。"杨意也很开心。很多时候，给予确实是比接受更快乐。

陈岩恢复了些许理智，仍是不确定："我都不知道该说什么好了。"

"什么都不用说，"杨意笑吟吟地说，"我们是真朋友。"

心情实在太美妙，从碧宫一期大门离开的时候，陈岩忍不住方向盘一打，决定绕到三期的围墙外看看自己未来的家。

之前刚签合约、最有新鲜感的时候，她没事就会开车到三期这边看看。整个三期其实还是个建筑工地，围挡墙遮得严严实实，加上没有高层建筑，站在外面，除了高高的黄色吊车，其实什么都看不见。只听得见大型机械的轰鸣声，看见工人嘈杂地从角落里的小门走进走出。

即使是这样，陈岩也能从中看出欣喜来。她仿佛有了透视眼，可以穿过高高的遮挡墙，看到属于自己的家，正在一点一点变为现实。楼书上、脑海里那些美轮美奂的效果图，也正一个像素一个像素地堆砌、聚焦，显像为一丛怒放的花、一株苍美的巨树、一枚奇绝的湖石、一块庄重的墙砖……

但出乎意料，明明是工作日的上午，今天的三期工地却出奇地安静，在墙外只能看见一辆孤零零的吊车，孑然一身、安安静静地立在那里。没有之前机器的轰鸣，没有人声的嘈杂，连小门那儿也没有工人进进出出，只有一个灰扑扑的老头儿蹲在小门口抽烟，要是有人往里看，就凶巴巴地呵斥两声。

陈岩有些奇怪，仔细想想，上次跟宋河一起来看的时候，工地似乎就已经显得挺冷清了，只是因为那天是周末，所以他们也没多想。还以为别墅区的业主比较计较，周边的工地周末不让施工。

没有了人声鼎沸热火朝天，陈岩只得无可奈何地驱车离开去上班。在路上，说不清心里为什么有些空空落落的，她忍不住给销售打了个电话。一开始,对方没有接。等陈岩都到了公司停车场,电话才慢悠悠回过来,听陈岩问起工地怎么不开工,她的声音显得有些啼笑皆非:"姐,您也太焦虑了!施工队倒是想连轴转,问题是有时候材料进场出场都得等。碰到消防检查、施工安全检查,别说停一天,停一礼拜都正常。您就放心吧,我们这么大的集团、这么硬的牌子,到时候准时收房没问题!"

被人一顿调侃,陈岩的心反而慢慢落到实处,也觉得自己想多了。毕竟一期、二期都已经好端端地在那里了,以碧宫在富人中的地位,这点儿晦气的猜想实在有点儿小家子气。被销售喂了定心丸,陈岩舒坦了。她一不做二不休,从橙色盒子里拿出了崭新的铂金包,三下五除二撕掉了细小五金件上的保护膜,把随身物品悉数腾了进去。然后,陈岩豪气地把用了六年的 Coach 老花手提袋扔进了垃圾桶,拎着铂金包,轻盈、骄傲地进了电梯。

邓岚越想越生气。

她坐在书房里,看着陈岩发过来的财务报表明细。随着尽调的逐渐深入,当年自家公司财务跟负责买壳的投行狼狈为奸,高估收购标的资产,以此侵占公司财产,并伪造账目掩盖痕迹的行径越来越清晰地浮出水面——她按住了陈岩让她不要声张,不要惊动财务,但调查不要停止,她要拿到最周全的证据。

公司里风平浪静,还在为定增做着准备,邓岚也逐渐从陈岩发来的一份份报告里,坐实了自己的疑虑——敢这么肆意妄为的,是上一家投行对接项目的负责人，也是一个由蒋南国亲自引荐的女人。

就是在邓岚的办公室里，蒋南国亲自把这个女人带到股东面前，说她是那家顶尖投行里精英中的精英。能派她出马，代表着该投行对这个项目的极端重视。由她来负责买壳上市项目，绝对是万无一失。

在这件事上，身为大型上市集团的老总，蒋南国当然是无可争辩的权威人士。邓岚当初拉来两个合伙人，一起投了这个影视公司，一开始不过是想小打小闹，找点儿事做，是经验丰富的蒋南国亲自说服了他们，加大注资，买壳上市，从而可以用股民的钱快速扩张，完成卡位。之后每一步发展，他都肯主动站出来替妻子指点迷津，提供帮助，几个合伙人自然求之不得。

说实在的，看到这个女人的一瞬间，邓岚心里是有疑虑的。无他，这个女人太年轻了！为了摆出一副强势气场，她穿了一件紧得迈不开腿的包身连衣裙，欲盖弥彰地套着一件西装夹克，高跟鞋足有5寸高，这种高度的细跟鞋，穿起来绝不舒服，通常只是为了满足男性凝视。说话的时候，时不时地就要撩拨一下头发，这太虚张声势了。至少在邓岚看来，她的城府尚不足以掩盖眸子里的自满和贪婪。这样一个一眼就被看穿的年轻女人，到底是用什么手段在金融圈子里杀出了一条血路，实在令人浮想联翩。

等她后来认识了陈岩，邓岚才明白自己当初为什么会觉得那个女人充满了违和感。一样是在金融圈混、野心勃勃、有几分姿色的女人，但在工作时，陈岩是不会让人感觉到性张力的。她总是穿朴素、中性的套装，如同医生又或者律师，一种约定俗成的身份标识而已。她思维缜密、高度集中、就事论事，诚然，陈岩的言谈举止之间，也有喷薄而出的欲望，而那欲望，是可以摆在明处的，并不是暗地里打量着你，盘算着怎样把你的情感套现；那个年轻女人不一样，邓岚跟蒋南国一起出席活动时，有几次碰到过她，大约她实在对自己紧实、光洁的背部曲线得意，每次都穿露着后背的礼服，当着所有人的面就敢有意无意娇声娇气地跟蒋南国说话，要不是每次蒋南国都及时避嫌，邓岚早就翻脸了。

可现在看来，蒋南国哪里是避嫌，他根本是做了亏心事，不敢在众目睽睽之下露出痕迹。

说真的，以邓岚的觉悟，结婚近二十年，孩子都生养了三个，挂着董事长夫人的头衔陪着丈夫闯过大风大浪，早已见怪不怪，蒋南国真要找了个红颜知己、交了个小女朋友，气归气，总不至于伤筋动骨。她时常想起很多年前和蒋南国一起去看电影《搜索》，陈红扮演的阔太一个劲儿指责董事长丈夫偷偷包养了美貌小秘书，丈夫不胜其烦，最后一拍桌子对她说："我要是看上了哪个女人还用得着去偷？！"蒋南国看到这里，意味深长地看了她一眼，说："这段拍得太真实了。"

真正让邓岚气急败坏的，是蒋南国视她为无物。或者说，是蒋南国视她的一切，都是自己的。无论是她的公司，还是她的钱，全是他蒋南国的。从她的公司里榨出几千万来贴补小女友，不过是从自己左兜掏钱放进右兜，理所当然，顺理成章。甚至稍微欺瞒一下，还算是不想拂了她作为原配的面子，她应当感激——有钱有势的丈夫们并不害怕败露任何私情，妻子们知道了又怎样？要闹吗？闹就离婚。如果放得下物质和地位，成为前妻，当然可以获得她们大吵大闹所要求的尊重与自由。

但邓岚不是半路上位、白白享受的花瓶妻，虽然不能说是共同创业，但在蒋南国这二十多年的奋斗里，是邓岚在后方全力为他撑起了一个完整的、和谐的家。很多时候，也是邓岚利用自己大台主持人的身份，为蒋南国的项目疏通了关系。直到现在，如果没有邓岚的慈善基金会搭台，很多关键人物也是不会和蒋南国这样的商人直接来往。于情于理于法，她邓岚都值得一半家产。更别提邓岚名下这家公司，是她用私房钱注资的，合伙人是她挑的，就连项目也是她找来并亲自操盘的。这完完全全是她的公司，蒋南国根本是从她的口袋里偷钱养别的女人！

有那么一刹那，邓岚简直想将这一沓文件狠狠地甩在蒋南国的脸上，让这个无耻的男人还钱！谁知书房门突然被推开，本应该早已去上班的蒋南国居然自己走了进来。

看到邓岚在书桌前，他也没有在意，随口交代一声回来拿文件，就自顾自开始在桌面上翻找，然后，他一抬眼，看到了邓岚的笔记本屏幕上，还没有来得及关掉的最后一张报表。

一刹那，邓岚看见，蒋南国的表情停滞了一秒！

紧接着，他又若无其事地瞥了她一眼，笑着道："你还自己看这些融资报表啊？能看懂吗？别被人蒙了，要不要我帮你找一家投行？知根知底的人用起来才放心。"

邓岚合上电脑，盯着他，直直地，简直要从灵魂深处发出一声嗤笑：哈！我倒想知道，你是用自己的哪个部位去碰触到了别人的根底？

最终，她只是不冷不热地回了一句："不用了，我已经找了我一姐们儿，之前欠她人情，这次得还上。"

见蒋南国不说话，她又追问道："怎么，不行吗？"

邓岚针锋相对，男人倒有些心虚了，讪讪地答她："可以可以，你的公司，你说了算。"

邓岚直视蒋南国，说："以前，我自己也有一份体面的工作，干得还特别好。你可别忘了。"

陈岩发现，冯佳晶也消失了。

当然，不是那种法律层面的消失，而是说，她们明明住在同一个小区，每天要送小孩去同一个学校，还是实打实的闺蜜，这几天却见不到她了。

那个没事薅她出来喝下午茶的冯佳晶不见了，动不动要她陪着买珠宝的冯佳晶不见了，连陪着女儿上芭蕾班的冯佳晶也不见了。开始几次，她总是收到冯佳晶拜托她帮忙顺便接送小雪的微信，再后来，连拜托都没有了，接送小雪的人，直接变成了叶其聪的司机以及家里的阿姨。

在陈岩看来，这自然是一件好事。对成年女人来说，有限的时间是多么宝贵，怎么能浪费在毫无产出的事情上。她自己是请不起司机，不然也非得找个人来替她接送洛洛、陪洛洛上兴趣班不可。

陈岩也知道，冯佳晶不是躲着，而是越来越忙——看冯佳晶的小红书，就知道她在忙些什么。

照着跟陈岩商量出来的选题拍了几期视频，尤其是有一次她直播拆了一只爱马仕铂金包和一只冒牌货，有理有据地说明了两者的区别，成了爆款。不仅粉丝狂涨，每天私信就有上千条，冯佳晶操作尚不熟练，光是回复提问，就占用了她每天大部分的时间。

她从来没有被那么多人盼望过、尊重过。每天都有人催她发更新，看到更新内容里有什么感兴趣的东西，还会央求她拍得再详细一点儿、讲得再多一点儿。很多素不相识的人，会拿着她的介绍，去店里买同款，买完之后还要拍照发给她、感谢她、夸她又美又有品位。碰到有人看不明白，或者直接开骂，就会有另外的人主动站出来，帮忙解释，替她骂回去。她渐渐成为一个中心：有人羡慕她，有人维护她，有人相信她，有人保护她。

这对于冯佳晶来说，是一种神迹般的体会：以前做模特，她是时装的附属；做妻子，她是夫家的附属；做名媛，她是大姐大的附属。以前她必须有一个身份、有一个圈子、有一个头领，才会被其他人看见、认可、接纳。如今，她是她自己，许多人不必知道她是谁、跟谁有关联，就已经深深认可了她。

这种沉甸甸的期待，让冯佳晶破天荒地自学了短视频拍摄及剪辑。当她认认真真照着学了下去，看到自己的视频一次比一次做得精致，她竟然找到了前所未有的快乐。以冯佳晶的语言能力，她自己很难总结出，这种快乐到底是什么。她只知道，策划脚本、拍摄视频、剪辑、发布、获得反馈、根据反馈调整内容和手法，再策划、再拍摄、再剪辑、再发布，获得实实在在的数据提升……这些繁重琐碎的事情里，蕴藏的快乐，远胜于从专卖店里抱出一只限量的包，又或者在姐妹淘当中第一个穿上当季新款。甚至，她以前买东西时，也没有感到太多快乐，大多数时候，只是报复性地花叶其聪的钱。她不知道自己为什么需要，也懒得了解那些东西好在哪儿，人人想要，她就想要。如今，为了拍视频，讲给粉丝听，她开始去学习，请教编辑，询问销售，阅读资料，再对照自己拥有的东西，反而渐渐明白了物质所具有的种种魅力。

冯佳晶不知道，这种快乐，来自创造价值。创造的快乐，当然比消费的快乐，更持续、更满足、更能塑造自我。

她的人生，原本已是没有路了。现在，她切切实实地感觉到，自己其实可以蹚出一条路来。

陈岩最近一次和冯佳晶碰面，只有匆匆忙忙的半小时。冯佳晶下午来家里找她，她正在为晚上的邓岚家宴挑衣服，本以为冯佳晶也要去，冯佳晶却说，干吗和那些太太们逗闷子？我今晚要上直播，和粉丝们逗闷子，我不但不用拘着，还能挣钱！

陈岩扑哧一笑，说："你到底是谁？我不认识你了。"

冯佳晶掏出手机，翻出小红书私信，给陈岩看其中一条：某个国产香氛品牌的公关，想找冯佳晶做一条内容合作。这个品牌倒是有口皆碑的，只是冯佳晶没有经验，不知道该怎么报价，才来找陈岩出主意。

两个人商量了又商量，麻起胆子私信报了一个一万元过去。稍晚一些的时候，冯佳晶给陈岩发微信，还有些懊恼，说自己打听过了，一万元合作一条小红书笔记，算是挺贵的了。她现在才两万多粉丝，报这个价，好像有点儿太飘了。

陈岩回她：你值得！

没想到，第二天一早，冯佳晶就收到私信，品牌同意合作。她激动地把协议打印出来，连蹦带跳地跑去陈岩家，让陈岩替她看看。想了想，她又对陈岩说，干脆收款账号填你的吧？你帮我存着。这是我结婚以后自己挣的第一笔钱，不想随便花了。

陈岩笑了，说："这才是第一个一万块，你以后还会有好多个一万块。"

冯佳晶脸红了："我根本不敢想那么多。"

陈岩怜惜地搂着她，说："你不用想，你已经做到了。你渴望的人生，已经在来的路上了。"

讽刺的是，如果说整个中央别墅区还有谁没有忘掉郑晚亭，也许就只有赵雅心了。一出手，就逼走了郑晚亭全家，她会感到不安吗？不，赵雅心做出决定的那一刻，就做好了接受结果的准备。某种程度上，她有那种干大事的人特有的凶猛无情，不仅敢于对别人，也敢于对自己，破釜沉舟，鱼死网破。

就如同此时此刻。

"我那见不得人的事，我自己会去捅破。"当初她掷地有声地对郑晚亭说过的话，也绝对不会因为郑晚亭从北郊妈妈圈子里消失了，就自欺欺人地当作没有说过。郑晚亭只不过是离开这里，又不是就此死了，这个雷如果不引爆，不知道什么时候就会炸到自己头上。赵雅心做事，绝对不会留一丝一毫的机会给侥幸。以及，她也不想再瞒了。再装下去，再瞒下去，吃再多三净肉、抄再多《华严经》、上再多灵修课，也修补不了她心中那个被负罪感蚕食出来的黑洞。

不仅如此，时机也恰到好处。Eason今天去小伙伴家中过夜，老朱居然也回来得早，晚上到家还不到九点。进了家门见赵雅心把保姆都打发走了，一个人坐在书房里，只开一盏落地灯，一边听着爵士乐一边喝酒，不由兴起，他也坐过来给自己倒了一杯。

"你倒会享受。"老朱乐了。他并不是什么容易迁就的男人，平时在公司，稍稍冷下脸，全体员工就会像集体着了凉，谁也不敢嘻嘻哈哈造次。但此时，他发自内心地感到放松和舒适。别的不说，赵雅心的确有一流的学习能力和适应力。他第一次见她的父母和哥哥就看出来了，一家子都是那种典型的东北小城人，活得糙，没见过什么世面，坚持着一些过时的执念，活在微小的世界里。出奇的是，明明是从他们之中成长起来的赵雅心，却与他们截然不同。她几乎可以无缝融入一个从未经历过的世界——他的世界。

刚结婚的时候,他当然是爱她那股无穷无尽的活力和伶牙俐齿时的妩媚劲儿,然而再青春再甜美也掩盖不了她当时那股土而急切的味道:买衣服、买包只肯去那几个东北大哥最热爱的品牌,有一次居然买了一件全身密密麻麻印满牌子Logo的所谓新款连衣裙,还喜滋滋地让他看。他没忍住,当时就刻薄地直接问,这是用包装纸做的裙子吗?至少让赵雅心怄了一个月!然而那也是最后一次。从那以后,老朱并没有直接观察到她具体做了什么,只是渐渐发觉,赵雅心飞快地融入了别墅区的生活。

她再没有什么贻笑大方的事。反过来,她对花钱的门道、对圈层的理解,迅速超过了周围人的平均线。不止一次,来家里做客的生意伙伴称赞女主人很会选酒,邻居来问他家花园里的日本红枫是如何打理的,怎么长得如此之好?到了后来,朋友选购艺术品都要约上他们夫妇,特地问一问赵雅心的看法,因为知道她跟艺术家圈子混得熟——他一开始看出了这是个能力很强,又有心气的女人。超出预料的是,他没有想到她居然做得如此之好、进步如此之快,居然能够反过来补强他的在外社交。

音乐,是他们都钟爱的音乐;酒,从温度到口感,都恰恰好;坐的沙发,也不知道是赵雅心从什么海外渠道等了半年才买来的大师作品,皮子柔滑娇细,承托到位,一坐下,舒服得只想叹气;书房设计得阔朗明亮,既不呆板沉郁,也不矫揉造作;连旁边坐着的女人,虽然不是什么鲜嫩娇艳的绝色,但柔软蓬松的大V领羊绒衫中和了她过于瘦削的身材带来的凌厉感,喝了酒,脸颊与唇瓣微红，衬着苍白的身体肤色，在暖色的灯下照着，又知性又性感——这是老朱喜欢的家的味道，不多不少刚刚好。

此时赵雅心却转过脸望着他，不仅没有惯常的温暖笑意，反而带着一种下定决心的决绝："我有话想跟你说。"

老朱愣了一下，习惯性地把表情切换成一脸关切。"怎么了？有什么事你说，我们一起解决。"他的声音很稳很暖，但以他阅历之丰富和对赵雅心的了解，刹那之间，他心里已经跳过了不下十几种猜测。从最轻微的，她有什么经济上的难题，到最晴天霹雳的，会动摇到他们整个生活的根基的情况，都齐齐想到。毕竟她并不是那种会小题大做、无事生非的无知妇孺。

赵雅心的嘴角微微抽搐了几下，又很快控制住了自己情绪的起伏，努力平静地说："老朱，你还记得我们蜜月旅行的时候，在希腊，我对你说过的话吗？"

是的，千帆过尽如老朱，想到那次旅行，都忍不住面色一和：结婚的时候为了体谅自己是二婚且社会关系复杂不宜高调，赵雅心主动提出不举行婚礼。他大为感动，直接把婚房落在了新婚妻子名下，两人在浓情蜜意的最巅峰，出发去希腊度蜜月。他们乘着私人游艇出海夜游，爱琴海的夜空繁星点点，辉映着海面上倒映的灯火，美得不似人间。那一刻，他们不再是任何别人，纯粹到只是一对享用过美食美酒美景之后，抵死缠绵的爱侣。到最后赵雅心甚至哭了起来，泪流满面地对他说，他是她余生最重要的人，以后会用一辈子的时间来对他好。他一言不发，可是紧紧拥抱她——只要他愿意，当然可以说出花样翻新的甜言蜜语。可是真的感动了，反而觉得任何语言都是多余。也是那一刻，他真正把她纳入心底，从此当成家人。

"从那以后的每一天，我竭尽全力地提升自己，不想让你失望。我不怕丢人，花十倍的时间、精力跟这些太太们混，偷偷向她们学习，让我们自己的日子过得最舒服，让你和 Eason 走出去人人羡慕，让你一回家就能感到放松、满意。我太知道一个人辛辛苦苦地打拼、挣钱，在商场上尔虞我诈、你死我活有多辛苦，只要能帮到你一点点，我都愿意拼上我自己。"赵雅心的声音很低，也没有哭，完全没有煽情的意思。

老朱不傻，他有些动容。以他的精明，当然能看出赵雅心真的是这么想的，而作为一同生活的当事人，他也深深体会到，她确实也一直是这样做的。

"但我对不起你，"赵雅心抬起头望向他，眼圈儿红了，"有件事我一直瞒着你。"

这一刹那老朱的心脏像被一只铁手紧紧攥住，整个人都快要喘不上气。

赵雅心脸上露出迎接末日审判般、视死如归的神情，语速变快，她已经做好了失去一切的准备。

"我一直没敢告诉你，在跟你结婚之前，其实我结过一次婚，还有一个儿子，比 Eason 大四岁多。我当时真的不敢说出口，我太想跟你在一起了。在你之前，从来没有一个人像你对我那么好，也没有任何一个男人像你这么有见识、有担当。在我遇到难题的时候你几句话就能把我点醒，什么天大的难事到你手里都能被轻描淡写地解决，你从不劝我退后一步，只会支持我想做什么就去做，通过你的眼睛，我看到了最好的自己。所以我真的不敢，也不想冒任何失去你的风险！"

她紧紧地盯着丈夫，没有一丝一毫哭的冲动，只是等待着惊天秘密被自己亲自捅穿时，眼前男人难以置信的勃然大怒。

刚才老朱明明已经脸色铁青，不知想到了什么，一副气得马上要拆家的样子。全部听完，却反而长长吐出一口气，原本快要瞪出眼眶的滚圆眼珠子，也安安稳稳地回到了它本该待着的地方——他整个人肉眼可见地松弛了下来，居然还有心情嘲讽地反问："那你现在为什么又敢冒失去我的风险，一五一十地告诉我呢？"

他出人意表的反应，让赵雅心彻底愣住了。脑子像生了锈的钟表，每转一下就要发出艰难的咔咔声响。猛然间，她惊讶地看向老朱，喊了起来："你是不是早就知道了！"

老朱又变成了那个八风不动的中年胖男人。他泰然自若地晃了晃杯子里琥珀色的酒液，没有正面回答，只是满不在乎地哂了一声："不就是一个大儿子吗，你要是想接回来，就去接回来，周边那么多国际学校，你儿子哪个不能上？不过以 Eason 的脾气，我建议你别把他俩放在一个学校，这样对他们两个人都好。反正说或不说、接或不接，一直都是看你自己的意思。"

他说出的话，每个字拆开来赵雅心都懂，但合到一起，直接把她砸蒙了。

就这样轻易地过关了吗？

她牢牢藏在心底最深处、连做梦都不敢呓语、十年来的内疚和恐惧快要把自己逼疯的秘密，露出一丝半点，立时就会身败名裂、被打回原形的秘密，让超超一个人孤独长大、让自己此生都背负着亲生父母怨恨的秘密……对于丈夫来说，竟然是这样无关紧要的一件事吗？在他眼里，这个秘密，是这般轻巧，如同小孩子吹出的肥皂泡，噗的一声就破掉了，甚至还带来一丝愉悦的欢响。

看到已经快要开始怀疑人生的妻子，明明是被欺骗一方的老朱，心底里却生出一丝快意。

这世上哪有什么天衣无缝的秘密？何况是朝夕相处的夫妻，更何况他是慧眼如炬、在商海搏杀过的成功者！

一开始也许只是偶尔去丈母娘家的时候，发现老两口带的那个孩子跟赵雅心长得挺像。但这不要紧，老朱以为那只是赵家哥哥的孩子，长得像姑姑也正常。岳父母也是这么告诉他的，儿子离了婚，又好吃懒做不争气，老两口干脆带着孙子搬到北京来，靠着积蓄和女儿的贴补，让孙子在北京接受更好的教育。谁知后面时间长了，老朱渐渐看出端倪：岳父母从不带着那孩子来自己家里做客。赵雅心也从不当着他提起那孩子，甚至都不愿意和那孩子拍照。而他有限一两次跟那孩子单独接触，丈母娘或者是老丈人就会很快把那孩子以各种理由带了出去。

又不是什么了不起的秘密，老朱起了疑心，很快也就查明白了。

起初，老朱勃然大怒，是想摊牌提离婚的。但那时候 Eason

刚刚十个月，还是个嗷嗷待哺的小婴儿，哪能离得了亲妈的照看？老朱前妻只给他生了个女儿，又早早去了国外做了小留学生，父女感情并不亲近。赵雅心生 Eason 的时候，两人感情正好，他又是老来得子，且不用像年轻时候那么拼事业，于是有时间一起照看小孩。老朱给儿子拍了小纪录片，还在襁褓里他就亲自带儿子去看世界，许多时刻，他细细地审视这个柔软的小生命，常常感慨，长得太像自己了——当然也长得像赵雅心。每每念及如此，对赵雅心隐瞒婚史的愤怒，又淡去了几分。

随着时间渐渐过去，老朱对赵雅心不但不恨了，自己都开始有些舍不得——倒不是说爱得难舍难分，他只是惊讶地发现，赵雅心真不是一般女人。她不仅很快成长为一个合格甚至优秀的阔太，而且非常善于替他维护关系，上至官员、客户，下到心腹手下，乃至父母亲戚，赵雅心居然能面面俱到、滴水不漏地关怀。后来艺术品收藏越来越火，她又借着几个藏家太太，顺势混进了艺术家圈子，也当得起一声名媛。带她出去应酬社交，可比各种网红、小演员、全职太太强出十条街，很是体面。

况且冷落赵雅心的那两年，老朱也没闲着，各种路子的红颜知己或是串联，或是并联，什么也没耽误，因此到了最后居然想通了：娶妻娶贤，何必闹翻？势均力敌的两口子，和和气气地过，只有好处，没有坏处，有何不可？真要换人，一则儿子受影响，二则换上来的人可能还不如赵雅心。又得重新调教，说不定还得时刻防着更年轻的太太吃里扒外。相比起来，赵雅心只是嫁过一个没用的丈夫，有过一段失败的婚姻，如今她一心向着自己，就算多了一只小拖油瓶，也没什么过不下去的。

　　想通了这一点，如老朱这样成大事不拘小节者，根本不缺体面风度，见赵雅心并非闹出了不能收拾的大娄子，他反而放了心，一把搂着呆若木鸡的妻子，宽慰她："你还真以为我什么都看不出来？很多事我不一定能猜对，但肯定会有感觉。我从来没有提，是尊重你。我们都是成年人，我有我的过去，你也有你的过去。这有什么呢？不管为什么，现在我们说开了就好。你是我的妻子，超超也是我的孩子，只要咱爸妈同意，明天你就去把大儿子接回来，咱是一家人，就得一起过。"

　　老朱的话没能说完，因为他被又感动又欣喜的妻子狠狠吻住了！那凶猛澎湃的激情，让他仿佛又回到了两个人新婚的时候。赵雅心又变成了那个对他充满感激，如同被拯救了人生的年轻女人，她双眼里全是泪水，只差说出那一句：这辈子做牛做马也要报答你。

　　晨光照进来，老朱还没有醒。

　　和白天衣着得体、目光迥然有神的他不同，睡着之后，他变成了一个普通的、正在快速老去的中年男人，两鬓夹杂着许多白发。别墅区的某些男人会跟老婆一起打玻尿酸针，甚至去埋线、拉皮，但老朱并不。所以他睡着的时候，眉间有深如沟壑的川字纹和更加放松下垂的脸颊，就连四肢和躯体都显得很粗壮，总之，他这辈子都跟"美男子"三个字毫无关系。即使是他醒着，多数的时候，他也跟善良、敦厚之类，专门用来赞美"不好看的好人"

的字眼全然无关。

可就是这样一个男人，安安稳稳地睡在她身边，却给了赵雅心无穷的安全感。她万万没有想到，老朱面对这么严重的欺瞒，居然大度地宽慰她，替她着想，继续接纳她，包括她与前夫的孩子。这一刻，过去十年所有付出的努力、盘亘的纠结、忍受的不堪、流下的泪水，都得到了报偿。她低下头吻了一下老朱习惯性紧皱的眉心，轻快地跳下了床。

一夜之间，她甩掉了灵魂上的重负，像一只新出笼的鸟儿，迫不及待回到阳光下。早上七点不到，赵雅心就匆匆换了衣服，脸都来不及洗，便开着车向回龙观疾驶而去。

太早了，连北京例常的早高峰都还没有开始，永远拥堵的京承高速上此刻还空空荡荡。也幸好如此，驾车疾驶的赵雅心完全是灵魂出窍的状态。她心潮澎湃，脑子里一幕一幕都是她与超超抱在一起喜极而泣的场景。这个懂事的、坚强的孩子，从此就能摆脱那个菜市场一样嘈杂凌乱的小区，和自己正大光明地生活在一起了！别说学钢琴、学篮球，就算他想学马术、学意大利语，也是随他高兴就能实现的事！将来他也会和 Eason 一样，去海外最好的中学念书，然后升入全世界最好的大学。知道可以拥有这些，超超该多么高兴啊！而她，要把亏欠这个孩子的一切，翻倍补偿给他，让他成为整个别墅区最幸福的小孩！

想到这一切，赵雅心一脚油门踩下去，超速了也浑然不觉。她的心在狂跳、手在狂抖，哪怕这一刻车翻下高架桥死了呢，至少她是自由的、狂喜的。

敲开父母的家门时，赵母刚刚起床，已经把头发梳得整整齐齐，正打算给超超做早饭，看到女儿一大清早赶来，还以为发生了什么大事，一迭声地把老伴也叫了起来。

赵雅心把原委跟父母说了一遍。赵父赵母并没有露出喜色，但赵雅心眼尖地发现，多年来一看见她就板着个脸的赵父，神色已经松动下来，显然她与超超之间畸形的母子关系已经让老人不堪重负，快要成为老两口的心病。

而他们都没有发现，还穿着睡衣的超超此刻正站在卧室门口，愣愣地看着他们。

"超超，你醒了？"姥姥有些惊惶。

忽略了母亲的异样，赵雅心冲过去一把抱住超超——

"超超！快收拾东西，跟妈妈回家！

"妈妈送你去读北京最好的国际学校。

"你不是一直想学钢琴吗？一会儿到家放下东西，妈妈就带你去施坦威挑一架大钢琴！

"新家可大了！你有自己的卧室和书房。你喜欢狗吗？给你养一条小狗，怎么样？

"你不是最关心弟弟吗？以后你们两兄弟一起上学一起玩，你给弟弟做个好榜样！

"超超，姥姥姥爷照顾你这么多年，快谢谢他们！

"超超，快去收拾啊，一会儿堵车了！"

……

说着说着，赵雅心说不下去了。

因为她终于发现，只有自己一个人在单方面狂喜、哭泣、喋喋不休，那个一向乖巧、体谅的孩子此刻僵硬、笔直地站着，像一块冰冷的石头，没有任何回应。

她疑惑地看向沉默的小孩，怕他没听懂，又小心而温柔地重复了一遍刚才的话。

孩子没动，也没说话，一双眼睛冷漠地看她激动地说着那些美好的事，仿佛什么也没听见。

赵雅心有些吃惊，从母子抱头痛哭的幻象中清醒过来，认真地端详久违的长子，这才猛然发现，超超早已不是她印象中那个稚嫩的幼儿。也许是之前他总是一脸渴慕、眼中含泪地看着她造成的错觉，在她心中，超超似乎一直是那个抱着她的腰、委屈向往妈妈怀抱的小孩子。

可眼前这个男孩，已经隐隐有了属于少年的强硬。他眼神冰冷地看着她，嘴角紧紧地向下抿着，身子站得笔直，手随意揣在裤兜里，拒绝的姿态十分明显。

赵雅心只觉得不寒而栗。

"超超，你回答妈妈呀！"赵父赵母焦急地推了推男孩，朝夕相处的他们显然早就发现了外孙与女儿之间的不和睦，但是侥幸心理令他们之前选择了沉默。

"我不去。"超超的声音冷漠得不像一个孩子，轻蔑，坚决，没有余地。

他一直看着眼前这个贵妇般的女人，滔滔不绝地说着以后要怎么照顾他，好像真的很爱他似的——但他一个字都不信。

她以为他是小孩，就什么都不明白吗？那么多次开家长会，永远都是姥爷去，别的小孩合起伙来嘲笑他没有爸爸妈妈，连老师都好奇，他的亲生父母到底怎么了？有一次，他哭着耍赖让姥爷给妈妈打电话，姥爷气急了对他说："反正你妈早就当你死了，你以后就别惦记着她了！"

从那以后，他仔仔细细观察了很久，才终于明白，姥爷的话是什么意思。怪不得她除了给钱买东西，从来不带他出门。一次也没有带他出去逛过街吃过饭。有一次他放学回家，碰到她看完姥姥下楼，正想喊妈妈，她却慌慌张张地跑走了。

原来，他是一个只能活在黑暗里的罪人吗？

自从发现这个女人不喜欢听他叫自己妈妈，他偏要叫。每次她来家里，他不但"妈妈""妈妈"叫个不停，还要哭给她看，委屈给她看，越不舍、越逼真，这女人脸上就越是有明显的痛苦表情，像是被钝刀一下一下地切割，看不见的血肉模糊。每长大一岁，他就越是确定：这是唯一可以报复到她的方式。

看到赵雅心一脸伤心，眼睛里再次充盈了泪水，超超脸上竟然流露出一种残忍的快意："我跟姥姥姥爷在一起挺好的，我不需要你说的那些。"

赵雅心一听，号啕大哭，仍是接受不了："超超，你这么说，妈妈心里好难受！"

"我不难受吗？！"超超对她大喊，"我已经难受好多年了，现在该你难受了！"

连赵父赵母都无法相信，这个小小的孩子，如此怀恨在心，以至于无师自通地找准了成年人的软肋，学会了假装无辜的情感操控。

赵雅心几乎是歇斯底里了，她喊了起来："不管怎么样，我都是你妈！"

超超看着她，毫无畏惧也毫无情绪："你是我妈，以后你老了，我不会不管你。但是现在，别想我跟你生活在一起。"说完，他径直走进自己的房间，把房门紧紧锁上。

赵雅心瘫坐在地上，难以消化人生的第一次惨败。在过往生命里，所有威胁过她、妨碍过她、冒犯过她、欺骗过她的人，都被她冷静地消除，因为她从未信过、爱过任何一个人。即使是超超，最初她也是没那么爱的——生活曾经那么难，连自己都不爱，又怎么去爱襁褓之中只知索取的小孩。后来，她却越来越爱超超，只有这个孩子知道她夹在新旧家庭之中有多不容易，只有这个孩子懂得那种虽然是一家人但总觉得是寄人篱下的不安全感，只有这个孩子与她心意相通同病相怜，她以为他是她的福报、她的救赎、她的圆满，没想到，他那么努力地去懂得她，只是为了恶狠狠地羞辱她、折磨她、嫌弃她。

赵父把她送到楼下，于心不忍，劝道："孩子大了，有自己的主意了。他以后会懂事的。但他现在在气头上，你最近也别来了，都各自冷静冷静吧，我和你妈也会劝他的。"

赵雅心浑浑噩噩的，一瞬间又想明白了什么，对父亲说："爸，从明天起，我天天来。以后超超放学我去接他，我给他做饭，陪他做完功课，我再回那个家。"

赵父说："你这又是何苦？"

赵雅心的泪水止不住地流了下来："是我毁了超超，希望还来得及。他可以恨我，但如果我继续逃避，他以后会恨所有人。"

回到别墅区的家，天已经于不知不觉之间黑了。

老朱把亲生儿子从同学家里接回来，立即交给了保姆。陪小男孩一整天这种事，真是谁陪谁知道，自觉已经年老体衰的他精疲力尽地推开主卧的门，只想尽快躺着。谁知一开灯，猛然看见坐在躺椅上披头散发、灰头土脸的赵雅心，吓了他一大跳，定定神儿，赶紧问："你怎么了？"

只见赵雅心霍然站起，眼神疯狂，一字一顿地对他说："我做了一个决定，你要是不理解，我们就离婚。"

老朱有点儿蒙："你这又是闹哪出？"

"超超不肯来，"赵雅心实在没脸复述长子的话，"但我不能不陪他了。"

"你陪就陪呗，说得我要阻挠你们母子相认似的。"老朱满脸的莫名其妙。

"你不懂，不是那种平时打打电话给点钱，周末带出去逛逛街的陪法，"赵雅心仰起头，忍住又要滑落的眼泪，说，"我得陪着他成长，每一步都在。"

"这是几个意思？"

"从明天起，我每天都去我爸妈家，晚上陪超超吃了饭、做完功课，才回来。"

老朱大惊，问："那咱家孩子怎么办？"

"他有什么不好办的？他有阿姨、有家教，还有你，有我没我，他感受也没那么强烈。"

"有你这么当妈的吗？！"

赵雅心不再理会老朱，转身走进主卫，关上了门。她拧开所有水龙头，任水声哗哗作响，才敢坐在马桶上，放肆地大哭起来。

第七章　终身成长

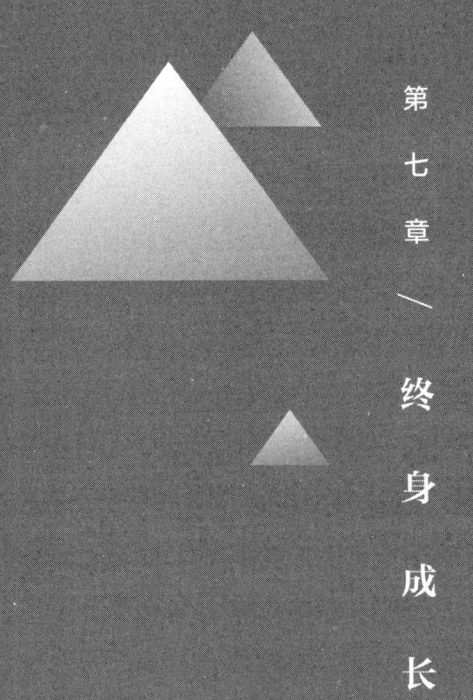

陈岩最近的春风得意被一通电话蒙上了一层阴影。

此时已经晚上十点多，洛洛早已睡熟，两口子正在享受一天当中最愉悦的成仙时刻：陈岩在跑步机上，一边刷步数，一边看脱口秀，又要笑又要跑，老觉着快要岔气跌下去；宋河坐在旁边按摩椅上，开到最大力度全身疏通，他全神贯注地玩着手机，浑然不觉自己那张浮肿的脸被震得乱抖乱颤。不，他们并不聊天，各自享受各自的乐趣。这是中年夫妻相处的化境：同时在场，各得其乐，有他等于没他。

电话是这时打进来的。一开始是打给陈岩，她正跑得呼哧带喘没听到。后来又打给宋河，他正玩着手机，大大咧咧开了免提，老太太惶急之中给夫妻俩炸了个雷："儿子，你爸这回要不行了！"

两口子对视一眼，慌忙关掉各种设备，沉浸在焦躁情绪里的老太太什么都没注意到，自顾自说下去："你爸这几个月老喊大腿沟疼，最近整条腿都麻了，起床都困难。这两个月他瘦了十几斤，饭都有点儿吃不下了。去这边的医院看，没有一个大夫能拿得准，说什么病的都有。你大伯二伯让我赶紧带你爸来北京的大医院看看，再晚就来不及了。"

宋河立刻急了，埋怨他妈："这都病了好几个月，怎么现在才告诉我？！"埋怨完自己立即心虚了——还能为什么？知道他刚买完大房子没钱了，知道他创业辛苦收入不稳定，不想给他再添麻烦，才什么都自己忍着罢了。

果然婆婆有些讪讪："这不是想着万一自己好了，不严重就不想告诉你们嘛。谁知你爸就不行了。"

宋河在电话这头立即跟着急了，几乎以头抢地。陈岩把电话从他手里夺了过来，仔细询问了公公的症状。知道他还能忍痛走路，她立刻拍板让公公婆婆收拾东西，隔天直接来北京，挂完电话她就去订机票，之后再联系宋河的叔伯兄弟，当天找辆车给老两口送到机场。陈岩又嘱咐婆婆，稍后把当地医院做的检查报告拍照微信发过来，她好提前在北京找找专家。一点一点安排妥了，才把婆婆给安抚下来。

挂了电话，宋河久久没有说话，他并没有露出任何感谢妻子的意思。恰恰相反，他愣愣的，半天回不过神，不知道神游去了哪里。

也许是自己想多了，即使宋河并没有说，陈岩也意会到了他无声的恐惧和指责：就是你非要折腾买别墅，全家都跟着被榨干。老人现在得了重病，万一要用大钱从哪里拿出来……一股冰冷的凉意顺着尾椎骨爬上脊背，平生第一次，陈岩隐隐感到"家破人亡"四个字的恐怖。

幸而老两口来得很快。接机时，看得出公公的精神头很好，腿脚并不像婆婆说的那般严重。宋河的沉郁、陈岩的焦虑，瞬间轻缓了一些。

陈岩这次十分殷勤。他们租住的叠拼，虽然也有三层楼，正经卧室却只有三间。除开主卧和儿童房，还有一间布置成书房，留给她或是宋河在家加班。考虑到公公看病养病，这次很可能要长住一段时间，陈岩把书桌椅子都腾去了卧室，在书房里特地给老两口添置了一张1.5米的硬板双人床。自觉收拾得妥妥当当，谁知无人领情。

宋河爸妈并不难伺候，但唯有一件事不肯妥协：老两口拒绝同睡一张床。在家已是分房多年，完全不能将就。奔波一路早已精疲力尽的公公自顾自去书房歇下了，婆婆却笑呵呵地表示，她晚上要和孙女睡。洛洛一听要跟奶奶睡一张床，立即闹起了情绪，怎么样都哄不好。她的床就是她的独立小世界：最钟爱的几个娃娃在这张床上分别有自己的位置，奶奶来了，她的娃娃们怎么办？

更傻眼的是陈岩，小女孩的公主床只有一米宽，一个大人一个小孩要怎么挤？何况这不是一两天，小孩子整天的行程排得满满当当，睡眠时间宝贵如黄金，要是晚上睡不好，影响的就是接下来一整天的安排。她把宋河拎进卧室商议，动之以理，最后夫妻两人一起下场，软硬兼施劝服了洛洛，许诺她晚上可以跟爸爸妈妈一起睡大床，才算是终于安顿好了祖孙二人。

怎么说呢？陈岩半夜被女儿沉重的大头压在肚子上快要喘不过气，猛然醒了过来，发现宋河的脸已经被睡横过来的闺女小脚丫子蹬得变形，不由又烦躁又想笑——很好，女儿很公平，两口子谁也别想好好睡了。宋河小心翼翼起身，把洛洛抱起来摆正，把床留给妻女，自己则轻手轻脚地抱着枕头和空调被去一楼睡沙发了。

那张沙发还是租房的时候房东随房提供的。是二十年前流行的欧式宫廷风织锦沙发，布料扎人不说，座位中心还高高鼓起，日常坐着陈岩都嫌难受。

一想到宋河那么一个大高个儿要每晚睡在上面，陈岩也是于心不忍。她在快要再次睡着之前终于想到了办法：明天先去宜家给婆婆买一张沙发床，然后把洛洛的公主床搬到主卧来，挤是挤点，好歹人人都能睡上安稳觉。

她从来没有像现在这么迫切过，碧宫要是马上能收房就好了，她迷迷糊糊地想。

一夜没睡好，陈岩第二天上班都有些恍惚。自然没有碧宫突然通知提前收房这种美事，倒是快下班的时候，收到冯佳晶约她见面的微信。"我们见一面吧。"不是冯佳晶惯常发的语音，是郑重其事的文字，语气也很严肃，她不由心里一突，最近家里忙乱都忽略了冯佳晶，快两周没见面，这是发生了什么事？

冯佳晶执意约在陈岩公司楼下的咖啡厅。见面之后，冯佳晶一开口，陈岩才后知后觉地醒悟过来，为什么约在这里：这种开在商务区口味乏善可陈、装修却可圈可点的咖啡馆到了晚间，门可罗雀，更加不是北郊妈妈们的活动范围。

冯佳晶很平静，只是一直无意识地搅动着杯子里的棕色液体，让这家徒有其表的咖啡店唯一擅长的拉花消失得干干净净。良久，她开门见山地说："我打算离婚了。"

说来也奇怪，明明是第一次听到这句话，陈岩却觉得，好像已经在心里预演了几百遍：在自己家里，在冯佳晶家里，在小区花园里，在小孩子的芭蕾课教室里，甚至是在医院里，唯独不是在这里。但说的人和听的人，这一刻都像是拼着命把卡在嗓子眼里的鱼刺吐了出来，即使带着腥气、粘着血沫儿，却终究是大大松了一口气。

"你真的想好了吗？"陈岩问。

她的朋友没有说话，只是把手机拿起来划动了几下递给她。

是一个略显奇怪的短信对话页面，一个陌生的号码，没有任何对话，只有源源不断地发来的一张张不明所以的照片。大部分是生活静物，看得出来是同一个女人拍的。在各种各样的街景、室内角落特写中，时不时露出女人一只戴着钻石戒指的手、挎着名包的胳膊，最近的一张，似乎是坐在沙发上叠一张 baby 蓝的婴儿包被，干净的画面里，唯有素腕上那只翠绿生光的玉镯跃然入目。

构图奇怪到甚至无法归类成卖货的微商，陈岩有点儿疑惑。

"那只镯子是叶其聪妈妈的宝贝。她自己说的，是生叶其聪的时候，叶其聪的奶奶给她的。所以当初结婚的时候，她特意让我看了一眼，说，迟早也要送给我。"冯佳晶冷笑一声，掏出电子烟开始吸。

陈岩悟了。弄懂了这一张，再看之前的，顿时每一张都看出了若有若无的恶意——她往前翻到最早一张，发送日期竟然已经是一年以前。

"这女的贱不贱啊!"她忍不住骂了脏话。

冯佳晶却没有动气,她靠坐在沙发椅背上,神情反而很松弛。"你知道吗?看到叶其聪他妈把这破镯子给了这女的,你知道我是什么感觉吗?解脱。"她终于喝了一口早已冷掉的咖啡,"老太婆真以为自己家里有王位,送这个镯子当作发皇冠?只是我今天收到这张照片,忽然就觉得挺没劲的。难道我以后一辈子就眼巴巴地等着收到这种东西,被他们叶家完全认可吗?"

说到这里,她鼻子一酸,今天第一次从眼角落下两滴眼泪。

陈岩看着她,惯常妩媚,稍稍一打扮就似一团火的冯佳晶,今天素着一张脸,随便套了一件宽大的皮夹克,蓬蓬的长卷发粗粗地编了一条麻花辫,额前鬓角尽是胡乱翘起的茸茸碎发。整个人像是受了委屈,却说什么也不肯服输的小孩,唯有一双眼睛,亮得吓人。她不再是以往那个懒散而又百无聊赖的少妇,她心里的某个角落又重新亮了起来。

"我早就不想跟他们一家死磕了。以前是不敢,我怕我什么都没有,一个人过不下去,但是最近我觉得,我也不是完全没用,自己也开始挣钱了,要是省着点儿,我跟小雪完全能过得很好。"冯佳晶眼睛亮汪汪的,清澈得仿佛可以看见她的向往,"要是能离婚,我就带着小雪回重庆,那里离我爸妈不远,又很舒服。每天早上下楼就可以吃抄手、吃小面,送了小雪去上学,我就在家直播、拍视频。晚上我们可以到处去吃火锅,重庆随便一个街边的火锅店都比北京的好吃一百倍!叶其聪讨厌火锅味道,我都想不起来有多久没有吃过重庆火锅了……"

冯佳晶滔滔不绝地讲下去，仿佛未来生活的每个细节、每个边边角角她都仔细地思考过了。此时如同流水一般汩汩地流淌出来，真实得如同是已经发生的事。从母女俩的房间里要放一台会自动弹出幕布的投影仪替代电视机，到夏天要如何开车到邻省一个不知名的小县避暑，从洛洛要转去的小学附近有一间重庆知名的舞蹈教室，到她要和中学同学在龙门浩老街开一家二手奢侈品寄卖店……陈岩恍惚觉得，她可能是在见刚从重庆来的朋友，这个恣意的重庆朋友随时随地会掏出手机，给她看有关重庆点点滴滴的照片和视频，然后两个人一起开怀大笑。

她甚至开始羡慕这个朋友，像一株李子树，长在温热湿润的山城里，一季一季开出繁茂的李子花。

陈岩的眼睛湿润了，却又克制不住地弯起嘴角，频频露出笑意。

良久良久，冯佳晶终于停了下来，她抿了一口咖啡，又说了一遍："我明天就跟叶其聪提离婚，我过够了。"

这一次，陈岩按住了她的手，轻声对她说："先不急，佳晶，让我帮你。"

陈岩说到做到，第二天便开始着手帮冯佳晶铲清前路。

陈岩太懂得，真实世界里，从来没有一拍两散、当场说断就断的离婚。许多准备工作要做在前面，提出离婚甚至只是离婚的最后一步。财产、居所、人际关系、情感纠葛，要在摊牌之前，就先行清算。

她先是按照之前帮冯佳晶理好的奢侈品清单,把有折现价值的名贵手袋和腕表以自己的名义挂到了各个二手群和闲鱼,全都很快出了手。陈岩心想,张爱玲说过一句,出名要趁早。这话其实不准确,应该是,有钱要趁早——冯佳晶早年买的那些铂金包、凯莉包、皇家橡树、迪通拿彩虹圈……放到现在,不但没跌价,反而统统成了抢手货。同样的货色,愿意拿出来卖的,都恨不得加价一倍。她只是按原价卖,就已经秒空了。

比较难处理的,反而是冯佳晶那些价格昂贵的珠宝——单价太高,没有成熟稳定的渠道,根本不可能无声无息地处理掉。光靠身边的朋友圈,很可能什么都还没来得及做,众人便能从那些过目难忘的精品里,嗅出冯佳晶的婚变迹象,转头传得满城风雨。要是送去典当行,那真是只能抵出破烂价。思虑再三,陈岩决定亲自去找上次冯佳晶带她见过的珠宝掮客沈太。

还是在上次那个旧得很精致的客厅里,陈岩打开冯佳晶的珠宝箱,说:"这些东西,您看看能不能帮我卖出去?"沈太扫了一眼,立即发现这些全是自己卖给冯佳晶的珠宝,脸色一沉,冷冷地说,"你这是开什么玩笑?佳晶知道吗?"

陈岩苦中作乐地想,真的,人家这都算客气了。要是换成自己,有哪个神经病上门来要求自己把过去七八年的工资全数退回,那是必须拼命啊!

她只能诚恳坦白地看着这位漂亮丰满的女珠宝商人跳脚,待她稍稍平静下来才有机会把话说全。

"我知道这事让你为难,但是请你务必帮帮佳晶。"说着,她拿出手机，翻出照片一一给她看：那些照片，是伤口、是瘀血、是肿胀。大片大片的青紫在周围雪白肌肤的映衬下显得尤其触目惊心，有时还有红肿不平的凸起，碎玻璃渣划出细小成片的血口子……这些都是冯佳晶在无数次被施暴之后，一边哭一边拍下的证据。

顿时，沈太的表情凝固了，有些难以置信："这些都是佳晶？"意识到了什么，她狐疑地看向陈岩。

陈岩点头："没错，是她。佳晶想离婚，但她需要钱。"

沈太沉默了，她习惯性地拿起桌上的烟，点了一根，却没有吸，只是顾自发愣。

陈岩继续说："摊到这样的老公，这样的家庭，以她的心性和家庭背景，佳晶离婚一定是分不到钱的。可是她必须离，接下来无论搬家、养女儿都需要钱。我们真的很需要你的帮助。佳晶不是找你麻烦，你是识货的人，知道佳晶选的都是好东西，又有客源，我们只是想拜托你，帮佳晶把这些珠宝七折八折地转卖出去，在商言商，该抽多少佣你就抽多少，只是希望能够尽快。"陈岩刻意停了停，又继续说，"佳晶等不了了，会没命的。"

先前点的那根烟，一口没抽，快要烫到手指，沈太才惊醒过来，把残烟扔进水晶烟灰缸，也终于下定了决心："行，这个忙我帮了。我也不抽成。你们容我两周，我找找朋友。"

陈岩感动得像是自己的命也被她搭救了一般，紧紧抓住沈太的手，说了百八十个"谢谢了"。

没想到沈太立言立行，只过了两星期，就约了陈岩和冯佳晶一起去银行。在微信里，她说："佳晶的珠宝卖得差不多了，货款都在我这里。数目不小，只能去银行柜台办理转账。"陈岩看到发过来的数字，十分欣喜——冯佳晶这下可以离婚了。

办理完转账，沈太邀请她俩再去家里喝一杯咖啡。重新落座之后，沈太才对冯佳晶说："知道你急着用钱，这次我找了几个朋友一起收你的这些东西。但你也知道，有些大货，就算别人有心，买起来也不会那么爽快，都得慢慢磨，一时半会儿是做不了决定的。"冯佳晶和陈岩有些不明白，等着她继续说，"小件的那些好卖，又稍微折了价，大家分一分，很快就卖完了。那几个大件的，我暂时只收到了部分定金，所以转给你的钱，有一部分是我自己提前垫付的。"

眼前这个女人有多爱钱，认识了七八年，冯佳晶还能不知道？锱铢必较、分毫必争，虽然叫作沈太，但太太圈里私底下都叫她犹太，商人意识，可见一斑。但是眼前，她所做的，远远地超出了对她本来的预期，冯佳晶捂着嘴，哇的一声哭了起来，沈太连忙把她搂住，安慰道："没事的，别见外。"

陈岩眼眶也热热的，到底是感受不深，所以还能情真意切地说些场面话。沈太白了她一眼，摆摆手："说这些干什么，你帮佳晶又图什么？我自己女儿也15岁了，眼前就在申美高。将来出国、工作、结婚，什么都要靠她自己，我当然盼着她顺风顺水，一辈子什么糟心事都别碰到。但要是真碰到了什么难过的坎，我也希望她身边有人愿意伸伸手，帮她重新站起来。"

这下陈岩也绷不住了,把头别了过去,怕三个女人哭成一团。

良久,每个人都平静了,沈太问冯佳晶:"你离婚之后,打算怎么办?"

"我想带小雪回重庆,重新开始。那边也有好学校,生活也很方便,机会也多。你们要是有空来找我,我带你们去吃火锅啊。"冯佳晶微笑着说,也许余生再也不会来到这个客厅买珠宝,但她感到的却不是境遇变迁的刺痛,而是被人关怀的温暖。

想到这里,她又真诚地对沈太说:"姐,谢谢你可怜我。"

"也不是可怜你。"沈太幽幽地说,"咱们认识这么多年,你来我家里多少回了,成天沈太沈太地叫着,你什么时候见过沈先生?"

因着沈太的仗义,在准备了一个月之后,冯佳晶的离婚算是到了浮出水面的时候。

陈岩请合作的律所推荐了一位离婚律师为冯佳晶起草离婚协议。冯佳晶的离婚需求很明确,她只要孩子的抚养权,放弃一切财产权利——实际上,律师在详细问过叶家的财产权属之后,也明确表示,唯一能争取的,大概也只有小雪的赡养费,如果叶家愿意把小雪抚养权给她的话。"给不给都行。"冯佳晶说。

律师详细问了问,冯佳晶与叶其聪结婚的时候,有没有签署婚前协议。冯佳晶说:"没有。"律师十分有经验,立即判断出,叶其聪名下可能并无任何财产。事实也的确如此。以冯佳晶这些年零零碎碎了解到的情况判断,叶家整个公司,包括她和叶其聪住的房子，全部都在叶父叶母名下。叶其聪也完全不急着掌权，成年以后他的所有支出全部从公司走，父母不做任何限制。也许他还做了一些金融投资，但具体做了什么、到底有多少钱、有没有藏匿在别的公司名下，冯佳晶一无所知，也完全无法取证。难怪许多次叶其聪在对她动手以后，都会撂下狠话："别打离婚的主意，你一分钱都拿不到。"

其实即使是争小雪的抚养权，冯佳晶也毫无优势。除了小雪本人的意愿，无论是教育背景、稳定收入，冯佳晶都争不过叶家。律师对她说："虽然你不想要钱，但放不放孩子走，真的只能靠你自己去谈了。"

听完律师的话，陈岩十分担心，转头问冯佳晶："你能行吗？"

"我能行。"冯佳晶自信地说，"这一路，你教会了我许多。"

按照她们商量好的策略，冯佳晶没有跟叶其聪谈，反而先去找了公婆。

对于儿媳妇破天荒的主动登门，叶父叶母表现得十分冷淡，叶父自顾自泡工夫茶，叶母高高在上地垂问了一声有什么事。

直到冯佳晶说出自己要离婚，他们才真正诧异了。叶父泡茶的手停了一瞬，叶母愣了一下，从上到下打量了冯佳晶一遍，不知想到了什么，冷笑一声："你们要离婚，那是你们自己的事，跟我们说什么。"显然，她觉得冯佳晶知道了什么，只是跑到当家人面前来欲擒故纵。

冯佳晶却很坦然:"我希望小雪由我来抚养,叶其聪的脾气你们也了解,我想请你们劝劝他。"

她的意思当然不是劝,是希望他们搞定他。

叶母简直像听到了什么世界上最好笑的事:"我们叶家的孙女,用得着让你养?"

叶父却真正停了下来,审视地打量着冯佳晶:"就算你真要离,孩子也别想带走。"

"不是这样的,"冯佳晶自始至终态度平和、字字清晰,"你们一直想要的孙子,也已经有了,这件事不必藏着掖着了。我把小雪带走,把位子腾出来,叶家的金孙也能光明正大地出现在人前,有什么不好呢?就像您说的,小雪始终是你们叶家的孙女,你们什么时候想看她,都可以随时看。我是小雪的妈妈,我当然希望爱她的人越多越好。"

叶母刚要恼羞成怒地大声呵斥,叶父一个眼神止住了她,他直视着冯佳晶:"你的要求是什么?"

冯佳晶不卑不亢地答:"我没有要求,我自愿放弃所有财产权利。我们都是小雪在这个世界上最亲的人,我会无条件地爱她、保护她,让她在一个愉快的环境里健康长大,将来像爷爷奶奶一样优秀。我只希望你们能劝住叶其聪,让我能和他好聚好散,别闹得沸沸扬扬。那样不论是影响到孩子,还是影响到生意,都不好。"说到最后一句,她的语气完全称得上意味深长。

叶父显然意会得非常到位,他仿佛是头一次认识冯佳晶,越看越觉得新鲜。叶母也是真的有些意动,虽说已经做了万全的防备，但冯佳晶愿意主动放弃财产，不争不抢不闹，到底是少了很多麻烦。再说小雪到底是从小看大的孙女，真把亲孙女送到后妈手里吃苦，多少也觉得有些不落忍。

老两口交换了一个眼神，叶父拍板："行，就照你说的，我叫律师来写个协议。"

冯佳晶却当场从包里掏出一个文件夹，递到叶父面前："我已经找律师写好了一份，您看看行不行？"

这是陈岩找来的律师草拟的两份协议。一份给叶家二老，一份是离婚协议，措辞严谨，不偏不倚。看到叶父叶母当场发怔，完全想不到她是有备而来，冯佳晶觉得自己头一次在面对他们时，占了上风。

从公婆家里出来，冯佳晶突然想走一走路。深秋的风已经有了寒意，冯佳晶却不觉得冷，一直怦怦乱跳的心也渐渐缓和下来。公婆的豪宅，地标一般矗立在东北四环。来京十多年，曾有一度，每次路过这片高楼时，都会好奇：住在这里面的，都是什么人呢？后来她果然认识了住在楼里的这户人家，还嫁进去了，也因此见识了、经受了，如今她只差一步，就能挣脱了、自由了。一想到这里，冯佳晶拐进了路边的理发店，直接坐了下来，对招呼她的理发师说："给我剪个短发。"

叶其聪又是被冯佳晶的电话叫回家的。一进家门，刚想发作，但一见到冯佳晶，立即知道事情不简单了。

冯佳晶那一头顺滑闪亮的长卷发消失了，她剪了个不对称的短发。也没穿惯常那些彰显身材的丝质连身裙，只是穿了一件灰色粗棒针织毛衣配靛蓝色牛仔裤，像个英俊少年——不得不说，连叶其聪都觉得，这比往日娇媚的她，更新鲜、更迷人。叶其聪以为这是冯佳晶唤他回家要给他的惊喜，正想对她嬉皮笑脸，定睛一看，发现冯佳晶不但完全没有以前的媚态，脸上的笑意都不带一丝。

叶其聪立刻收敛起了刚才的放松，皱眉问："这又怎么了？"

"没什么，"冯佳晶努力控制自己，语气放得十分平和，"我有重要的事情跟你商量。"

"你又要发什么疯？"叶其聪十分不高兴。

"我爸给我打电话了，说我妈身体出了问题……"她刚开了个头，就被叶其聪不耐烦地打断："生病就治病，有什么好商量的？"

冯佳晶并不理会，继续说下去："我爸年纪大了，我妈没人照顾。我决定离开北京，回家照顾她。"

"你真的疯了？"叶其聪不可思议地看着她。

"我想好了，我们离婚吧。"冯佳晶平静地说完。

叶其聪立即暴怒地咣一脚踹翻了茶几，台面上的水晶玻璃杯碎了一地。"你他妈非得没事儿找事儿是吧？！"

早在他跳起来的时候，冯佳晶已经退到了门边，这一次，她不再允许任何人伤害自己。

她把离婚协议利落地摔到他面前，简单干脆地说："协议一共有两份，你爸妈那份已经签了，他们同意我带小雪走。你这一份也赶紧签了吧。"

叶其聪抓起协议,撕了个粉碎:"他们同意有个屁用!你他妈是我媳妇儿,我不同意离!"

没想到冯佳晶又从袋子里掏出一份新的,再一次放到他面前,说:"不同意?你有什么资格不同意?是你在外面跟人生了儿子,还是你好几次把我揍得去医院缝针?"

叶其聪轻蔑地说:"生儿子怎么了?揍你怎么了?老子想怎么样就怎么样!"说罢,他站了起来,作势又要扯冯佳晶的头发。"你敢!"冯佳晶使出全身力气大喊一声,果然震慑到了叶其聪,"我告诉你,我一直在录音。你刚才亲口承认了重婚和家暴,别说打官司法院会立即支持我,你这些可都是明目张胆的犯罪!还有,你一进门,我就跟陈岩微信说了,如果一小时之内我没给她报平安,她立即就会报警。想想你的爸妈、想想你的公司、想想你刚出生的儿子、想想小雪,和我鱼死网破,真的值吗?"

叶其聪从未见过冯佳晶如此冷静、机智、充满力量,他居然开始有了忌惮,却又不死心,最后又威胁说:"你可想好了,离婚你一分钱都拿不到。"

冯佳晶真诚、无畏地看着叶其聪,对他说:"这些年,你给了我很多。我真的谢谢你,让我拥有了令人羡慕的东西,也体验到了想都不敢想的生活。所以我什么都不会再要了,你就让我走吧。"

叶其聪不再说话,把脸别了开去,不知是在愠怒还是伤心。几分钟后,他终于冷漠地说:"你滚。"

冯佳晶安静地回到卧室，把门锁上。不多久，她听见跑车发动的声音，几束光影变幻后，叶其聪走掉了。冯佳晶立即给陈岩发微信，手抖得打错了好几次："岩，我做到了。"

一周后，叶父叶母显然搞定了叶其聪，由律师陪着他跟冯佳晶去民政局签署了离婚协议和离婚申请，他全程一言不发，签完字立刻扬长而去。

当天下午，陈岩把之前替冯佳晶存的100万理财、卖包卖表卖珠宝的钱，甚至还有她通过小红书挣的广告费，共计720万，全都转到了冯佳晶的账户。这里面其实还有陈岩自己的25万，她想了想，决定暂时不提。诚然，她现在也需要钱，但她觉得，冯佳晶更需要一个新的开始。这些钱用来挥霍，不值一提；但用作冯佳晶重启的安全锚，完全够了。

第二天一早，把小雪托给陈岩照顾一阵之后，冯佳晶坐上了飞往重庆的飞机。她需要尽快看房子、迁户口、找学校，千头万绪，再多苦难，从此都必须靠自己解决。

宋河正式被赶去了一楼睡沙发，陈岩正带着洛洛和小雪一起笑嘻嘻地把主卧布置成她们喜欢的样子，突然手机上蹦出一条入账100万的银行转账信息。一开始还以为是诈骗短信，谁知点开一看，竟然是冯佳晶转给她的！附言还有一句话："谢谢你帮我站了起来。"

她急急打给冯佳晶，想要责怪她、劝阻她、拒绝她，谁知冯佳晶说:"你要敢还给我,我就一直转,转到银行封了咱俩的账号!"

"你现在正是用钱的时候,我是绝对不会收的!"陈岩急了,"冯佳晶,你也不是有钱人了,我也没你想的那么穷!"

冯佳晶反而笑了:"你能理解我吗?岩,这几个月真正开始做事,我对钱终于不再感到畏惧。我开始觉得,我能掌握挣钱这件事,而不必因为害怕没钱,整个人毫无骨气说跪就跪。给你这笔钱,不是作为感谢——你对我的帮助,钱根本无法衡量,而是希望你收下来,当作是我们共同创建的希望基金。在必要的时候,你可以用它救急;在平常的时候,可以支撑我们去追逐一下自我与梦想。"

说到最后,她有些哽咽了,陈岩也是。两个人分别在电话两端,哭得泣不成声。

最后,陈岩决定不再争执,她要另外开一个账户,把这笔钱存起来,就像冯佳晶说的,这是她和她的希望基金:与男人无关,与孩子无关,与父母无关。等遇到人生的下一道坎、下一次绝望时,总有一个女人,早已等在了那里,对另一个女人说:"不要害怕,会过去的。"

小雪来了,最开心的是洛洛,宋河也一直喜欢这个乖巧的小女孩,但陈岩家里无疑更挤了。

吃晚饭的时候,宋河妈妈突然说,要儿子媳妇再买一张床,放到地下室,她决定睡到地下室去,好腾出儿童房来给小雪和洛洛住,这样儿子也能回去睡自己的床。

宋河当场一口否决。因为他们老家对于住地下室十分忌讳,尤其是老人家,更有一种诅咒睡到地底下的不吉利。他立刻拍着胸脯保证,他在客厅沙发上睡得特别好,完全没想到这个沙发垫子承托力特别好,连多年的腰疼都好了。儿子的善解人意顿时堵住了亲妈的嘴,陈岩心虚地不敢看婆婆,心里明白得很:婆婆这是演苦肉计,表达不满呢。

于是第二天上班的时候,陈岩情不自禁,又拐去了碧宫三期的建筑工地,她想看到什么呢?

最想的大概是,外围的建筑围挡已经全部拆除,销售喜滋滋地通知她准备收房!

有了大房子,除开社交提升不说,全家人有了腾挪的空间,再也不必做那些逼仄的计较。陈岩其实对公婆并无意见,两位老人都是十分通情达理的人,此前十年也很努力不给他们添任何麻烦,买房子的时候不但主动掏出毕生积蓄,还出面帮他们借了一些,此时照顾老两口陈岩自觉应当应分,况且宋河是独子,这份义务更是责无旁贷。但再怎么彼此抱有善意与感恩,共同生活在一个需要彼此忍让的环境里,情绪真的很容易到达一个临界值。对于陈岩来说,也许是公公小便时永远不掀起的马桶盖、不愿关上的卫生间门、每次对着厨房水槽直接吐出来的痰;是婆婆从来不肯用洗衣机烘干机的习惯、每个晚上卫生间里都挂满的花花绿绿还在滴水的内衣内裤汗衫。有一天早上陈岩下楼,看到电饭锅边上并排放了两只喝水杯,里面泡着老两口的全副假牙,还散发着一种说不出来的气味,陈岩差点儿一下没忍住,当着老人的面呕了起来。

而对于婆婆来说,自然觉得儿媳回家太晚,成天什么都不做,要么指着阿姨,要么使唤儿子,老太太再通情达理心里也多少有些不舒服;又觉得他们的生活太过奢侈,孙女何必非要上那么贵的学校,听说参加一次周末跳舞集训居然要一两千,学个英语中国人还不行,非要找老外;平时吃东西,也要假模假式去死贵的进口超市,几十块钱买那一小包菜,好看是好看,难道能成仙?猪肉要黑山猪,牛肉要澳洲和牛,鱼也不吃河鱼非要买几百块一包的三文鱼及鳕鱼,放点儿盐和黑胡椒随便煎一煎就吃,闻着都腥。可再怎么暗示和劝说,儿媳妇也无动于衷,说这种饮食结构对小孩子的成长发育最好……千言万语堵在心里,却也明知无法脱离对方,说不得还得承对方的情,费尽心力地维持一片和气,这滋味儿当真说不上愉快。

可惜,事与愿违,不仅整个工地静悄悄一丝动静也无,连上次那个凶巴巴的看门老头儿都不见了踪影。甚至,陈岩下车之后眼尖地看见,围挡上的广告幕墙不知被什么刮破了一个口子,拖下来一块广告布被风吹得胡乱飞舞,跳出了某种断壁残垣的意味。

大概是她脸上失望的神色实在太过明显,不远处一个中年女人走过来跟她搭话:"你也是三期业主吧?你家买的什么户型?什么时候签的合同?"

一连串的问题把陈岩砸蒙了,她疑惑地看向这个脸上满是焦虑的中年女人。她很瘦，完全没有化妆，戴一副金丝眼镜，镜片从镜框里满溢出来，一眼可知度数决计不低。她不像周围那些典型的太太们，有养尊处优的莹白皮肤和精心保持的优美身材，但她腰杆挺得笔直，说话轻快却自带威仪，这应该是一位高知女性，外表与她的年龄完全一致，甚至显得稍大一些，丝毫不打算掩饰。衣着随意却也得体，条纹衬衫外面搭一件驼色针织开衫，下身是一条合体的醋纤西裤，穿一双笨拙但很舒适的ecco平底乐福鞋——她甚至不像一位典型的碧宫业主。

"我也是三期业主，联排，我们去年签的约。"看出陈岩的顾虑，女人快速地说出自己的身份，"说是今年年底交房，结果去年签约没多久，听说就断断续续停工了，今年到这时候了工地居然完全没了动静，这交房估计悬了！你们什么时候签的约？"

"今年年初。"陈岩答，同时绷紧了心弦。

果然，女人嗤笑一声，告诉她，肯定是被销售骗了。他们签约的时候工地其实已经停工两个月了，恐怕就是拿到这批新业主的首付，工地才又复工了一阵，结果，现在又快三个月没动静了！

一阵天旋地转，陈岩只觉得自己几乎快要站不住了。碧宫前面两期都好端端地傲立在此，开发商是全中国数一数二的大房企，住在里面的，都是有名有姓的大人物，好些房子动辄上亿，这样的楼盘，怎么可能出问题？

看到她的脸色一下子变得苍白如纸，女人又有些懊悔自己把话说得太急，担心出事，忙安慰了她几句，无外乎这么大的开发商应该也不至于、资本家野心太大全国各地同时开项目工程进度难免拉胯、买碧宫的业主个个能量都不能小看、谁知道里面有什么高人、要是真出了问题大家团结起来开发商停别的项目也不能停碧宫的项目……

陈岩像是抓住了救命稻草，连连点头。临别，女人加了她的微信，说要把她加进业主维权群，大家保持联系互通有无，俩人就各自赶着上班去了。

她一走，陈岩立刻又给负责她的碧宫销售打电话。一开始销售还连连否认，得知陈岩刚跟别的签约业主聊完，那小娘皮的口风立即悄悄转了风向，不敢再说满话："姐，本来我们是不能说的，现在我就跟您多说几句。是，咱们工地是停了两个月，这不是之前受疫情影响，整个房产行业都受影响嘛！每一项材料的供货商这段时间都有不同程度的停工，工人和建材进京现在也管控得更严了，整体下来，工程也只能跟着断断续续。"拉拉杂杂扯出一堆，小娘皮又故作神秘地说，"上周住建委已经出面跟集团开会，我听说是马上就要全面复工了。姐，这可是我私下跟您说的，您可不能去跟别人说啊，跟别人说了我是不会承认的。"她的语气亲昵而又笃定，即使陈岩明知她很可能在满嘴跑火车，这种时候，也只能相信她——不然还怎么活得下去？！

挂了电话，手机里已经一连串微信催她开会、等她拍板，她急忙赶去公司，等一通忙完，再看微信，发现自己已经被上午那个微信名为"佳念"的女人拉进了"碧宫三期业主维权群"，群里大概有一百多号人，却很冷清，几乎没人说话。整整一天过去，只有一个人在群里发了四五张酒店促销广告,被群主立即警告了——这样的冷清,却给了陈岩某种暗暗的安慰,没有消息就是好消息。也许,事情并没有那么糟。

她一边这么劝自己,一边又疑心自己是不敢接受现实自欺欺人,来回翻转让她一直定不下心,工作效率低到极致,一点点日常工作愣是加班到晚上九点才算理明白。

到家的时候,已是十点多,老人和孩子自然都已经睡了。不管白天有什么纷扰,反正此时此刻,房子里是一片寂静。睡在客厅里的宋河正惬意地躺在沙发上玩手机,只开了一盏落地灯,竟然有了一丝灯迎夜归人的意味。

这当然是陈岩自己脑补出来的。宋河绝无这种浪漫,他只是专心致志地玩着手机游戏,听见陈岩回来,头也未曾抬一下,只闷哼了一声"回来了"当作招呼。然而她也并无抱怨的想法。

夫妻做久了,仿佛同一家公司里关系还行的同事。日常寒暄几句,立刻各忙各的。真的碰到事了,再互相伸个援手。不给彼此使绊子、穿小鞋、背地里搞事,已是关系和谐。都是要为衣食住行奔波操劳的人,都是因为孩子不得不收拾情绪出门营业的人,两个人搭伙共事,只能处理日常事务,没有心力沟通感受。

但是现在,白天经历了不安、恐惧、繁忙、麻木,在这个安静漆黑的深夜,陈岩反而觉得内心有了片刻的柔软——她需要安抚自己。陈岩给自己倒了一杯酒,没开灯,一个人坐在餐桌边,望着树影幢幢的窗外。不知为什么,往年北京的秋季干燥清凉,今年却细雨绵绵，到了晚上，似乎有了快入冬的冷意。

宋河走过来倒水喝，被黑暗中的陈岩吓了一跳。见她在喝酒，也给自己倒了一杯，走过来在她旁边坐下。

两人一时也没说话，各自喝了一会儿，对视一眼，反倒笑了，有什么类似屏障的东西轻轻地碎掉了。

这一刻，他们都不想谈钱，也不想说起宋河创业的未来，更加不想知道碧宫到底什么时候才能收房。

"你一个人坐在这儿想什么呢？"宋河问她。

"在想我们到底是为了什么来北京。"陈岩抿了一口杯子里的干白，这酒还是冯佳晶送她的，知道她并不是真的懂葡萄酒，特地选了一瓶甜度高、果香馥郁的。陈岩不认识这个牌子，但从冰箱里拿出来喝一口，只觉得微甜清冽，酒液厚润，与办公室小姑娘们买来的各种网红果子酒完全不可同日而语。

宋河也微怔了一下，长久以来，他们只要一开口就是具体的事：房子、贷款、开学、报名、挂号、晚饭、修车……却几乎不曾坐下来，像现在这样，聊聊彼此的心境。

为什么来北京？如果问宋河，宋河自己也不知道。当初高考完填志愿，人人都说计算机火，他就报了计算机。上大学的时候，一半时间跟着高年级的学长写代码挣点儿零花钱，一半时间用来跟宿舍的哥们儿打游戏，浑浑噩噩，但似乎也十分快乐。一毕业就被一直跟着的那个学长介绍进了大厂，薪水随着时代的风口，竟然扶摇而上。

直到认识了陈岩，他才开始正视目标这件事。是陈岩眼睛里那永不熄灭的火焰吸引了他，让他在每天的浑浑噩噩中感到了一些不同。但真的结婚之后，这种永远不停歇的火焰同样也灼烧着他，让他永远都没有办法安心地躺下来。

"我们有多久没有一起出门旅行了？多久没有好好地看一场最新的电影？为了这套房子，我都不知道值不值？"也许是酒精和夜色的双重催化，也许是宋河的目光出奇温柔，陈岩感到空前的软弱，她甚至觉得自己的眼窝渐渐酸软，随时想流出点儿什么。

宋河安慰地搂着她的肩，陈岩忽然歪头看着他的眼睛，问："说真的，你怪过我吗？"

夜色里，他的脸部轮廓完全不见了白日的浮肿与模糊，反而显得冷峻又迷人，沉默了一下，他诚实地答："怪过。"

停顿了一下，他又重复了一次："怪过，其实我是怪你的。你当时非要买这个房子，整天挖空心思想着从哪里弄出来钱，你知道都把我逼成什么样了吗？有一次我一个人去了公司的天台，站在栏杆边上，我到现在都回忆不起来站在那儿到底想了些什么，反正后来我哭得跟个傻子似的。我真是不愿意跟我爸妈要钱啊！他们一辈子就那点儿死工资，省吃俭用供我把大学读完，结果现在又为了我，把养老钱都拿出来了。我真他妈觉得自己就是个废物！"

陈岩觉得鼻子像被人狠狠揍了一拳，又涩又痛，她紧紧地抱着宋河的腰，整个人快要埋到他的怀里，如果离得足够近，还能听到她唇边喃喃而出低不可闻的三个字："对不起、对不起。"

陷入自己情绪里的宋河什么都没听见，他兀自说下去："可我后来想想，我有什么资格怪你，难道我自己不想把日子过好吗？房子买了难道我不住吗？让女儿接受最好的教育、在最棒的环境里长大，难道不是我当爸爸的责任吗？我如果真的不想不愿意，我们也不可能走到现在。"他顿了一下，摸了摸妻子柔软的头发，"还有你。我原本以为住别墅区里的人又无聊又坏，但看到你来这儿结交了冯佳晶、邓岚这样的朋友，事业真的发生了变化。洛洛也更开心了，每天有阳光绿地给她撒欢儿，一推门就可以去小伙伴家里玩，过上了我想让她过上的生活，看到你们，我又觉得很值。"

暗夜里，陈岩眼波流转，似水柔情。

如果不是婆婆她老人家睡到一半渴了下楼喝水，咔一下按亮了一楼的灯，也许，陈岩已经吻住了这个男人。

陪公公去北京最权威的骨科医院复诊时，陈岩又一次遇见了上次那个三期业主。

这次她穿上了医生的白大褂，整个人气质为之一变。起初陈岩都没把她认出来，还是她主动先招呼了陈岩。

陈岩带公公做完检查，确诊是股骨头坏死合并一些基础病，专家给了治疗方案，要先做人工关节置换手术，谁料病房那边迟迟排不上队，正在犯愁。她一下乐了，拍拍陈岩的肩膀，笑道："这是小事，你等着我来问问。"说完，拿出手机就拨出一个电话，两边儿说笑了几句，便让宋河推着他爸的轮椅，她亲自带着这一家人去办住院手续。

苦等了两三个星期的排期解决得这么轻易，陈岩两口子喜出望外，自然一迭声道谢。又见一路上遇到的护士或年轻大夫都热情地招呼中年女人"陶主任"，陈岩顿感运气爆棚，随随便便捡到一个贵人。

见了病房主任，人家挺客气，道是单间早没有了，但中午骨关节病房刚刚有一个病人提早出院，腾出了一张床，不介意的话就先住进来。如果手术排得快，影响并不大，毕竟是个成熟手术，没什么复杂和难度。

于是宋河带着老爷子去做入院检查，陈岩和陶主任去到楼下花园一边等，一边随意聊了会儿天。

陈岩自然一再感谢，陶主任说真是小事一桩，到了咱们这个年纪谁家都有生病的老人，这种事情真的是遇到了才知道有多难，既然是在自己工作了几十年的医院，人头都熟，行个方便也没什么。"咱们这是碧宫妇女互助救援会。"陶主任开起玩笑，大眼睛笑意盈盈，看得出原本是个热情开朗的性子。

仔细聊下来才知道，陶主任叫陶珊，丈夫是有名的整形医生，是一家医美诊所的合伙人，收入也算不菲，但一周工作七天，几乎从不休息。陶珊自己身为科室的骨干医生，更是忙得两脚离地，14岁的女儿又到了青春期，跟学校老师同学闹得天翻地覆。当爹当妈的都想管，又心有余而力不足，商量到最后，决定把女儿转到国际学校换个宽松的环境。恰好丈夫的一个老客户又帮他们找来碧宫的销售负责人，打了一个极其诱人的内部折扣，两口子干脆咬咬牙把城里的房子卖掉加上毕生积蓄，再掏空六个钱包付了首付，就等着开启新人生。谁知碰到停工这种糟心事，简直是雪上加霜，一年下来，陶珊觉得自己活生生老了10岁！

听了销售告诉陈岩的话，陶珊冷笑一下，倒是没有反驳。业主群里也有人提供了相似的情报，所以最近大家都在观望。又加上群里似乎混进来了开发商的人，分辨不出谁是谁，人人都不想在局势未明的时候把开发商得罪死，维权群里最近才比较冷清。

"你说，碧宫一期、二期那么多有钱人住着，非富即贵、神通广大，应该不能坐视这个事闹出来，让大家的房产一起贬值吧？"陈岩充满希冀地问陶珊。

陶珊沉默了，情不自禁地叹口气："我也盼着是这样，听说就是咱们三期的业主里，也还有部级领导、媒体大老板、大网红，反正没点儿能量也买不起碧宫的房子。住建委都出面干预了，这回应该没问题了吧？我什么都不求了，真的，赶快把房交了，绿化、精装什么的，我都不想了，反正后面我们都可以自己来！"

"肯定会的！"陈岩给她鼓劲儿，更是给自己鼓劲儿，"我每天都催一下我那销售，一动工我就告诉你！我也找找我这边的关系，去打听打听，有什么内幕消息，我随时告诉你。"

这房子还是买得对！尽管前路不明，陈岩忍不住又一次在心里肯定自己，不说别的，光陶珊这样特别用得上的关系，不买这么贵的房子，上哪儿认识去？

冯佳晶真正离开北京的时候走得无声无息，除了最亲近的几个人，她再没有告诉任何人。

等她办好转学手续,接上小雪彻底搬回了重庆,一反手立即掀起一场轩然大波——她发布了一条视频,名为《不做人间富贵花的第一天》,在之前的妈妈群里转疯了!

在视频里,她毫不掩饰地讲述了自己曾经是谁,年轻时候的虚荣和轻率让她选择了什么样的婚姻。在这段婚姻里,她为了给夫家生出儿子干了哪些奇葩事,甚至,她袒露了家暴过后那些再也无法抹去的伤痕。她没有指名道姓,也没有厉声控诉,只是坦诚地、朴实地、生动地、坚强地用自己的经历,佐证了茨威格的名句:她那时候还太年轻,不知道所有命运赠送的礼物,早已在暗中标好了价格。

视频的结尾是她的新家,房子并不大,但屋里阳光明媚,装饰简单却精致。冯佳晶晶莹的面孔在镜头里简直是闪闪发光,她露出微笑,笑意直达心底:"我29岁,离异,有一个7岁的女儿。我在重庆生活、创业、自己带孩子,一切都不容易,但一切都很快乐。因为我找到了自己,也学会了保护自己,我还有漫长的一生,可以见证我自己。"

巨大的反转、惊人的奇情和她本人充满正能量的觉醒,让这条视频直接破了圈。陈岩在自己朋友圈里,看见好几个转发,居然都不是认识冯佳晶的人,而是同事、客户,甚至中学同学。陈岩欣喜若狂地给冯佳晶截图发去微信:"佳晶,你红了。"

看到这个视频的时候,邓岚也吃了一惊。其实她听说了冯佳晶跟丈夫离婚的消息,也许是从某个卖珠宝的女人那里,也或者是叶其聪已经公开带着新太太参加圈子里的聚会,但说真的,一开始她没有在意——她不讨厌冯佳晶，也说不上喜欢。跟她同类型的女人，这些年邓岚见得太多。凭着一张出色的脸嫁给了有钱男人，却什么本事也没有。最后大部分全都是冯佳晶这样，林花谢了春红，太匆匆。有什么出奇的呢？

但看完这条视频，邓岚的心底生出一丝异样。知道陈岩和冯佳晶往来密切，她还曾经特地问过陈岩，冯佳晶做博主的事。没想到，短短几个月过去，原本那个任打任骂的草包美人，当真为自己闯出了一片天空。

"她活过来了。"邓岚的心底莫名其妙地冒出来这样一句话，萦绕不散。

那一晚，她一个人在家，喝光了一整瓶酒，决定干三件事——

第二天一早，她去了公司，把财务总监叫到办公室，直接把陈岩做的那堆报告扔到他面前。财务总监只是扫了一眼，脸色就发白了。他诚惶诚恐地站了起来，一脸为难："蒋太太，我只是个做执行的，真的谁都得罪不起。"

看着他一脸老实相，邓岚忍不住冷笑。但主要是笑自己瞎了眼，从前觉得他老实可靠——真是笑话！若是老实，怎么平日里叫她岚姐，这刻却装腔作势地称她蒋太太？不过是拐着弯儿地提醒自己，别忘了你自己也是蒋某人的老婆罢了。

"原来这么久了，你都不知道你领的是谁的薪水，做的是谁的执行，那就难怪了。"邓岚噎了他一句。"岚姐……"财务总监刚要申辩，邓岚摆摆手："不用再说了，现在你就收拾东西下班，明天我要看到你的辞呈。辞职原因你自己想好了，等我找到人，你把交接的事情给我做好，不要再出任何岔子。这事我已经给你留了脸面，你要是不识趣，这么大笔数字，我要是报警立案追偿，这可是要判刑的。"

这下财务总监的脸色真的变了，细密的汗珠从他额上冒了出来，又自知哀求无用，他只问了一句："蒋先生知道这件事吗？"

邓岚微笑："你出去问他呀，麻烦顺手给我关上门。"

随着门关上，邓岚当场感觉，心头堵了这许久的恶气消散了一半。

拎起包，她给小威打了个电话，仍是约他去国贸大酒店喝下午茶。挂了电话，邓岚不紧不慢地在网上订了一间景观豪华的套房，便施施然下楼了。

到了酒店门口下车，正要进去，邓岚猛然回头，果然看见司机崔师傅正降下车窗探头探脑往里看。

崔师傅见她回头，也有点儿尴尬，忙一溜儿小跑下车，过来问："太太您是忘了什么？"

邓岚直视他的双眼，说："我没忘什么，我倒想问问你在找什么？"

崔师傅讪笑："没有没有，我就是好奇，觉得这地儿挺好的。"

邓岚往里一指，问："你是找他吗？"

小威已经到了，坐在大堂的沙发上，看见邓岚在门口，立即站起来笑着冲她示意。

崔师傅脸色有点儿不好，勉强答道："瞧您说的，我谁都不认识，什么都不知道。"

邓岚一声冷笑:"我就是来跟他喝茶的。你呢,等我上楼之后,就可以打电话给蒋南国了。反正每次你都是这么干的。但,崔师傅你别忘了,你虽然最早跟着老蒋,但你现在的工资是我发的,你们家那些七大姑八大姨小叔子小侄子,也都是我帮你介绍出去在我那些姐们儿家里干着。我还真不是威胁你,崔师傅。当着老蒋,我也没什么可怕的。反正你想好,电话打出去,你就别干了。"

不再理会讷讷的司机,她直接转身进了酒店。

去前台、开房、刷卡、签字、拿房卡,邓岚目不斜视,假装没有看见小威在她身后强作镇定的东张西望。直到进了房间,点亮"请勿打扰"的警示灯,脱下高跟鞋,走进卧室,往床上一躺,邓岚才像完成了一件了不起的大事,长长地舒了一口气。

"不是喝下午茶吗?"小威跟着走进卧室,笑得很迷人。

"不着急,你先过来陪我躺会儿。"说出这句话,邓岚觉得连声音都不像是自己的。

小威脱下了外套,脱下了鞋子,又脱下了白色袜子,朝邓岚走过来,一个俯身,他轻轻地压在了邓岚身上。

这下子,邓岚害羞了,问:"你这是干吗?"

小威坏笑着,撩开她额前的头发,深情地看着身下这个成熟的女人,此刻她脸颊烧得通红,眼睛扑闪扑闪的,楚楚可人,宛若少女:"是要吃茶,还是吃我?"

"你好吃吗?"邓岚明明已经软得没了力气,却偏偏不甘示弱,瞥了小威一眼。

"那你尝尝。"说完,小威厚实的唇不由分说地覆在了邓岚的唇上。

他是好吃的。他的脸颊上,刚刚冒出来的胡楂儿,在邓岚的脸上粗粝地摩挲,令她浑身酥麻;她的双手情不自禁地扶住他的臂膀,能清晰摸出那紧实肌肉的线条;他故意不安分,一下、一下地用胯部冲击她的身体,令她感到青春的蓬勃——那是粗野的、挑衅的、旺盛的、躁动的,是中年男人渐渐丧失的本能。

邓岚在小威的手伸进内衣之前,按住了他,把他推开。

"怎么了?"小威不解。

"我今天吃够了。"邓岚一边整理头发,一边坐了起来。

"这就够了?我还没开始呢!"小威抓住邓岚的手,让她感受自己身体某个部分的肿胀。

邓岚像哄小孩似的,轻轻拍了拍那话儿:"乖,别闹了。"

小威仍是要,从后面抱住她,吻她的脖子,柔柔地朝她的耳垂吹气。邓岚从他的怀里挣脱,说:"今天真的只是找你来喝下午茶。"

小威撒娇:"是我哪里做得不对,惹姐姐生气了?"

邓岚轻轻地抚摸着他的脸:"你每一步都做得很对,才让我这么不管不顾、大胆放肆。"

"既然这样,为何不放肆到底?"

"因为我是女人,"邓岚起身,坐到了靠窗的沙发上,望向窗外,幽幽地说,"我没有办法完全不考虑别人的感受。"

"不妨跟你说吧,我今天约你,其实是有赌气的成分。气我先生,联合外人欺骗我;更气我自己,我觉得自己活得太窝囊了,为了许多我根本没那么在乎的东西,把我自己绑架了。我想报复我先生,也想给我自己松松绑!"

邓岚想了想,又坐回到了小威的身边:"可是你真的是很好的男孩,我也真的很喜欢你。所以我不能为了解气,就把你当作工具人发泄。我知道有很多像我这样年纪的女人,跟你这样的小男孩偷偷摸摸地好,可是我做不到,我对我的家庭还没有那么绝望。而且,最重要的是,我喜欢你,是以一种平等的方式。我是女人,你是男人,仅此而已。可是我不知道,在你心里,你是怎么看我的,是不是一个你得罪不起的有钱大姐?又或者是一个尚有姿色的风骚阿姨?我只要一想到这些,就没有办法和你做那些事。"

说出了自己最深的恐惧,邓岚彻底放松了。她埋着头,不愿让小威看见她眼里闪烁的泪。

小威靠近了一些,轻轻地搂着她:"岚姐,我也喜欢你。也是以平等的方式。你不要觉得我穷、没文化、靠卖力气吃饭,就没自尊、没骨气、不懂得爱。在我眼里,你就是一个可爱的女人。你的身份、你的地位,我根本看不见。"

邓岚彻底哭了出来,把怨恨、自卑,甚至对冯佳晶突如其来的嫉妒,统统宣泄出来。等她哭够了,用力擦干了泪,站起来,对小威说:"如果有一天我自由了,我会重新喜欢你一遍。我要重新认识你、约会你、抱着你。可惜,我们拥有的,只是现在。"

说完,她穿好鞋子,打开房门离去。

留下小威,一脸惘然,若有所失。

第八章　见过，接近过，可能性

不知为什么，北京今年的深秋又湿又冷，快要进入十一月了，还在淅淅沥沥地下着雨。十月里几乎每一个周末，都赶上了阴霾沉沉的雨天，到处湿漉漉一片。走在别墅区的步道上，空气中弥漫着一股枯叶被雨水浸透开始腐败的难闻气息。银杏树的叶子还来不及转成耀眼的金黄，便纷纷被雨打风吹了去，道旁掉落的银杏果有的被心不在焉的行人踩得稀烂，也有的浸泡在水洼中快速变质发黑，发出一阵阵特有的臭味，像是体面人生背后总有一点儿难以言述的隐疾——看不见，却又时时飘出来恶心一把。

上下班或是周末在小区里散步时，都会路过冯佳晶曾经的家，陈岩有几次看到了这座房子里新的女主人。但在此之前，她其实已经目睹了披着这间房号的女人在小区二手群里，几乎把房子所有能拆下来的部件都一一卖掉了。看得出来，她决心清除掉冯佳晶在这座房子里生活过的每一丝痕迹，小到一只花瓶，大到一张沙发，无一漏网。因为广告发得太频繁，引起其他业主不满，还在群里跟人撕了一场。她看上去就是那种攻击性很强的漂亮女人。开过眼角的大眼睛、山根高耸的笔挺鼻梁、尖尖的下巴，明艳得十分用力。即使是在深秋的寒雨里，也无畏地露出一片白花花的胸。陈岩认真思考过，同样是一目了然的美貌，冯佳晶和这个女人有什么不同？想来想去，冯佳晶并没有因为美貌变得更自信，她自觉什么都不懂什么也不会，总是有几分怯怯的，任何人都不会觉得冯佳晶是个威胁，多了解她一些，还会觉得可怜；而这个女人不同。这个女人是亲手把自己雕琢出来的：每一个弧度、每一处曲线，都经过设计，带着目的，她往任何地方一站，便有一种恺撒般的自信：我来了，我征服。

在小区的儿童游乐区，孩子们已经自顾自地撒野冲了出去，妈妈、阿姨、姥姥们三三两两与各自的阵营站在一处闲聊。只有这位叶家二世祖的新任太太孤零零地同育儿嫂站在一起，挂着一副睥睨众生的脸色，没人愿意上前攀谈，生怕自讨没趣。

住在隔壁的那位妈妈不禁同陈岩交换了一个意味深长的眼神，小区里都知道她跟冯佳晶关系最好，忍不住要告诉她八卦——

是的，千方百计转正的这位过得也并不怎么如意，这种不如意甚至瞒不过隔壁邻居的眼。婴儿始终在育儿嫂怀里，平时基本住在爷爷奶奶家，一个月也回不到她身边几次；叶其聪照旧不怎么回家，房子里照旧时不时会传出女人鬼哭狼嚎的声音；一些原本因为了解叶其聪而同情她的人，在与她接触过之后，又被她凌厉的姿态给吓退。她没有朋友，每天只能到附近购物中心的一家美甲店里消磨半天。说到这里，陈岩想起来，确实，这里这么多大大小小的生活圈子，她没能出现在任何一个微信群里；小区里的女人们组织各种各样的派对、下午茶，乃至闲聊，从未有人邀请过她。关于她的话题，也短暂得像北京的秋天一样，不过三五天，便换了人间。她的确住在这里，但对这里的大部分人来说，她又如同阿姨、司机一般，仿佛是隐形的——其实还不如他们。

毕竟做得好的阿姨、司机在别墅区里算得上稀缺资源，比某些业主还体面，女主人们轻易真不愿意得罪人家。

这种漠视，既像是一种无声的鄙夷，又有一点儿鸡贼的戒心，看她走在小区里，路过的男人若有若无的打量就知道，何必让这种人登堂入室，自找麻烦呢？

反倒是远走重庆的冯佳晶，彻底离开了这种生活模式和这个圈子里的所有人，倒是别开生面了。

有时是陈岩和冯佳晶睡前闲聊几句，有时是洛洛和小雪视频连线，分享她们的新娃娃、一起玩的迷你世界游戏，佳晶母女俩确实是渐渐找到了新的节奏。冯佳晶脸上再也不见从前时不时冒出的厌世气息，重庆妹子那点儿泼辣爽气倒是日渐冒头，叽里呱啦抱怨难伺候的客户仿佛在说段子，经常把陈岩逗得哈哈大笑。如今冯佳晶再也不能胡乱花钱，只好一个月给自己限定一个小小数字用于非必要的物质消费，那个挖空心思、那个兴致勃勃，全都在她那双光芒满溢的眼睛里了，而陈岩也从中读出了久违的"热情"二字。

就连小雪，少了爷爷奶奶的严苛挑剔、少了爸爸时不时的大发雷霆，也渐渐生出了小女孩肤浅而幸福的聒噪。再也不会时时用惊惶的大眼观察大人的神色，刻意说些乖巧而甜蜜的讨好话，看到她在家里跳上跳下撒野的样子，拍视频的冯佳晶和看视频的陈岩都忍不住泪盈于睫。

却原来，兜兜转转，真正的幸福并不来自应有尽有的人生，而是在跌倒爬起之后，能于人间烟火、俗世喧腾之中，不断找到安宁与喜悦。

离开的人努力寻找着未来的节奏,留在原地的人,仍旧要与现在搏斗。

挂了亲妈的电话,陶珊一时间说不出话来,全身的血液像是着了火,疯狂地涌到头顶,却又无处可去,灼烫痛楚地又奔袭回身体各处,连小手指都出现了焦麻感。"珊珊,我跟你爸下个星期就搬来北京跟你们住吧?"电话里老太太抱歉又无奈地说。不知不觉,她叫的是陶珊小时候的爱称,大约,只有这个亲昵的称呼能给老母亲一点无声的安慰与自信,仿佛还是从前彼此依靠、一片丹心的时光。

"好,我现在就给你们买票。你跟爸慢慢收拾东西,打包好了我叫物流去取,都可以走物流,你们来的时候什么都别拿。别忘了你的药要冷藏,到时候连同冰袋一起装在保温袋里,是可以带上飞机的。"被母亲的小心翼翼灼痛,陶珊只觉得心酸,她立刻表态,试图让老人家安下一颗心。

一旁正开着电脑看手术视频的樊振听她大包大揽,立刻看了妻子一眼——但她无知无觉,妻子正殷殷叮嘱岳母,她托国外朋友给舅舅买来的进口药昨天已经寄出,应该马上就能收到。不同于那些徒有其表的保健品,这些全是国际上很先进的新药,一定要按自己给的说明服用。

普通人买不到的进口药,让老太太有了一丝底气,仿佛终于能给老两口一直寄居在弟弟家一点儿交代:喏,我们并不是赖在你家的穷亲戚。我女儿是北京顶尖医院的大主任，我们老两口因为不得已，暂居你家，不过是兄妹间的守望相助罢了。

"爸妈非得马上就来吗？"樊振等妻子挂了电话，还想挣扎一下，之前的打算，是搬到新家之后，再请岳父岳母一起过来住。届时偌大的房子好几层，一家三口住着还空荡荡不便维护，老两口过来正好能帮帮忙。但现在收房遥遥无期，他们现在租住的房子说是重新装修过的三居，已经算是陶珊医院附近的老公房里最贵的了，可仍然房间狭小，主卧次卧勉强朝南，书房只有10平方米，放张1.2米的单人床都紧巴巴，何况整套房子统共只有一个卫生间——一家三口住着还算勉强舒适，要是再加老两口，想也知道不可能清静。

陶珊立刻急了，瞪起眼睛直视樊振："你说他们为什么非得马上来？这种话你也问得出口！"

身为北京三甲医院的科室主任，陶珊平时训起手下的住院医生、实习医生、研究生，那真是满场鸦雀无声，此刻眼看就要翻脸，樊振也觉得招架不住，兼之他自知理亏，顿时偃旗息鼓，赔笑道："你急什么，我也没别的意思，就是觉得有点儿仓促。咱们早就说好的，我当然欢迎爸妈来。好了好了，我去把书房的东西收一收，你跟桐桐也说一下。"

白了丈夫一眼，陶珊也有些头痛，的确得跟女儿好好说。小书房当然住不下父母两个人，只能让桐桐搬到小书房，把次卧让出来。问题是，初三已经过去了半个学期，桐桐最近越来越焦躁，有几次她半夜起来上厕所，还看到桐桐在床上躺着玩手机。母女俩每周总要大吵几次，想到要跟女儿沟通，一向强势的陶珊都不免感到有些踟蹰。

果不其然，听完陶珊的要求，桐桐直接怼了她一句："凭什么叫我让，你自己干吗不让？是你把他们招来的。"

陶珊自觉此刻费尽洪荒之力，从天灵盖上伸出一只无形之手，把狂飙的血压硬生生地摁了下去，才轻描淡写地答她："我可以，那我搬到小书房，你跟你爸睡主卧。"

桐桐简直要跳起来，叫道："我才不跟你们睡！"大约自己也觉得别无他法，心不甘情不愿地抱怨，"姥姥姥爷到底为什么非要搬来和我们一起住啊！"

是啊，她爸她妈到底是为了什么非要来讨这个嫌呢？想到这里，陶珊恨不得狠狠地抽一年前的那个自己几个大嘴巴！

那时候，樊振升了医美诊所的合伙人，去负责北郊那边的新店。一开始生意十分清淡，直到一个住碧宫的阔太偶然过来做埋线，觉得樊振手法好技术高——自然，樊振也是顶尖医学院、三甲医院一路过来的，科班出身，一般的江湖医生哪能跟他同日而语！他是连大型颌面外科手术都能做的人，等闲医美项目不过是小儿科。

阔太觉得好，立刻回去在太太群里搞了一个团购接龙，虽说团的不过是菲洛嘉、热玛吉之类的常规项目，但陆陆续续、人带人地来了二十多个大大小小的富婆、过气或没过气的明星、混在男人圈子里的名媛，细细引导下来，从冻脂到垫鼻、从隆胸到面吸、从开内外眦到私处整形，她们居然什么都愿意做，也完全不在乎钱，这下子才算是打开了局面。

摆脱了从前只顾技术层面的桎梏，樊振算是顿悟了圈层营销在自己干的这一行中的重要性，开始琢磨搬到北郊。恰好，碧宫那位阔太也着实欣赏樊振的手艺和人品，听说他有搬过去的想法，便十分热忱地给他推荐房子，好叫他的诊所能踏踏实实地留下来，方便有需求时随时可以找到靠谱的人——须知，如今出个国难得好似脱层皮，在水深似海的医美行业，有个信得过的高超大夫，可是比明码标价的限量包要珍贵得多的奢侈品。

最后，她干脆给樊振介绍了碧宫三期开发商的销售副总，给了他一个相当有诚意的内部折扣，八五折。

"这个折打下来，你转手卖出去立即就能挣钱。"副总说，樊振也对阔太和副总千恩万谢。他虽不懂房地产，但碧宫这个牌子，想过好日子的人，谁没听说过。

可如今这个情况，樊振不得不怀疑，这根本是个陷阱。开发商已举步维艰，只要能立即套现，打个八五折算什么？

而且，樊振虽然也算是在北京整形这行叫得上名号的专家，挣的钱比起留在三甲医院的陶珊自然是多，然而想要掏出即便是打过折的碧宫房款，也照样得伤筋动骨。他还不愿意贷款，一想到自己和妻子的岁数，如果为此还要再操劳二三十年，顿觉人生灰暗。咬咬牙，哪怕借点钱，全款买下一套，之后辛苦几年把女儿一路供养到大学毕业，再攒下一些养老金，他就打算办退休——当医生太累了。尤其是做整形外科医生，日复一日，将各式各样女人的脸和身体一层一层剖开、重构、缝合，这不仅令他性冷淡，甚至让他隐隐约约有了一些厌女症。

可算一算，即使是卖掉城里的平层，再加上跟陶珊的全部积蓄，也还有个五六百万的缺口。这不是一笔小数目，樊振一时一筹莫展。后来偶然一次听到丈母娘给妻子打电话，老太太惯例抱怨最近血糖控制得不好，眼睛看不清了，脚趾也烂了一块，频频去医院十分受罪，他忽然有了新的灵感。

想来想去，他开始做陶珊的工作。

对于搬去北郊买别墅，陶珊一开始自然觉得匪夷所思——在她的概念里，跑到郊区住别墅的人，有钱有闲，跟自己的生活现状完全不是一个概念。樊振挣得多，她也就懒得跟同事一样走穴。但三甲医院的骨干医生，又是科研项目又是带研究生，门诊手术两头跑，碰到忙的时候一天吃不上一口饭也是常事，她怎么可能跑去郊区住着，一天花三个小时通勤？难道还嫌不够累吗。

是什么渐渐打动了她呢？

一开始是因为女儿桐桐。虽说一路上的公立名校，但老师能做的毕竟有限，她和樊振又都实在太忙，谁都顾不上。桐桐小的时候是爷爷奶奶带着，等到上学又专门雇了一个阿姨负责接送上下学、兴趣班、照顾生活起居。低年级时还好，到了四五年级成绩就开始跟不上了。陶珊那时候忙着升主任医师，光是论文就忙得焦头烂额。况且她和樊振都是一路学霸上来的，做梦都想不到自己的孩子有可能会学习不好。女儿三年级之前不说数一数二，至少也是成绩靠前的省心孩子。再说她自己被应试教育折磨了一辈子，也并没有非要女儿上名校的执念。谁知刚上初一，第一次期中考试，桐桐居然考了个班级倒数。孩子崩溃大哭，家长会上，老师也语重心长、忧心如焚，断言这样下去孩子到初二只能分流去职高、技术学校，陶珊、樊振两个名校博士犹如晴天霹雳，头一次不得不正视女儿的现状：桐桐怎么可能已经差到要去上职高了呢？

接下来这一年，真是鸡飞狗跳、车毁人亡的一年。无论是补习班，还是一对一家教，都没能改变什么。钱砸下去了、精力投进去了，好的时候孩子也表态：想要学好、想要努力，但每次都好不过三秒，依然想方设法地偷玩手机、上网、看漫画，对着小天才手表拍照给脸打分都能玩上半小时。打也打过，骂也骂过，吵起架来母女两个已经不像是亲人，倒像是凤世的仇敌。

有一次大吵过后，女儿把自己锁到了卫生间里死活不开门，暴怒的陶珊找出钥匙一开门简直气得灵魂出窍：桐桐不知什么时候偷拿了她的口红在卫生间镜子上写满了血红扭曲的大字：陶珊去死！樊振去死！樊钰桐去死！我为什么要活着！去你妈的分儿！去你妈的高中！自己披头散发蹲在地上呜呜哭，手腕上全是用剃须刀片划开的浅浅血口子——估摸是想自残，但到底是划着疼，没舍得下重手。

到了初二下学期，老师正式找他们谈了话，发下了分流申请表，言下之意，因为是第一批分流的孩子，他们的走向还算好的，今后兴许还比不上这个。回来之后，母女抱头痛哭一场，陶珊开始认真考虑樊振的提议：难道真要让女儿去读职高吗？不如转到国际学校。去不了最顶尖的那家，其他都任选。国际学校的评价标准没有那么单一，说不定能让女儿重新找回状态。不能为了上个公立高中，把我们的整个家庭关系彻底毁了。咱们也不是没这个能力，将来让桐桐直接申请国外大学好了。也不用她申什么top20、top30，哪怕申请所艺术大学，也比在国内上职高、上中专强啊！

后来，带着桐桐去探了北郊几家国际学校，永远唱反调的女儿这次居然主动表态，催爸妈快快给她转学。

但女儿上国际学校，也并不是一定就要买别墅，最终让陶珊下定决心的，是樊振的另一句话。

"咱妈的糖尿病都到后期了，并发症越来越多，老两口在南京，什么都不方便。要是买了别墅，就可以接他们过来跟咱们一起住。那边你也去看过了，风景好，环境好，有自己家的院子，小区里的老人素质也挺高，门口就有最好的私立医院。到时候，老人跟我们住在一起，有咱们照顾，有桐桐在也热闹。他们可以种种花，可以参加社区的合唱团，跟邻居家的老人一起遛弯儿。等将来咱们也退休了，桐桐去留学、去工作了，咱们也可以舒舒服服、清清静静地养老。"

这是他第一次认真提出让岳父母过来跟他们一起养老，可是对于陶珊来说，却是在心底酝酿了很久，一直在找合适时机想要提出来的计划。樊振有个姐姐在老家，当初樊振的父母在北京待了几年帮忙照看桐桐，等桐桐一上学就迫不及待地回家了。他们不适应北京孤单的生活,也有点儿看不惯儿媳妇忙起来六亲不认的架势,只是这点儿看不惯实在无法言之于口,因为儿媳妇的医生身份说出去十分有面子,所以干脆回了老家,儿子给钱,女儿照看,过得万般自在。

陶珊却是独生女。早些年父母开明慷慨,独立、体面,在南京生活得十分惬意。身边全是亲戚朋友旧同事,退休金支付正常开销还绰绰有余,天气好时结伴满世界旅行,从不给女儿添麻烦。可是等到了七十几岁,身体渐渐颓败下来,母亲的糖尿病控制得不好,各种并发症都出来了。父亲的记性和听力也变差,单单是上医院,对于老两口便已经是一件需要认真准备许久的事情:怎么用手机叫车、怎么在医院自助机上挂号缴费、怎么进行人脸识别……桩桩新鲜事体,无不需要请求别人帮助,若是自己慢吞吞操作就得忍受排队人群的抱怨白眼。

樊振已经带她去看过好几次碧宫三期的样板房。他们想买的那套联排,并没有装修成金碧辉煌的宫殿样式,反而是明亮开阔的现代式住宅,处处体贴多口之家的需求。老人房贴心地安排在一楼朝南的卧室,对着自家庭院,院内有一株山桃花,每年春天,是真正的姹紫嫣红开遍,躺在床上便知春色如许。房间内呼叫按钮、自动夜灯、防滑助力卫生间一应俱全,楼内安装了美观的室内电梯,即使腿脚不好的人也不用担心爬楼。

有的在售别墅楼盘楼间距之小,简直迈腿儿就能从自家阳台跨进对门的卧室。有的为了凑足面积,一栋别墅地下两层、地上四层,合一起妥妥的六层楼,每层80平方米。要不是装修豪华,跟当年的六层筒子楼，也没什么不同。

碧宫不一样。地下一层地上两层，房间阔朗规整，还有总计80平方米的前后庭私家花园，老年人养花养宠物都尽可随心。中介还贴心地带他们去参观了碧宫一期，公共花园湖光山色、小桥流水，精美幽静远超一般公园景区。随处看到的老人，有人怡然自得地垂钓，有人在迷你高尔夫球场挥杆，有人在草坪健身区锻炼，有人嘻嘻哈哈地在林间采摘山楂，还有年纪更大的老人三三两两在廊间闲坐晒太阳。据说会所还有专门的老年人活动中心，每周还有免费的棋牌、书画活动，还有合唱老师定期来上课，殊不寂寞。

也因此，同样是联排，碧宫的别墅要比同区域的别墅贵出大约1000万。

那一刻，陶珊的心怦然而动——这才是生活啊！怡然而不拥塞，热闹而不喧腾，有趣而不冷清，闻人间烟火而不必汲汲营营。这是她能给予一生为她付出的老父老母最好的礼物，各有空间享受自己的人生，又能随时照料他们的晚年，人人都可舒展，没有任何遗憾。

为了这个愿景，为了父母和女儿，陶珊生发出无限勇气。她想，就像樊振说的，虽说她已是科室副主任，但她们的科室主任才比她大四岁，主任再往上升都遥遥无期，更别提自己了。况且过了45岁，她也的确感到体力迅速下降。门诊常常从早八点一口气坐到晚五点，诊室里动不动挤满七八个人，空气污浊，人声嘈杂，什么医闹都有可能遇到，一天下来腰背僵硬得都站不起来。

实在不行，跳槽去碧宫门口这家顶尖私立医院，以她的资历不但可以立刻升为科室主任，年薪加奖金一年百万也绝不是问题。再加上樊振的收入，十年之内几乎可以确保实现财务自由，同时工作强度更会立竿见影地降下来。到时候父母可以就近就医并享受她的员工家属待遇，她也可以腾出更多时间、更多精力慢慢去跟桐桐沟通——她心里也明白，过去一年多的鸡飞狗跳，女儿个人的问题占一半，她作为家长没时间陪伴与磨合也得占一半。只是每天时间就这么多，全部奉献给了工作，对于女儿，除了直截了当要求结果，她也别无他法。

对于现在的工作，陶珊其实万般不舍。从大学分配实习开始，二十多年过去，她一直在这家医院工作。遇到过不公、不平，也多多少少经历过争名夺利，但这里的人和事，熟悉到几乎融入骨血，她闭着眼睛都摸得出这家医院的每一处形状、每一个棱角、每一丝缝隙，骂人都骂得充满底气。

然而，中年人永远不知自己何时便会碰到那个绕不过去的坎，必须担起肩上的责任，做出取舍。

接到女儿女婿郑重邀请同住的电话，已经默默忍受许久年老的不便，只是不想给女儿平添麻烦的陶父陶母被深深感动了。樊振贴心地在一家人的微信群里发了碧宫户型图以及样板房的照片和视频，仔仔细细地跟老两口商量了许多收房后的入住细节，陶父陶母开心得简直合不拢嘴。

铺垫到这个程度，樊振才图穷匕见，对陶珊说，买房子的钱还不够，要不你去跟咱爸妈借点儿？

夫妻之间，遇到难以启齿的事，咱爸妈特指你爸妈；遇到要你奉献的事，咱爸妈便是特指我爸妈。

陶珊问："不能贷款吗？"

樊振说："你想再背 30 年贷款干到 75 岁吗？我是干不动了。咱俩脚不沾地在医院干掉了前半生，我只想尽快开始享受后半生。咬咬牙，借点钱全款把房子买了，况且全款买房还有优惠折扣，也能少不少钱，再辛苦几年给桐桐挣够学费，以后就全是清闲自在的好日子了。"

陶珊又想了想那生活画面，于是支支吾吾地给爸妈打了电话，问他们手头有没有闲钱可以先借一点。陶父问："还差多少？"陶珊说："还挺多的，500 万吧。您能借多少是多少，不够的我再去别处想想办法。"陶父说："你等我和你妈合计合计。"

等了快两个月，陶珊突然接到爸妈的电话。他们说，已经把南京的房子卖了，加上他们的积蓄凑了 400 万。怕她不肯收，陶父还虚张声势地开玩笑："反正我们以后也不回南京了，没人住的房子坏得快，我跟你妈商量好的，不如卖了换成钱给你们，将来的房子也算是我们入了股，住起来都理直气壮！"他又偷偷嘱咐女儿，"房本写你的名字！樊振要是不同意，让他来找我。"陶母在一旁急忙补充："房子卖掉了，珊珊你也不用担心我跟你爸。你舅舅正好也是老两口住着寂寞，让我们搬去他家，还能一起做个伴儿，反正最多也就住一年。"

他们的口气，仿佛电话那一头的陶珊还是那个十几二十岁、不知天高地厚的傻丫头，父母掏心掏肺要对她好，还怕她责怪。

想到父母不声不响地卖掉了辛劳一生才攒下的房子，一分不剩地全给自己，陶珊鼻子一酸，眼泪流了下来：爸妈这是切断了他们自己的全部退路了呀！

樊振感动到拍胸脯保证：房子买下来就是老两口的家，房本就写陶珊一个人的名字，请岳父岳母放心跟他们住一辈子！

一开始，一切都很顺利：挑好房子、签了合同、过了网签、找朋友借足了钱、付了全款，等着翌年11月就要收房。闲下来，夫妻俩还会去逛逛家居城，看看有没有新出的家具、洁具、灯具，有合适又中意的，先谈着，付一小笔订金，备着装修之后不走弯路。陶父陶母搬去和舅舅一家住，立刻包了他家的米面粮油日用品，连水电煤气都不必舅舅费心。因此四位老人倒也其乐融融，闲来舅母与陶妈还结伴去跳跳广场舞，陶爸与舅舅也能去棋牌室凑角打牌。陶父陶母约好了只等他们一搬家，便请舅舅舅母来北京小住两个月。

谁知，等翻过年，陶珊就发现了工地陆陆续续一直在停工。她一面加了三期业主维权群，一面催樊振去向阔太打听一些内部消息。维权群里谣言乱飞，一时说开发商要跑路，一时又说市政府会出面协调，哪个看着都像真的，但细究下来哪个也没个准数。倒是阔太问了一圈儿，回复说只知道那个副总已经离职去了其他城市，但碧宫开发商是中国数一数二的地产商，在全国各地有许多同时在建的大型项目，资金链紧张也是常事，传来传去的全是小道消息，并无确凿证据，叫樊振不必太焦虑。

这套话暂时安抚住了陶珊。也是这时候，她认识了陈岩，陈岩的销售给她的说辞也大致如此，于是两人一边互相安慰，一边心惊胆战地等待着事情进展。听陈岩算过她家如同走钢丝一般的经济账，陶珊心底甚至还暗暗生出一点儿自觉不该有的庆幸：好歹她是全款买的房，且夫妻两人收入相当稳定。这一年又攒下了一些钱，否则像陈岩家里那么高的负债率，也就是他们两口子相对比较年轻扛得住，换作是自己，绝对是身心俱崩了。

进了11月，收房日果然还是遥遥无期，开发商仍然闪烁其词，维权群里又沸腾了起来。有人在群里发了一些所谓的内部群截图，说开发商的资金链出问题了；有人发了开发商在国内的其他项目销售遇冷的新闻报道；有人出来辟谣，说去住建委查过了，他们的建设基金还趴在监管账号里，肯定没事。总之，说什么的都有，一天能刷好几百条，这让陈岩的心也越来越慌。

以前还有宋河安慰她，但最近宋河已经顾不上她了。疫情防控期间线上教育如火如荼，顺便带飞了他们做在线教室交互平台的业务。半年前，投资人追着投他们简直比热恋情人还生猛，不然宋河也没办法把名下的股权顺势转让出去一部分。谁知双减政策一出，在线教育整个行业几乎灰飞烟灭，他们也理所当然被殃及池鱼。还好一开始创业的时候，因为本身技术团队强大，宋河团队对标的是在线会议系统，做的是面向企业的业务，一个单子一个单子做下来，发展不算快，也是稳扎稳打。结果捎带手做的在线教室系统歪打正着赶上了在线教育的风口，资本疯狂涌入，短短半年就做完了A轮B轮两次融资，C轮也有了意向目标，已经草拟了投资协议，整个公司从业务到规模都快速膨胀起来。碰到突如其来的政策调整，C轮投资化为泡影不说，之前的全部投入包括招聘的团队、扩租的写字楼、已经买下的云服务等等，全都打了水漂，一夜之间从行业黑马直接掉到破产边缘。

核心高管们日日夜夜蹲在公司开会：怎么应对投资人，怎么再去找找可能的投资者，怎么改变创业方向，怎么裁员削减业务……所有人都疲于奔命。之前加班越加越嗨，现在则是越加越丧，几近绝望。

拿出决议之后，宋河不得不回家告诉陈岩一个糟糕的消息。公司决定，普通员工降薪50%，核心高管降薪70%，教育业务线全线裁员。也就是说，从这个月开始，宋河只能拿30%的薪水，何时恢复不知道，能不能恢复不知道，会不会变得更糟也不知道。

虽说已经有了心理准备，但得到这个确切的结果，陈岩还是感到了五内俱焚，差点儿拖着宋河想跟他立即算算家里的花销账。幸好，她神志尚在，看了一眼丈夫灰败疲惫的脸色，咽下了已经涌到嘴边的抱怨，只是搂着他的脖子抱住了他。一开始，宋河只是习惯性回手拥抱她，但是感受着妻子温柔而又亲昵的安抚，故作坚强的面具渐渐消解掉，他紧紧搂着她，呼出的气息灼热潮湿，在这残酷人世间，到底还有这么一个温柔乡愿意接纳他。

虽然夫妻俩什么也没说，但宋河最近到家越来越晚，动不动耷拉个脸，宋父宋母又不瞎，都看在眼里。家里这一两周的气氛，渐渐变得沉闷，人人都有些心不在焉，于是晚饭也就越发糊弄，经常是电饭锅熬一锅小米粥，蒸几个冷冻包子，拌个凉菜就算一顿饭。

收不了房，陈岩一家能等，但陶珊的父母那边却渐渐等不了了。

三个月前，陶珊舅舅出去遛弯时突然中风倒在了小区里的僻静地方，等被发现送到医院，已经错过了最佳急救时间。好不容易出了ICU，在医院又躺了一个月才出院，并且愈后不佳，余生只能卧床，生活基本无法自理。

这下子，借住在舅舅家的陶父陶母就尴尬了。亲弟弟瘫痪带来的情感打击不必说，老两口自己身体都不好，不仅帮不上忙，还占着弟弟家唯一一个空余的卧室，外甥外甥女来照顾老父亲都挤挤挨挨无处可待。况且一套房里住了四个老人，一个瘫痪，三个高龄，哪怕拿着钱请保姆，人家都不爱来，高价请个小时工，一见是这么个情况，常常叽叽歪歪没个好脸色。

陶父陶母于是试探着问了问女儿收房的情况，陶珊哪敢告诉爸妈真相，只能哼哼啊啊地应付了过去。老人家没有再问，他们了解自己女儿的要强和勤力，这样的顾左右而言他，肯定是有难处了，而且多半是不太方便开口的难处。心疼女儿，老两口只能自己忍着，开口拜托外甥帮忙找找房子打算租间房子搬出去，不想再给弟弟一家添乱。

虽然心烦姑母姑父带来的麻烦，但两个老人加起来快一百五十岁，身体又不好，外甥哪敢自作主张就把他们赶出去，万一有点儿什么事，岂不是把事业有成的表姐表姐夫得罪得死死的？

进退两难，所有人都只能捏着鼻子忍着。在又一个小时工撂挑子不干之后，外甥媳妇不得不请假自己干，脸色终于遮掩不下去了。她一边干活一边摔摔打打，嘴里还骂："我到底做错了什么，要我来收拾这些个烂摊子！"

一辈子没有求过人的老夫妻愁肠百结，实在没有办法，只能再次给女儿打了电话——幸好，这次陶珊二话没说给他们订了机票，接老两口立即进京。得知这一消息，南京大大小小的亲眷们齐齐松了一口气。

周日，迫不及待的陶父陶母就大包小包地住进了陶珊的家——女儿一家卖掉之前的房子搬到租住的房子后，他们也还没有来过，只知道比以前小，当时觉得不过是过渡房，不必太较真，现在到了现场，老两口对视一眼，有些忐忑。倒不是嫌弃条件不好，事实上，以陶珊、樊振多年优裕的生活条件，他们也不会委屈自己，跟自己原来的家当然不能比，然而整套房子也算得上色调淡雅，温馨舒适，唯一的问题大概是，号称110平方米的三居，实用面积实在算不上宽裕，设计也不太合理，面积都浪费在了玄关、走廊以及客厅上。主卧、次卧都不到15平方米，中间夹着一道不超过三厘米的板材隔断墙，说句不好听的，那真是放个屁隔壁都能听见。外孙女桐桐搬过去的那间小小书房，更是挤得可怜巴巴，他们带来的大包小包一拿进来，暂时堆放在走廊里，整个房子瞬间更被填得满满当当。

好在与女儿一家团聚的幸福淡化了这点小小的不安，女婿热情地把大包小包归位，女儿在一旁嘘寒问暖，桐桐虽说不像小时候一样见面就甜滋滋地撒娇，跟她妈还动不动甩脸子，对姥姥姥爷却还算礼貌，就算不耐烦，也一直陪着有问必答。深知青春期的小孩儿什么熊样，姥姥姥爷已经知足，再怎么样，跟自己的亲人在一起，总比在弟弟家看所有外人的脸色要强。

也许是崩了很紧的神经终于放松下来，陶父陶母晚上睡得很早。等到老爷子震天响的呼噜打起来时，一家三口面面相觑，难得一起笑了。桐桐挤眉弄眼做鬼脸："我姥爷这呼噜一打，楼上的邻居说不定觉得是地震来了！"陶珊笑着顺手拍了这丫头一掌："胡说八道什么，写你的作业去！"

可是到了深夜，三位夜猫子也准备睡觉的时候，姥爷的呼噜丝毫没有歇气的意思。桐桐还好，一则离得远，二则她习惯听着音乐入睡，没受什么影响。直接住父母隔壁的樊振和陶珊就傻眼了，妈呀！这哪里是呼噜，根本是打雷！俩人只好一直在床上翻烙饼，好不容易，到了半夜一点多，呼噜声居然停了。两口子迷迷糊糊正要睡着，只听咣咣咣，陶父下床开门起夜来了！好家伙，一次起夜没什么，一整夜老爷子得起七八次！这真是走了李鬼，来了李逵！

一直到快凌晨四点，两个中年人才在极度疲倦中浅浅睡了过去。结果早上五点多，陶父陶母就起来了。先是洗漱，接着又压低声音商量，早饭给孩子们做什么——两位老人听力下降得厉害，他们觉得自己已是压低了声音，但实际上同一间房子里的三个人被吵得连装睡都装不下去，最后打着呵欠顶着肿眼坐在餐桌边时，整个人还是迷迷糊糊的，哪里吃得下？不过是随便对付两口，就匆匆作鸟兽散了。算了算了，起都起来了，早点儿走不堵车，还能去单位（学校）趴着再睡会儿。

就这样磕磕绊绊坚持了一周，先是桐桐受不了了，陶父又一次夜里起来上厕所时，睡得蒙蒙的桐桐冲出书房对着陶父喊："姥爷，你能不能晚上别上厕所了？吵得人睡不着觉！我每天上课都打瞌睡！还怎么学啊？！"半睡半醒的陶珊一听这声喊，就知不好，立刻清醒了。赶出去一看，她爸已经臊得满脸通红，又气又愧，站都站不稳，两只手用力抓着沙发，嗫嚅半天一个词都没有蹦出来。她急忙上前扶住老人，断喝一声："桐桐！你怎么跟姥爷说话呢？快道歉！"桐桐本来看到姥爷的样子已经有点儿心虚，担心闯祸，谁知被亲妈一吼，被宠坏的小孩那股天不怕地不怕的劲头又上来了，脖子一梗，眼圈儿先红了，嚷道："凭什么让我道歉？我们明天还要考试，觉都不让我睡，考什么考！"

陶珊气得不管不顾："下学期要是转不了学，你就要去上职高，你考个屁！少拿学习当借口，你真这么上心，怎么学成了这个鬼样子？！"说罢，一挥手就想给她一耳光，手却被赶出来的陶母死死抓住。陶珊一回头，老太太已经戳了她一下："你骂孩子干什么？桐桐说得没错，孩子晚上睡不好觉，白天怎么上学？你是打孩子吗？你这是打我跟你爸的脸呢！"制住闺女，她又拉住外孙女安慰，"走走走，桐桐，赶快睡觉去，明天还上学呢。我让你姥爷忍着点儿，不能影响你睡觉，不考试也还长身体呢！"

被姥姥劝慰得有些不好意思，桐桐跟着姥姥往书房走了，并小声咕哝了几句："姥姥，我也不是故意的，我就是太困了……"

姥姥劝她:"快睡觉吧,姥姥知道,肯定不能是故意的,桐桐和姥爷多好啊。"

陶珊咽下一口气,问陶父:"爸,您去洗手间了吗?该去去您的,别听小孩子瞎说。她不懂事,天天气我,一天不气我几次不算完,真不是冲您。"老头儿摆摆手,一言不发,也不让女儿扶,自己回了卧室。看着陶爸颓然的身影,陶珊只觉鼻头一酸,回头想擦擦眼睛,却看到已经从桐桐房间出来的陶母,站在黑暗里也愣愣地看着老头儿,转头注意到女儿的目光,她才走过来。

"妈。"陶珊扶住母亲温暖细瘦的胳膊,满怀歉意。

陶妈却拍拍她的手:"珊珊,跟孩子置什么气?快去睡吧,你明天不也是一天的班。"妈妈的手干枯微凉,微微粗糙,沙沙的,陶珊只觉得像是直接按在了自己的心脏上,像是安抚,又带着刺痛。

回到卧室,樊振还在战术性装睡,陶珊只觉得满腔的怒火要喷薄而出,正好灌注在手上,狠狠打了他一下,低声骂:"装什么睡!"樊振疼得自己摩挲了好几下,见被老婆识破也不恼,只悄声赔笑:"我出去不是添乱吗?咱爸咱妈肯定更尴尬了。那桐桐睡不好脾气大也正常,快睡吧,明天一天事呢。"爸妈就睡在隔壁,薄薄的隔断墙什么声音都挡不住,陶珊也生怕再说什么让他们多想,只能恨恨地睡下。

躺在床上,一滴憋了多时的眼泪,鬼鬼祟祟地顺着眼角滑了下来。陶珊没有感觉,她只是在想:虽然很多人都说,穷人不容易,但他们或许错了。真的穷人,因为没有见过太多,所以未必想要更多。如果不是遭遇什么必须用钱的困境，许多穷人的生活，只是清苦，并不焦灼，他们习惯了现有的生活；真正焦灼的，是这些被称为"中产"的人，他们见过、接近过、感受过，于是为一种叫作"更好的自己"的念头执着。这念头像是悬在骡子眼前的胡萝卜，吊着他们往前赶，拼命冲刺拼命跑，却始终够不着。因为永远还有"更好的"在前头，于是那"自己"也永远难以将息。

良久良久，陶珊在迷迷糊糊间，似乎听见谁，发出了一声长长的、低低的叹息。

要到好几天之后，陶珊才注意到，从那天开始，她爸真的再也没有起过夜了。是樊振看见了才告诉她：咱爸居然买了一个咱小时候用的那种痰盂放在屋里，等咱们仨上班上学都走了，才拿去厕所倒。唉，卧室里味儿多大啊。说的时候，他的嘴角还带着一丝不以为然，倒也不是恶意，只是医生不自觉的洁癖作祟。但陶珊紧紧咬住了唇角才没有哭——她爸爸也有洁癖啊！小时候所有人都穷兮兮的时候，她爸哪怕只有一件白衬衫也永远一尘不染，屋里再简陋桌台上也有一盆修剪美观的小花，再热、再气、再狼狈，他也从来不在母女面前说粗话打赤膊。如今他为了女儿一家如此作践自己，女婿却不知情地嫌他为老不羞。

不仅这样，陶父陶母再也没有在早上五点起床了，连早饭也不做。即使醒了也在房间里静静地坐着，一点儿声不出。一直挨到他们一家三口都起床洗漱出了门，老两口的一天才像是按下了开始键，可以放放心心地开门、漱洗、上厕所、收拾、做早饭、出门遛弯儿……

饶是处处忍着，照样磕磕碰碰。

如果没别的事，全家都会回家吃晚饭，陶母就把做晚饭看得比天大，每天挖空心思，仿佛不做一两个费工费时的菜，自己就要先心虚，偷懒似的。

老派人做饭，喜欢用猪油。况且超市卖黑猪肉的柜台，其他肉都卖得极贵，尤其肋排价钱简直吓煞人，只有剔下来的猪板油几乎等于白送，陶母喜滋滋买了许多，晚上炼了一大锅放旁边晾上。油凉透了，陶母端起锅，要往搪瓷盆里倒，谁知手一滑，一锅油全洒在了灶台上，白腻腻的油花，还在流淌的油液铺满了整个灶台、地板，钻进了冰箱底下的缝隙，弄出的响动把夫妻俩都引到了厨房。

陶珊见整个台面淅淅沥沥全是油，倒抽一口凉气，她转头去看樊振，樊振的确已经脸色不好看了。陶母赶紧赔不是，说自己老了，连口锅都拿不稳，她自己收拾，让陶珊她们别管。

陶珊立即拿了厨房用纸一边帮忙吸一边抱怨："哎呀，这下麻烦了。"

樊振没插手，只是问："妈，为什么要烧这么多呢？我们都不吃猪油的，不健康。"

这一句话，像一盆油浇在了陶珊的心火上，她把手上的纸一扔，问他："你什么意思？我妈就这个习惯，我们南京人都是这个习惯。70多岁的人了，你现在要给她改习惯？"

樊振也觉得自己过了，往回找补："我没说什么啊，我不是那个意思，我不懂，就问问。"

陶母把两个人推出厨房，说："你们都别管了，我肯定给你们弄干净。"

那个晚上，陶母打了一桶去污水、一桶清水，把整个厨房里里外外全擦了一遍，连燃气灶的灶眼都抠了出来，用牙刷一个眼一个眼地刷过。直到光亮如新，跟没开过火似的，陶母才停了下来，坐在房间里偷偷抹眼泪。陶珊路过，在门外听见母亲的自责："老了，真是不中用了。"陶珊正想进去劝，却听见陶父说："咱俩出去走走吧。"

父母一出门，陶珊怒不可遏地冲进卧室一把掀掉樊振头上的耳机，骂道："你刚才他妈的嫌弃谁呢？看不见东西洒了吗？老头儿老太太都在擦，你装什么大爷甩手就走！"

樊振先是被吓了一跳，反应过来也急了："关我什么事？你妈做不来就不要做，吃外卖多省事儿！我本来也是忍着，干脆跟你爸妈说清楚，菜做那么油，根本没人爱吃，别再弄那些大肥肉了行不行？"

陶珊简直被他的蹬鼻子上脸气到眼球充血，忍无可忍，指着他的鼻子大喊："你现在嫌弃他们了？做饭放猪油委屈你了？那你当初就别让他们来啊！当时跟我说得好听，接他们养老，一转脸就大大方方收下了他们砸锅卖铁倾家荡产的400万！让他们这一年跟他妈孙子似的在我舅舅家寄人篱下，看我表弟媳妇脸色！现在好了，房子、房子收不了，钱、钱花光了，你让我爸妈怎么办？你他妈还有脸嫌弃他们，你还要脸吗？你是人吗？！"

说到后来，她整个人气得发抖，自己都没有发现眼泪已经流了满脸。

樊振被正中红心地揭短，却哪里肯认：“你说这些有意思吗！买房子是大家都同意的，接你爸妈来我也是一片好心。爸妈就算卖了房，将来房本也写的是你一个人的名字，我能有什么坏心？房子收不了也不是我能控制的。现在就算全都怪我头上，能解决什么问题吗？现状就是只能住在一起，我肯定尽量让着你爸妈，但你们也不能一点儿不考虑我的生活习惯！”

后来还吵了些什么，樊振喋喋不休地又辩解了什么，对陶珊来说，都没有意义了。

不想让爸妈回来听见多想，她又走到客厅打开电视，放了一个嘈杂的综艺，自己去卫生间洗了脸，敷了面膜。等陶父陶母进门，又是和和气气、平平常常的一家人。樊振不知被拨动了哪根弦，也主动走出房间，一边陪看电视，一边给老两口削起了水果——打翻油的时候女婿带着气拔腿就走，收拾的时候女儿的脸色那样难看，老两口又不是瞎，出去遛弯心里也跟被油煎着一样，又疼又急。等到回来，见着女儿女婿没事儿人一般招呼他们，想来是沟通好了，两人才松了一口气。他们不知道，自始至终，陶珊整个人像被分成了两部分：一部分跟他们一起看电视、瞎聊天，一部分在心底反反复复如同中了病毒一样循环播放一句话：赶快收房，才有希望！

那天夜里，陶珊做了一个梦，十分清晰的梦——

他们已经住进了碧宫的新家。桐桐在她的房间里好好地写着作业，这个房间是她盼望了很久的梵高风，墙面是彩绘的金黄色麦田，穹顶是深邃的蓝色星空，床也是她早就挑中的原木色单人床。坐在窗前写作业的少女，脸上再也没有了戾气。而陶珊一个人坐在厨房的中岛台上，给自己煮了一杯咖啡。早上九点的和煦阳光，透过巨幅玻璃，柔柔地洒在她的脸上。窗外，陶父陶母正在笑着给花园里的植物剪枝，她爸肯定又说了什么不靠谱的话，正被她妈哇啦哇啦地训着。训着训着，不知为什么两个人又一起哈哈笑了起来。

阳光下，他们舒展的笑脸真好看啊！陶珊想。

11月的每一天，陈岩心里都是堵着的。某一天下班，又碰到京承高速大堵车。原本40分钟的路程折腾了快两个小时，又是疲惫又是暴躁。有那么一两分钟，恍恍惚惚间，陈岩几乎控制不住自己的脚，那一只脚仿佛有了自我意识，只想猛地踩到油门上，干脆撞一下算了，大家痛快！最后一瞬间，猛然清醒的她一脚死死踩到了刹车上，吓出一身冷汗。她意识到，最近的高压，已经快让自己到达了情绪极限。再想到一会儿回家，等着她的肯定又是餐桌上留下的一碗冷粥、一个包子，不由一阵烦躁。

这样不行，她对自己说。等出了高速，她干脆把车停到路边，给宋河打电话。宋河接得很快，他也正在车上，难得下班早却碰上了大堵车，但或许是最近的事已经消耗光了他的情绪，黑暗中的走走停停，并没有干扰他的平静。

"什么事？"

"我们出去吃饭吧,"陈岩说,"就在小区外面新开的那家日料店,别回家吃了。"

宋河有点儿不耐烦:"妈刚打电话,说饭都做好了,问我们什么时候到家。这个时候再出去吃,不是找事儿吗?"

刚刚恐惧的余烬尚未熄灭,此时直接变成怒火在陈岩心里裂开,她大声叫道:"我们一天天地累得个死去活来,出去吃顿饭都不配了,是吗?"

宋河想和稀泥:"我特别累,今天别出去吃了,周末再一家人好好出去吃一顿行不行?"

钢铁直男这种永远表错情的提议自然引发了陈岩更大的怒火,她只是想吃一顿好的吗?完全不是。此时此刻,她想要跟宋河两个人找个环境好的地方,安安静静地待一会儿,在许久未曾体验的舒适生活中沉浸片刻,不用回家立即处理又一大堆鸡毛蒜皮。刚刚几乎发生车祸的短短10分钟,真实世界里一切太平无事,但在她的主观世界里,那10分钟,已是死里逃生。

想到这里,她顿觉索然无味,扔下一句:"我只是想和你待在一起,没有别人。我现在过去,你愿意来就来。"不等宋河回答,她直接挂了电话。

陈岩在餐厅门口停车的时候,收到了宋河要地址的微信,他最终妥协了。陈岩把位置发了过去,但丝毫也不觉得高兴——生活已经破碎到,两个人一起吃一次饭都要大吵一架才能达成,除了沮丧,已经不会有更多的情绪。

两个人沉默地吃完了这顿乏善可陈的饭,糟糕的绝不仅是这间餐厅本身。假使换一天，他们也许会为它兼具日式原木与和纸元素的设计，以及满屏锦绣的包房布置所打动，还有那微不可闻的和歌，隐隐可见的日式线香，勉强也够到了一丝怀石料理的情趣。食材即使称不上惊艳，也并不有失体统。只是，这家餐厅仍是平庸的，如同在这里就餐的人，都是拼命装饰了门面，想要跃升至更高等级，却掩盖不住拙劣的模仿与细节之处的廉价。今天之后，可以预料到，他们二人余生都不会再有兴致踏入此地。

然而即使是如此令人丧气的晚餐，也依然不是免费的。

有些时候，越糟糕的东西，偏偏越是昂贵。比如今晚这顿1200元一位，加上15%的服务费，最终盛惠2760元的晚餐。

拿到账单的时候，宋河皱了一下眉头，没说什么付了账。但一出餐厅门，他就怒气冲冲地大步往外走，丝毫没顾及跟在后面穿着高跟鞋的陈岩，她被地面装饰的鹅卵石滑了一下，险些摔倒。

陈岩急了，喊道："宋河！你什么意思？"

宋河猛地站住，忍无可忍地把结账单迎面扔了过来："你满意了？这种时候花2000多吃这么一顿垃圾，我还不够顺着你吗？我能有什么意思？我配有什么意思吗？"

陈岩愣住了，这个永远给她兜底、在她崩溃时候给她敦厚怀抱的男人，此时此刻彻底陷入了歇斯底里的状态，他的头发被他自己挥舞的胳膊扇得乱蓬蓬，眼睛血红，鼻孔翕张，像一头愤怒的公狗。

"为了你的大别墅，我借了那么多钱！为了你要的好日子，你把我逼出来创业！现在好了，房子烂尾了，创业创得说不定哪天就失业了，还欠了一屁股债！我四十几岁了，陈岩，将来再出来找工作，谁还要我？那些大厂的程序员干到35岁就担心被劝退、终身失业，我呢？我现在怎么办？"

宋河仿佛被自己喊出来的话吓到，颓然地蹲到地上，用手抱住脑袋。

"我不想让你们娘俩儿过好日子吗？陈岩，我做梦都想！从咱们认识开始，我自己用一个破安卓手机屏碎了都懒得换，年年给你换最新的iPhone，我愿意给你买包，我愿意你跟洛洛穿得漂漂亮亮去喝下午茶。我愿意啊！但如果只是我自己，我根本不用买新衣服，不用换大房子，只要有一张床，让我待着安安静静地玩儿手机，我也能活得好好的。但是我知道你不行，你要大房子，要好看的衣服，要更好的生活，要给孩子最好的，我愿意配合你。我知道你辛苦，可我就是一个从小地方考上大学来北京的程序员，没有人能帮我！你知道你要的这些，给了我多大压力吗？"

餐厅门口一直有人进进出出，寒风中倒也没有人伫立围观一个中年男人的崩溃，宋河捂着脸，更加放肆地叫嚷："我们签完碧宫房子那天，我爬上公司顶楼待了一个下午，3000万啊！要是出一点点岔子，过去20年咱们全都白干！上次卖股权，你知道多少人笑我傻吗？他们就差指着我的鼻子笑我是个短视的傻×，合伙人觉得我在投资人面前给他塌台，整整给我看了几个月的脸色！这次出事，创始团队个个赔钱，只有我一个人早早套现当了叛徒，他们更觉得我鸡贼，天天在我面前阴阳怪气！他们谁知道，就他妈套的这点儿现钱，扔进房子里连个影儿都看不见！他们又有谁知道，花了这么多钱买的那个房子，最后到底能不能收都是个问题？他们更是不知道，我们全家真得靠我每个月砍得只剩几千块的工资才能活下去？砍掉70%，我现在给汽车加油都得卡着数儿加！"

"你以为我好过吗？"陈岩忍不住反问，"刚刚开着车在京承高速上，就差那么一点点，我就要踩着油门跟别人撞了！就差那么一点点，我心想还不如死了，一了百了！"

陈岩并不是吓唬宋河，在高速上突然躁郁的那一刻，她的确想过，如果此刻就是终点，没有明天，那她再不必每天早晚挤在这车阵里，为一份怎么都不够花的薪水汲汲营营，最重要的是，再不必还贷款。自入职场以后，她还从未过过一天不背贷款的生活：一套房子接一套房子，一辆车接一辆车。没有贷款的日子会是怎样？她好想立即知道。终归，是碧宫未交付的房子绊住了她。她当时心想，我这一辈子还没住过那么贵的房子呢，我必须住一下。而且要和老公、和女儿、和爸爸妈妈一起住，让他们知道，这个妻子、这个妈妈、这个女儿，并不是一个失败者。

想到这里，陈岩哽咽了："你知道我为什么要叫你来吃这顿饭吗？我不是虚荣，宋河。我就是觉得，咱俩真的都快要不行了，可是我们不能把自己关在这种情绪里！你爸你妈，洛洛都指望着我俩。我们要是一直陷在提心吊胆里，成天一副担惊受怕的表情，他们会比我们更害怕，更紧张！"

看着宋河蹲在地上，惶惶如丧家之犬，陈岩走过去，使劲把他拽了起来，又给他拍了拍裤子上的灰。谁能相信，眼前这个男人,确实是传说中年薪百万有车有房的互联网高管?想起方才宋河的咆哮,陈岩承认内心有愧:如果不是因为自己,这个男人不至于这么绝望。甚至在他的妻子面前,亲自踩碎了自己的骄傲,乞求她放过。不是他无能,是自己心太急。

"是,怪我太着急买这房子。怪我太急躁,觉得挤进这个圈层就能十倍百倍地挣钱。我知道我有这个能力啊!我懂挣钱,我会挣钱,我也能让我们一家三口越过越好!我现在一只脚已经踏了进来,宋河,你让我怎么甘心半途而废?"陈岩想对他道歉,却实在不想承认,买这房子,根本就是错的。

看着宋河一点点平静下来,陈岩也跟着稍微冷静了些。她知道,这个男人已经没了主意、没了力气、没了方向,她必须拽他一把,给他一些信心,日子还得过,房贷还得还,谁也不能退出,必须一起往前走。

陈岩直视着他,柔情而坚定:"开弓没有回头箭。我们既然走到这里了,退你能往哪儿退?只能咬着牙翻过去。我们总要试一试、搏一搏,最后哪怕真翻不过去,至少尽力了!我们现在是没钱,但我们缺的就是这2000块吗?我今天想跟你好好吃一顿饭,是想给我、给你一点儿希望,一点儿盼头,说实话,哪怕你明天失业了,再也找不到工作,但还有我呢。不行我就去打五份工,咱们这个家,我一定能养活!"她握住丈夫的手,继续说,"宋河,咱们不能活在绝望里。咱们偏要好好过!活他妈的!过个痛快!"

他们紧紧拥抱,那些死死压着他们,快要让他们喘不过气的东西,暂时被泪水从身体里冲刷了出去。幽暗的冬夜里,两颗冰冷的心焐在一起，总能焐出一些暖意。

成年人的世界无非如此，无论你决定倒下或站起，第二天总会到来。

早几天前，邓岚已经约了今天下午要带陈岩去SKP参加香奈儿的贵宾沙龙，她的邀请十分恳切："小岩，听我的，你一定要去，我的有些朋友你可以认识一下。"陈岩立刻意识到，这不是虚情假意的客气，邓岚想要提携一下她，不由又是欣喜又是感动。

为此她特地提前安排了工作，今天专在家里等着。然而经过了如同被狂风暴雨冲击过的前夜，今天的她实在兴奋不起来，只是随意裹了一件驼色的羊绒大衣，里面照常是衬衫仔裤。

邓岚特地让司机拐到清漪园接上了陈岩。一见面，陈岩就发现，今天的邓岚容光焕发，打扮得尤为隆重，全身自然是香奈儿：粗呢四兜外套，同款粗呢一步裙，里面搭了一件珍珠白的真丝T恤，脚下一双浅口黑白拼色尖头鞋，还在衣襟上别了一对古董全钻双夹胸针，简直是美轮美奂。作为出入有车接送的太太，她自是不必考虑保暖与舒适，务必一下车惊艳众人就对了。注意到陈岩的目光，邓岚自嘲："这些东西买回来，平时不过是供着，唯一的用处也就是今天这样的场合。"之后又一一告诉陈岩，一会儿要见的都是谁。她意味深长地总结："个个都说得上话。"

到了SKP，邓岚领着她直奔三楼。陈岩问，香奈儿的门店不是在一楼吗？邓岚微微笑了笑，一楼都是等着排队进店买包的普通顾客，我们才不能去那儿。

来了SKP那么多次，陈岩从来不知道，在这家商场的三楼，还有这么一个地方：巨大的门脸，被艺术磨砂玻璃严严实实地挡了起来，让路人无法窥视其中奥秘。不同于一楼门店硕大的CHANEL门楣，这里甚至找不到一处店名，像是还在装修中的店铺。然而她和邓岚刚走到门口，大门随即配合着她们的步子不早不迟地打开了——原来一直有人在门口把守。

走了进去，更是别有洞天：与其说这里是贵宾室，不如说是女王的客厅。此处面积似乎比一楼门店还要宽敞且明亮，浅色实木地板以法式风格斜铺，通墙雪白，间插几处浅色实木墙裙围合而成的展示区。透过东侧的通天玻璃幕墙，熙熙攘攘的建国路尽收眼底。房内零零散散陈列着一些精美人台，展示当季新款。其余手袋、腕表、鞋履与珠宝，更是随心所欲地摆放在四处，看似漫不经心，却有一种无懈可击的错落之美。房间中心位置摆放了一组黑色粗呢沙发，搭配一张阔大的黑色玻璃圆几，整个空间因为疏离，更显气派。

几位颇有些年纪的女士已经坐在了沙发区。当然，她们的仪容都打理得无懈可击，脸上绝无皱纹，头发蓬松流动着光泽，体型顽强地维持在她们30岁时期的状态。偶有一两个身形滚圆的，看她们周身的气势便明白，这种叫放心胖。无论财力、地位、见识，早已无须顾忌任何人——包括男人的喜好，故此再也不必强求自己。

邓岚和陈岩一入座，不知从哪里冒出来的服务员，悄无声息走到一旁，轻声细语地问："女士，要用茶、咖啡，还是香槟？"

无须引荐，人人彼此认识，也懒得假装亲如姐妹的浮夸亲热。关系好的靠在一起说说近些日子的圈中话题，关系一般的远远离着相互点点头也维持着客气，而邓岚是这样对她们介绍陈岩的："这是我的一个小妹妹。别看年轻，人家是做投资的。小小年纪很能干，帮了我特别大的忙。"众人一想，能帮上邓岚的人，岂是等闲之辈？于是纷纷主动加了陈岩的微信，待她颇为客气。

等喝着香槟看完一场简单的时装秀，店长带着工作人员把这一季的所有新款都推了出来，请在座女士们随意试穿选购，每个阔太身后都跟着一名顾问帮忙推荐搭配，每个人多多少少总要买些。更有轻车熟路的，连试衣间都不去，只需把喜欢的指出来，顾问自会帮她斟酌，再去库房取出她的尺码，直接买单。

陈岩生怕被销售顾问盯上，紧紧地跟在邓岚身后，一起进了试衣间，帮她试穿、为她斟酌。

邓岚一边试衣服，一边感慨，以前都是冯佳晶或者赵雅心陪自己来，如今一个离开了北京，一个成日见不着。她绝口不提郑晚亭，大概仍以认识此人为耻。

众太太们一边买、一边乐，其乐融融，各有斩获。陈岩正暗自庆幸，能一毛不拔全身而退，没想到其中一位胖太太领着销售径直走了过来，对陈岩说："这件衣服我想买，结果只剩一件34号。看来看去，就你能穿。你上身让我看看，要是效果好，我就让销售再帮我订一件。"

没有女人能够拒绝华服，何况别人这样热情，陈岩也就却之不恭地试了起来。

这一件重工刺绣满铺珠片的黑色四兜外套穿在陈岩身上，出奇地衬她。连她那条便宜的优衣库牛仔裤，都像是一齐从天桥上走下来的秀款，又高贵又随意。显得她顾盼神飞，神气得不得了！

陈岩的美，惊艳得胖太太和几个销售赞叹不已，其他太太也围了过来，有要捧胖太太场的、有真心恭维陈岩的、有夸赞衣服本身的、有起哄架秧子的，竟得了个满堂彩。连邓岚也跟着啧啧赞叹，大家都说："这件衣服谁也别争了，只写了小岩一个人的名字。你们谁硬是要买，穿出来也不如她好看。"

场面一时实在太热闹，销售自然凑趣，过来帮陈岩登记，陈岩一眼看见标价：115000！霎时倒吸一口凉气。她强作镇定地让销售先去帮别的太太结账，自己一会儿再去找她买单。

太太们买够了，聊够了，销售们也把战利品送到了各自手上，终于要散场。邓岚问陈岩："你买的衣服呢？"陈岩说："我不想要垫肩，让销售去找裁缝来帮我改一下，你先走吧。"

邓岚说："没关系，那我等等你，一起回去。"

陈岩坚决不肯，邓岚迟疑了一下，便自己走了。

陈岩在贵宾室里磨磨蹭蹭多待了15分钟，这才敢出门下楼。刚下到一楼，看见邓岚坐在爱马仕门口的TWG茶座，微笑着对她招手示意。

这下再也没法躲了，陈岩硬着头皮走过去，问："岚姐怎么还没走？"

邓岚说："想了想，还是等等你吧。这个点儿这个地段不好叫车的。"看到陈岩两手空空，邓岚问，"衣服送去改了？"

陈岩犹豫了一秒，决定实话实说："岚姐，我没买。刚刚撒谎，是我怕在你的朋友面前丢人，其实我根本买不起。我买了碧宫三期的房子，供我女儿上国际学校，已经很吃力了。最近我老公的创业项目还出了问题，工资都发不起，我现在每一分钱都不敢乱花。这件衣服抵我几乎两个月的房贷，别说是现在这种情况，就算是平时，也不是我消费得起的。"

一开始还困窘得脸都红了，但说着说着，她反而坦然了，望着邓岚目光清澈："岚姐，对不起。我特别感谢你能带我来，帮我引荐人脉，我也特别努力地想要成为你的朋友，但是我真的匹配不上你们的消费，抱歉。"

这番话显然出乎邓岚的意料，她先是有些吃惊，等陈岩诚恳地说完，十分感慨："别这么说，不能说实话的朋友，算什么朋友？"她让陈岩坐下，给她点了一杯红茶，继续说，"如果你以为，因为买不起一件衣服我就嫌弃你，你也是太看低我了。实话实说，我并不怎么喜欢买衣服。但有时候实在太空虚了，只能出来花钱，好像花了钱才能感觉到，过这种日子的好处。"

陈岩不可置信，高高在上、不可一世的邓岚，此刻如此柔软。

她不会问她过这种日子有什么不好，她也不会打听她们一家人一个月到底能挣多少钱，两个女人都不再说话，静静地喝茶，消化着各自生命中的隐晦与皎洁。

一杯喝完，邓岚仍是坚持送陈岩回家。临别时，邓岚又邀请她："明天晚上来我家吃饭，我叫上小意，就我们仨。"

陈岩切实地感到一丝暖意，邓岚的口气不再是居高临下的笼络，而是朋友间那种真正的亲昵。她感激地说了一声"好"，便脚步轻快地回了家。

　　可惜这份愉悦只持续到了晚上。

　　深夜十一点，陈岩接到陶珊惶然的电话："你快看维权群，我们可能真的踩到雷了！"

　　宋河正好在一旁，飞快地替她把手机翻到被设置成"免打扰"的维权群。这时候已经跳出了几百条消息，全是各种各样骂人的脏话。一直翻到最顶部，原来有个消息灵通的业主，爆出了有凭有据的聊天记录：有人找关系问了碧宫三期承建商，开发商竟然已经拖欠了几个亿的工程款，半年都不结款。承建商早已放话，不给钱就不开工了！

　　陈岩只觉天旋地转，天花板正对着她扑面塌了下来，周遭所有事物都在快速远去……她眼前一黑，手机摔了出去，屏幕碎得四分五裂，仿若即将光临的命运。

第九章 烂尾楼生活

如果一年前有人说，碧宫的开发商永正集团会破产，大概没有人会相信——怎么可能？

稍稍关注房地产行业的人，时时都能看到永正一举一动便轻易搅动全中国房地产市场风云的新闻：又气势恢宏地开发了什么革命性的新型地产项目，又举办了什么震惊寰宇的高峰盛会……即使是完全不关注产经资讯的普通人，也对永正老总跌宕起伏、无往不胜的传奇财富故事耳熟能详：他怎样空手套白狼地赚到了第一桶金，怎样跌倒又怎样重返巅峰，他跟历任老婆的恩怨情仇，数个子女如何各领风骚……

永正在华夏大地遍地开花的盛世景象如此深入人心，以至于坊间甚至有了心照不宣的默契：谁买了永正的房子，就意味着谁已经一步迈入了当地成功人士的圈子。跟任何人闲聊，只需抛出一句"我住永正那个小区"，便尊贵尽显。

永正一手将自己打造成房产中的爱马仕，掌握着全国最优质的购房客户，被敬为中国房地产界的龙头老大，时时登上政商新闻的头版头条，踩在房价起起伏伏的潮头而日益庞大，谁能想到，它的倒下却来得这么猛、这么急呢？

一开始只是一些窸窸窣窣的传言，这没什么出奇，哪个巨头背后没跟着几百条负面新闻？可渐渐地，一些地方项目爆出了停工、拖欠工程款之类的新闻，人们虽然也津津有味地讨论，到底离得远，不过是隔靴搔痒地看热闹。

  它的金刚不坏之身出现的第一丝裂缝，是被某著名财经媒体捅出，永正已经赫然上了某商业银行的停止放贷名单。那篇新闻的标题就很直白——《永正困局，谁会是引发崩溃的最后一根稻草？》。但比标题更直白的，是报道正文在解析了永正所有公开投资项目、财报数据之后，得出的结论：最近五年摊子铺得太大，永正的负债率早已远远超出警戒线，资金链已经被拉得比头发丝儿还细。随着国家房地产政策收紧，经济增速的减缓，永正的财务状况危如累卵，该商业银行停止放贷已经释放出一个殊为不详的讯号：宁可割肉，也要和永正割席。

  饶是如此，买不起永正房产的和住上了永正房产的，最多只是学人嗟叹：眼见他起高楼，眼见他宴宾客，眼见他楼塌了。

  真正跟着永正煎熬的，只有那些买了却还没有住上永正房产的人，比如，碧宫三期的准业主们。在负面新闻接连爆出之时，他们连最后的一点儿心存侥幸、自欺欺人，也被碧宫三期承建商有关人士爆出的聊天记录击得粉碎，不得不直面惨淡的现实：原来，永正已经拖欠了承建商三个多亿的工程款。之前还稀稀拉拉地付一点儿，到了现在，已经是一毛不给了。这个月，承建商已经直接撤场，撂挑子不干了。

  实话来得太锋利、太突然，直接压垮了所有人——前一刻还对着永正的金身心存幻想，觉得永正不敢冒天下之大不韪公然违约，下一刻就被揭穿：这艘巨轮已然是破了大口子的泰坦尼克号，船上的人赶快各自寻找救生艇，弃船逃生吧。

这一刻，碧宫三期业主群里的人都被逼到了墙角。之前那些犹疑、侥幸、不愿意太过得罪开发商或是想着别人出头自己坐享其成的小机灵，立刻变得可笑，再也没有存身之地。整个群里哀鸿遍野：有人怒不可遏，有人涕泗横流，有人条分缕析，有人叫嚣着鱼死网破……吵了几百条，最后是与承建商关系最深的那位业主一锤定了音："明天十点，一起去售楼处，找他们要个说法！"

那位业主迅速搞了个群接龙。一个小时之内，居然整整齐齐、一户不少地都报了名——出名难伺候、常常神龙见首不见尾的别墅区业主们这次前所未有地团结。丈夫出差的，妻子报名；子女不在的，父母顶上；全家不在的，或找亲戚或找朋友，甚至还有服务多年的保姆、身强力壮的司机替主出征。

这一晚，对于碧宫三期那150套别墅的精英业主、150个"成功"家庭来说，都是一场山崩地裂的摧毁——对于生活，对于自信，对于人生。北京这座庞大而宽和的灰色城市，不再是这些"人生赢家"的驾轻就熟，甚至隐隐将之驯服的样子，它在夜色中露出带着血色的獠牙，发出了低低的猖獗之声。

好不容易跻身中产甚至往上，好不容易掌握了社会规则，不再被碾压，好不容易负担得起体面生活，实现余生皆假期，被重击之后才愕然发现，在资本的巨轮之下，自己引以为傲、付出一切努力所赢得的敬意和尊荣，竟是如此脆弱与不堪一击。只需一个晚上，尽皆灰飞烟灭，比从未拥有这一切还绝望。

第二天，竟然是整个十一月良久未见的大晴天。天空蓝得像是加了超现实的滤镜，衬得云朵别样柔白。如果忽视碧宫售楼处前越聚越多的人群，湛蓝天幕辉映着大气、高雅的白色建筑，当真美轮美奂，仿佛来到了某个当代艺术博物馆。

然而此时此刻，人人脸上的惶急、三五成群聚在一起发出的大声诅咒和窃窃私语、默默增多的保安和严阵以待的工作人员，一齐打破了岁月静好的障眼法，并且随着几位老人在门前拉起了大红色声讨横幅，这里彻底成为一片你死我活的战场。

陈岩是跟宋河一起来的。奇怪，明明跟买房的时候碰到的是同一群人，那时，她只觉得售楼大厅里碰到的每个人都衣冠楚楚、气势逼人。每个人都有自己的颜色，有人是渊停岳峙的浓墨黑、有人是不可直视的荧光粉、有人是鲜妍可爱的鹅头黄、有人是生机勃勃的浅草绿……可是此刻，她猛然发现，这些人跟肩摩踵接地挤在早高峰地铁里赶着上班、晚上八点后在超市里和售货员磨嘴皮要求蔬菜打折、下雨时走在街头被飞驰而过的汽车溅湿裤脚的那些人，其实也没什么不同——焦虑、愤怒、可怜、绝望，对生活无能为力。再也没人打量你穿什么牌子的衣服和鞋，拎着哪一季的包，开着哪一档的车，大家都像是二十年前遭遇大股灾时，急急忙忙赶去证券交易大厅做无望挣扎的倒霉蛋。人们滔滔不绝地交换着各自无用的信息，试图从这堆垃圾里找到绝处逢生的秘密。

陈岩在人群之中一眼看到了神色憔悴的陶珊。她身边站着一对白发苍苍的老人，消瘦挺拔、穿着笔挺藏青羊毛大衣的老先生显得消沉而又茫然，几丝支棱凌乱的头发泄露出他内心的惶乱，反倒是他旁边那位穿件暗红色绗缝修身棉服、烫着卷发的老太太，虽说个头儿不高，说话却着实朗声阔气。只见她板着脸，神色激愤地与拉横幅的老人说着什么。

陶珊也看到了陈岩，目光交汇的那一瞬，两人心中都仿佛找到了一点儿依靠。该说的话好像都在昨天的电话里说完了，陈岩走过去默默挽住了陶珊的手臂，衣料的相接和肌肤的触碰带来一点点找到同类的温暖。她们默然看着宋河与陶父陶母寒暄，一一回答陶母关于房型和合同的问题，老太太似乎在锱铢必较地找不同中得到了某种力量，盘算在接下来要怎样一招制敌。

看看人到得差不多了，一个中年男业主站到拉横幅的老人旁边，招呼大家一起进去找开发商要个说法，两个穿着制服裙的售楼小姐试图在门口阻拦，但她们哪里是众人的对手，所有人一拥而入，不仅把两人挤到一旁，就是围过来的保安也无可奈何，只能在后面跟着，不敢多嘴半句。

几个售楼小姐簇拥着一个管事模样的男子迎了出来，半是拦着半是打圆场："大家别急，消消气、消消气！有什么问题咱们解决问题！"

那拉横幅的老头儿一把挥开他，嚷道："别说这些没用的！你能解决开工的问题吗？你能给我们交房吗？把你们老板给我们叫来！"众人一起在旁七嘴八舌地附和，愤怒的声浪快把售楼处的房顶掀翻。

但是，其实在场的所有人都心知肚明，把永正的老板叫出来，那是不可能的，可至少也得叫来一个说得上话的副总什么的，不然就这一个销售大厅里的负责人，他便是许诺出一万朵花来，又有什么用？

见这帮人只是一个劲儿地赔笑打哈哈，为首的男业主大声质问："合同上写了11月收房，到现在工地上还是大坑！我们已经找人问过了，你们拖欠了承建商几个亿，人家已经撤场了，今天必须给我们一个说法，我们的房子怎么办？什么时候能收房！"另一个精明强悍的女业主立刻声援他："今天不把你们老总叫来，给我们把问题解决了，我们就去找媒体！我们好几个业主自己就是做媒体的，永正最近爆出那么多的负面新闻，今天要是我们再把全北京的媒体都找来闹大，你一个打工的负得起责吗？""对！"众人一起起哄，"不给我们解决，我们去找住建委，找市政府！"

老头儿耍横，销售经理其实不太怕，老头儿再横，就算把售楼处砸了，横竖也不是经理自己的，他怕什么？只管嬉皮笑脸哄着不出事就行。但这几个中年业主句句都质问到了点子上，和承建商的官司连他都不知道细节，真要让媒体一哄而上闹出大事，确实吃罪不起。他赶紧给手下丢了个眼神让去请示上面，同时客客气气招呼众人去大厅休息区："大家放心，我们已经去请领导了，消消气儿，喝点儿水，吃点儿水果，休息一下，我们肯定会给大家解决问题。"

早就候在一旁的销售和服务生们立刻上前，殷勤地搀扶人群中的老头儿老太太，安抚自己认识的业主，给"我哥""我姐"们找座、张罗茶水饮料水果，听他们诉苦。一时间，即使大家都脸上不好看，好歹落了座，情绪也都稳定了下来。

谁知，这一等就是三个小时。一问销售就是伏低做小地求着业主们再等等，已经去找领导了云云，连绵不绝地求情说好话，却没有一个字落到实处，还有正经事的业主不得不陆陆续续先撤了。其中一个女业主是孕妇，情绪激动地等了三个钟头，差点儿晕了，吓得家人和销售一起上前把她扶住，好说歹说劝走了。

眼看形势不对，几个男业主鼓噪起来，上前一把掀翻了酒水台，咣当一声巨响，哗啦啦酒瓶、玻璃杯、糕点、水果碎了一地。保安想上前阻止，十来位坐在一起诉苦、彼此安慰半天的老人立即挤了上来，手指头快怼到保安的鼻子尖上："你们想干什么？还想打人是吧？""你们领导呢？收钱的时候来得挺快，有事儿就躲王八盖儿是吧？""报警、快报警！""我中过风！你敢碰我一下，老子下半辈子的医药费你给得起吗？"……

乱糟糟一片争执之中，之前的销售经理带着几个文员上气不接下气地抱着一沓纸急匆匆跑进来，手里拿着个扩音器，音量开到最大，一迭声地喊："大家静一静！静一静！听我说！"有人见状，帮他维持秩序："别吵别吵，先听听他说什么。"

等众人慢慢安静下来，销售经理的脸都涨红了："负责我们项目的徐总正在上海出差，现在已经买了最快一班的机票，晚上就能赶到北京。他让我告诉大家，请你们放心，我们一定会帮大家解决问题。现在请大家填写一下登记表，把各自的房型、联系方式、方便开会的时间都登记一下,我们稍后按照这个表格约大家跟徐总一起面对面解决问题。"

众人哪里肯干,七嘴八舌地怼他:"别说这些没用的!""我们现在就要解决!"……又吵吵嚷嚷了半个小时,还是一开始领头的男业主跟另一个在知名律师所当合伙人的女业主站了出来,代表业主提出了三点要求:1、永正派出具体负责碧宫的高层明天上午十点跟业主开见面会,说明项目情况,给出收房日期;2、必须有政府工作人员在场监督;3、对延期收房的业主,给出补偿方案。

一直来回扯皮到下午3点多,双方才算是勉强达成共识。做完登记,陶珊招呼陈岩一起吃饭,陈岩脸色煞白,冒着冷汗,说可能是站太久了,销售大厅里空气又不好,觉得实在恶心。陶珊忙嘱咐她赶紧回家躺着,精疲力竭的两家人这才各自散去。

陈岩实在没想到开发商的通知来得这样快,只是跟宋河回家吃了碗面的工夫,就接到了销售的电话,她上来先戴高帽:"姐,谢谢您今天一直保持冷静,要是业主都像您一样通情达理就好了。"

陈岩没搭腔,冷静吗?只不过是因为陈岩做惯了商务谈判,知道撒泼打滚除了虚张声势根本没用。另外她今天身体实在不适,说话都有气无力,只得靠在墙角站着,静观其变。

"我们徐总急得不行,提前从上海赶回来,现在已经到机场了,姐,您和我哥现在方便过来碧宫会所吗?徐总想先跟咱们合院的业主聊聊解决方案。"

中午的时候还说是晚上的飞机,结果现在立即就能开合院业主沟通会?陈岩心里冷笑,和宋河对视一眼,又不得不当即答了一声可以。销售殷殷嘱托,让他们千万保密,谁也不要说,免得节外生枝,对大家都不好。

一个小时后,在碧宫会所的大会议室里,合院业主们见到了这位姗姗来迟的徐总——他被五六个助手簇拥着走进来,四十多岁的年纪,不急不缓,穿一身合体的深色西装,微微有些发福,嘴角仿佛带着一丝诚恳和气的微笑,表情却很沉肃,也不知道同一张面孔上怎么能够毫不违和地传递出两种截然不同的表情。但毫无疑问,这是位不可轻忽的高手。

没有寒暄,他直截了当地说道:"虚头巴脑的话我就不说了,坐在这里的,都是碧宫三期合院的业主,各位都是各个行业的精英,希望咱们都不要带情绪。我来,就是带着诚意给各位解决问题的,也请大家配合我,我们一起找出一个满意的解决方案。"说罢,他掏出自己的手机放在桌面上,目光炯炯地注视着所有人,不再说话。

业主们是环坐在大会议桌边上的,一开始有人没反应过来,立即有四个女助手上前低声提醒:"麻烦您配合一下。"随着第一个人把手机放到了桌子上,其他人也陆陆续续把手机掏了出来,直到最后一个手机放到了桌子上,女助手们确认手机全部关机之后,他才又开始说话:"不瞒大家,碧宫三期的工程款确实出了问题,而且我们今年出问题的项目也不止一个。你们急,我们也急!我在上海干什么?就是天天在给我们的项目找钱!没钱,业主再闹也没用！老总也很急，他把自己私人的钱都填了进来。可碧宫三期一共 150 套，我们能拿出来的钱就只有这么多，不可能顾及所有人。现在在座的业主里，有我认识的，有我不认识的，但能坐在这儿的，都是我徐某的朋友。只要你们承诺别再掺和跟着那些联排业主瞎闹，公司就能保证先修咱们 50 户合院，争取春节前后完工交付。"

众人面面相觑，陈岩发现那个领头的男业主和律师女业主也在现场，两人对视一眼，那个男业主先发言："徐总想要解决问题我们欢迎，但现在是你们违约，已经延迟交房了，你现在空口说先修合院，到时候再交不了房怎么办？给我们已经造成的损失怎么办？我们迟入住几个月，多出来的房租、城里郊区两头跑的交通费，这些钱怎么算？我们业主是可以联合起诉你们的！"

徐总也不急，慢悠悠地说："您说得对，永正是上市公司，我们尊重业主行使自己的法律权利。但现在就是这么个情况，我说的也都是最实际的情况。现在全国业主起诉我们的也有个几百起吧，我们也都积极地配合着法院的司法程序。您要告，我们也配合您。说真的，肯定您能赢，但等开庭您得等几个月吧，开完庭执行，还得回到我们这边儿，到时候什么情况别说我，连我们老总都说不准。我听说咱们业主里就有大律师，您问问她，是不是这么回事？"

男业主一噎，询问地看了女律师一眼，女律师微微点了一下头，大家心里一凉，这种感觉，就是明明知道对方耍流氓，偏偏人家就是狡猾地踩在线上，你拿他毫无办法。

徐总继续说："我知道咱们业主里还有做媒体的，您在这个节骨眼儿上闹大，我们怕不怕？那肯定是怕，闹大了我们肯定更头疼。可是眼下账上没钱，我们怕也没用啊！挨完了骂最后还是得有钱，才能把您的房子盖出来，您说是不是？"他的目光淡淡地扫过几位业主，虽然脸上还是那个诚恳的表情，陈岩却暗暗有些吃惊，显然他早就知道了谁是律师，谁是媒体人。

跟陈岩有同样想法的人不少，业主们都惊讶地彼此开始窃窃私语。徐总仍然不动声色，仿佛全心全意为业主着想："所以，目前最现实、最有效率的办法，只能是分步解决，我们先集中力量，把合院的 50 套房盖完，尽快交付给大家。这个过程中我们再想办法筹措资金，慢慢解决其他 100 户联排的问题。说真的，这个解决方案，我们也是冒着巨大的风险，所以咱们合院的业主还得多多配合。徐某言尽于此，大家好好考虑考虑。我还要回去赶紧为大家解决问题，就先告辞。"说完，不待众人反应，就起身离开了。

他一走，销售们立刻拿出保密协议分头缠着业主们做工作，不一会儿，自然是都签了。快要溺毙的时候，有人扔下来一块浮板，谁还顾得上同呼吸共命运？"还好当时一咬牙买了贵的！要是省那几百万买了联排，现在只能哭！"签了协议后，甚至还有业主这样感慨。

跟宋河相携走出碧宫会所，陈岩只觉得一阵茫然。同样签完协议离开的，还有之前那位不论是在维权群，还是在售楼处抗议都最活跃的男业主，许是发觉了她的目光，他头一低，一言不发地快步匆匆离开。

回家的路上，宋河只觉得松了一口气，仿佛整个人都轻了五斤。陈岩却愣愣地看着他，叹了一口气："那陶珊怎么办啊？"

宋河顿时语塞，想到今天殷殷问他每一个细节，不想放过任何一丝希望的陶母，也觉得不忍，但是又能怎么办呢？他只好回道："我们已经签了保密协议。"

陈岩没说话，心里却暗暗做了决定，看看明天开发商跟陶珊她们开会怎么说。要是不行，还是得悄悄告诉陶珊实情，让她早做准备。

第二天，维权群里发言的人，果然少了许多。有的上午还在破口大骂，下午就无声无息了。前几天摇旗呐喊的那位男业主直接销声匿迹，只在有人点他名的时候，才出来语焉不详地回复一下政策性问题。

陈岩的心里咯咯噔噔的。果然，到了晚上九点多，陶珊打电话告诉她，今天的业主大会，好像只通知了联排业主。主持会议的是一个什么总监，主要就是诉苦，最后也没有给出任何具体方案，现在一家人身心俱疲地刚到家。

"我来你家找你。"陈岩答道。她明显感觉到陶珊愣了一下，但也没再解释，挂断电话，跟宋河说了一声，直接开车奔陶珊家去了。

晚上从顺义反向进城，几乎不堵车，前半程走得很快，但到了陶珊家位于东南二环里的老房区,道路开始变得狭窄,路边停满了快递车、外卖车和共享单车,好不容易进了小区,路灯被大树遮挡了光线,黑乎乎的,兜兜转转半小时还找不到停车位,陈岩实在急了,直接把车停到了路边的禁停区域,拼着被罚200元也顾不上了。进了陶珊家的单元楼,陈岩更加绝望了——电梯正在检修,不得不亲自爬上15楼。

"快进来。"陶珊招呼她。穿着空气棉家居服、头发胡乱扎起来的陶珊,这时候看上去完完全全是个疲惫的中年女人。皮肤发黄,眼角眉间都是细纹,跟在医院看到的那个气质高雅的知识女性,像是截然不同的两个人。

在顺义住惯了大房子,猛地进入这间逼仄的老公寓,陈岩感到了一种无声的压迫,像是发黄的天花板和白墙上的黑印子都一起向她逼过来。屋角暖气片的上方,似乎经历了一次火山爆发,随热气蒸腾起来的黑灰密密匝匝地积在墙面,引人不得不去关注天花板上那几处开裂的石膏线。认真说,陶珊的家拾掇得干净温馨,但房子的老旧就跟女人脸上的衰老痕迹一样,不是磨皮就可以消除的。拉平了皱纹,还有失掉的胶原蛋白;埋了金线,还有再也无法还原的微表情;打了除皱针,还有眼白里永远去不掉的昏黄。

修补无济于事。任何人与事,不是被生活打败,就是被岁月打败。

陶父累得受不住,已经去睡了;就怕回来得太晚,桐桐被安排去了同学家里过夜;据说樊振出差去了;于是三个女人坐到了客厅沙发上，听陈岩讲她的来意。

看着陶珊和她妈妈灼灼的眼神，陈岩硬着头皮把昨晚见面会的经过从头到尾讲了一遍，听到合院业主集体签了保密协议，陶母坐不住了，上蹿下跳地骂开发商，反倒是陶珊，感动地握住陈岩的手，说了无数遍"谢谢"。

都是谨言慎行的成年人，又非亲非故，陈岩肯跑这一趟，她只觉得心头一暖——设身处地，陶珊无比理解这套房子对于陈岩夫妇意味着什么，都是拿一家人的命换的！看他们两口子同进同退同焦灼，便知道陈岩一家人更是输不起。倒是死说活说要买碧宫的樊振，眼下干脆跑到外地巡诊去了，家里有什么事、碧宫什么进展，每天只在电话里听个汇报，一问归期就开始闪烁其词。但陶珊甚至不觉得生气，有什么好气的？至少他还在挣钱，既然是一家人，重压之下，他能继续背负他的责任，已是可贵。

送走陈岩，陶珊立即嘱咐陶母，不可将陈岩所述之事泄露给其他业主。她们要是拿着陈岩交底的消息当证据，将开发商的分化政策闹出去，最后害得陈岩家的房子出岔子，这不是逼她去死吗？

"那咱们怎么办？"陶母仍是不甘心。

"妈，您别说了，"陶珊也想不到任何办法，"我真的累了，随便吧，总是会解决的。"

一拍大腿，老太太突然发狠："你睡觉去，别管了！还是昨天拉横幅那个老哥哥说得对，就得跟他们闹！你们年轻人要上班、要面子，我们老天拔地的怕什么？！反正我跟你爸闲着也是闲着，明天开始我们天天去售楼处跟他们去闹！我今天加了那个老大哥的微信，我约约他，一帮老家伙天天去！看他们怎么办？"

这可给陶珊吓着了，赶紧哭笑不得地安慰母亲："妈，求您了，别添乱了。您这糖尿病最近刚调得好一点儿，要是身体再出了问题，您想想这哪头儿多哪头儿少？再说这种谈判现在才刚开始，且有的拖呢。再说就算永正无赖，政府也会管的。"

见女儿着实紧张起来，陶母摆摆手："算了算了，累了一天了，都早点儿睡吧。"

经历了两天无望又疲惫的奔波，手机里攒了一堆值班医生、病房护士、熟人发过来的微信没空看，陶珊以为自己会睡不着，结果躺到床上，她立即被倦意牢牢裹挟，像是做了吸入式全麻，10、9还没数到8，便陷入了深度沉睡，没有梦，没有盼，没有怕。

因着女婿、外孙女都不在家，陶父陶母不必再憋憋屈屈地躲在卧室里，于是这个早上，陶珊是在猪骨高汤浓浓的肉香氤氲中醒过来的。陶母想必起了个绝早，才有时间在七点多时已经把筒子骨煲到了发白，咕嘟咕嘟翻出雪白的汤花。穿着睡衣的陶珊蓬头垢面走去厨房看的时候，陶母已经发好了猪皮肚和木耳，正一边指挥着陶父清洗上海青，一边将一勺雪白的猪油扔进铁锅里炒汤底。

猪油融化冒出热烟，陶母刺啦一声利落地将姜片、蒜片、葱末扔进锅里，爆香之后倒入去皮切碎的番茄丁、木耳碎，炒成红汤，烧开，再豪放地抓了一大把皮肚条、猪油渣、鹌鹑蛋放进去，烹上几滴黄酒，泼刺刺的香气直扑鼻端——那是每个南京人刻进骨子里的味觉密码，陶珊这一两个月焦头烂额吃什么都味同嚼蜡的肠胃忽然被唤醒，叽里咕噜叫嚣着饥饿，迫不及待地想要吃下点儿什么。

陶母看见女儿，招呼了一声叫她快洗漱，一面顾自将吊好的猪骨高汤浇进锅里，放入鲜切面，快煮好的时候，她又扔进了碧绿的上海青、浆好的猪肝，齐齐滚开之后，盛到三只大碗里，淋上两勺辣椒油，撒一层炒熟的白芝麻，再加上一点青白相间的香葱末，做成这碗馥郁浓厚的浊汤皮肚面，一口下去，陶珊几乎是热泪盈眶。

看着女儿苍白的脸色，陶母满是怜爱地嘱咐她："珊珊多吃点，锅里还有，吃饱了再去上班。"转而又嘱咐陶父，"老陶你也多吃点儿，一天全是事。"话里满是未尽之意，可惜大快朵颐的陶珊并没有注意。

有这碗面垫底，陶珊出门上班的时候已经打起了八分精神。但她并不知道，等她一出门，陶母立刻催促陶父换了衣服，两人坐着地铁往碧宫郊区售楼处而去。他们已然下定决心，要豁出老命，替女儿办成一件大事。

拉横幅那位姓张的老大哥把老两口拉进了另外一个群，群里都是那天到维权现场的老头儿老太太，竟然有了二十多个人。老人们个个热情高涨、义愤填膺，用张大哥的话说："儿女们挣这点儿钱多不容易，我儿子一年到头不在家，才40岁白头发比我还多！我不替他把这房子闹回来，死了棺材板都放不平。咱们天天去那儿闹，最多一个月，他们肯定扛不住！"

另有一个刚从老家来北京帮女儿带孩子的老太太，分享了她在老家时的经验：那时候来占地的开发商拖欠赔偿款不给，有公职、有工作的年轻人不敢闹，最后是他们整条街的老头儿老太太集体跑到当地的高速公路上，把路给堵了。事情闹大上了省台新闻，政府一出面，立即责令开发商把欠款一分不少地付清了。她还指导大家要带好装备：保温杯灌上热水热粥，穿上厚羽绒服，想躺着的还可以带上铺盖，包里放点儿小面包，该吃的药也一并准备好，千万得带上小马扎。"也不用进他们售楼处，免得把我们轰出来。我们就在大门口静坐，拉上横幅，正好让路过的人都好好看看！"

这个主意出得真是太周到了。老人们纷纷赞好，于是约好了每天九点半在售楼处会面。陶父陶母收拾好东西立即出发坐上了地铁，等到了那儿一看，一共二十多位老人，最年轻的52岁，年纪最大的一位86岁，是坐着轮椅让保姆推过来的，听力也不太好使了。老头儿得意扬扬地吩咐阿姨："把我推到门口去，看他们敢把我怎么样！"简直拿出了战斗英雄堵机枪眼的气概。

售楼处的人看见来了这么一群气势汹汹的老头老太太也傻了眼。这都进十二月了，大冷的天哪敢让他们在门口待着，只能捏着鼻子请进来。老人们也不闲着，撒泼的、诉苦的、掉眼泪的、掏心掏肺痛陈家史的……一人认准一个永正员工，缠住了就不让走。售楼大厅里从此天天闹哄哄像是天桥市场，销售们不得不轮班伺候这帮比他们上班还准时的老祖宗。端茶倒水、赔着笑脸叔叔阿姨地哄着不说，赶上哪个老人一口气没喘匀，立刻就要闹个人仰马翻，出钱出力地赶紧送到周边医院检查，生怕真有一个就在售楼处里过去了。

"小伙子，我们全家为了买这房子，真的不容易啊！"

"叔叔，我懂。可我一个月就挣3000底薪，现在公司连底薪都不发了。我特别替您着急，但我也没办法，您也可怜可怜我。"

"我们好多人都是全款买的房。那么多钱打到你们账上，怎么会没钱建房子呢？"

"阿姨，公司运作的事我也不懂，但我们上上下下都在努力呢，您先回去吧。"

……

无穷无尽的车轱辘话，一日一日你来我往地说，最后每个人都懒得说了。但老人们每日照常准时来，轻车熟路地在售楼处找位置坐下，三三两两喝茶、打牌、闭眼休息，永正的员工亦步亦趋地伺候着，这里愈发像个老年活动中心。

至于陶珊，到了年底医院有各种考核总结，早出晚归，根本没有注意到父母每天的日常，早已不是遛弯儿，而是去碧宫静坐。

但她至少意外地注意到了一件事，她爸妈的情绪居然变好了。不再像之前那样焦虑，生怕给女儿添麻烦，在家里跟樊振或桐桐稍稍有点儿龃龉就小心翼翼地避让，最近的他们，天天晚上掐着点儿进门做晚饭，也不知是累了还是什么，胃口都挺好，顿顿都比陶珊吃得还要多。吃了饭收拾完，老两口也不会坐在沙发上百无聊赖地看电视剧，如今陶母日理万机，手机不离手，简直变成了伪房产政策专家，跟一家人说起北京市大大小小的房产政策如数家珍，经常把陶珊说得一愣一愣的。有一天，陶父陶母甚至在晚饭饭桌上公布了一个真正意义上的好消息：区里的领导过来看望他们了，劝他们注意身体，安心过年，还说政府一定会想办法，请大家少安毋躁。

陶珊一惊，才意识到父母背地里和业主们搞起了串联，替她奔波房子的事。发现了这一隐情，陶珊心想，无论爸妈在悄咪咪地干着什么，都让他们继续干好了。比房子更重要的是，老两口似乎找到了自己的价值，在北京蜗居的生活也没那么无聊了。他们坚信自己能拯救女儿全家的命运，这比任何补药都更让陶父陶母容光焕发。

不知不觉，已是年底。

这半年，岌岌可危的房子、宋河的创业，就连邓岚的定增项目都在娱乐行业全面整改的形势下充满了变数。她没有办法停下来，每一天，陈岩都感觉自己像是在正遇上山体滑坡的盘山公路上狂奔。铺天盖地、四面八方都是石头砸下来，只能拼了命地跑，每跑出一步，就好像离安全更近一点儿，但也说不好，哪块石头砸下来就能让自己原地咽气。

负责邓岚项目的整组人都在拼命，大家一分钟不敢拖。不管是内部流程，还是外部审议，能抢出来一小时都是好的，在风云变幻的大环境里，没人能确定下一刻会发生什么——这种预感是对的。就在邓岚的项目各个款项交割结束，成功关闭一周后，陈岩收到消息，接下来所有类似项目都暂时不再审批了。那一刻，从上到下，人人都生出了劫后余生的庆幸。

秦总痛快地批了项目组的奖金分配计划，看到那个体面的数目，即使还没有拿到手，陈岩也像从头顶处被吹入了一口仙气一般，蓦地起死回生了。从来没有一笔钱像这笔奖金一样，对她拥有生杀予夺的影响力。有了这笔奖金，至少未来一年不用为贷款操心，不必因为外出吃一顿饭再跟丈夫争执，不必为了给女儿多划掉一节课而胆战心惊，每天早上可以重新拥有一点儿做人的底气，睁开眼睛能够安安稳稳地过掉未来一年的每一天。

融资成功落袋的邓岚也大大松了一口气，不管明年市场如何，有这笔现金在手，两三年内公司都可以从从容容地开发新项目，做网剧也好、拍电影也好，甚至投资短视频、剧本杀都好，进可攻、退可守，做得好，将来说不定能与蒋南国分庭抗礼。想到这一切，她对陈岩的情感，冲到了前所未有的高度。

如今整个太太圈子里，人人都知道，陈岩是邓岚的密友。邓岚大大小小一切场合都会拉上陈岩，逢人便介绍：这是我的好朋友，女强人一个。想起一年前，最接近邓岚的人，还是郑晚亭，陈岩不免感喟，邓岚是个好人，只是她位置太高了，为了架起这条天梯，有多少人前仆后继、粉身碎骨呢？

临近春节，阖家启程去三亚别墅过年之前，邓岚邀请了许多同学妈妈来家里提前吃年饭。其中几个年长几岁的女人状态跟年轻妈妈们完全不同，倒不是说年纪大些对外貌开始懈怠——而是态度很放松。一问，才知道是邓岚大女儿同学的妈妈。确实，孩子到了十一年级，即使当初没选择出国读高中，现在基本也大局已定，能申请到什么样的学校心里都有了数，完全没有什么可焦虑的了。

她们闲闲地聊着春节假期打算怎么度过，彼此打听对方的留学咨询机构靠不靠谱、托福分数刷够没有、标化考得怎么样？陈岩听得云里雾里，半懂不懂。直到其中一位开始抱怨孩子太不努力："我这一年光花在他身上都不止100万，你看，学费加住宿一年47万、咨询机构40万、找机构做作品集又是20万，他托福死活考不到110，我光给他报托福一对一的课又花了十几万，这还不算其他的。关键钱花了这么多，他还一点儿不配合，我简直要恨死了！"她的抱怨顿时激起了其他妈妈的共鸣，说到给孩子花钱，人人都有一汪苦水要吐。有位妈妈吐槽当初为了孩子学马术花的钱，买马花了好几十万，养马还得年年交钱，最后十年下来，马术学得稀松，马一直放在马场付费寄养，等于全打了水漂儿；另一位则抱怨闺女的声乐老师涨价太快，去年还是1200元一节一对一的课，今年就变成了1500元；某个陪孩子参加了好几年国际辩论赛的妈妈呵呵一笑，说中学这五年她在请辩论老师、陪同出国比赛这事上，已经花了快200万了，还好成绩不错，咨询机构说申学挺有优势的，不然气都要气死……

陈岩在一旁听得目瞪口呆，本以为国际学校一年小20万的学费加上10万左右的兴趣班，他们两口子的收入支撑下来绰绰有余，万万没想到，这居然不过是小学阶段的行市，升到高中以后学费一年就要40万！洛洛目前就读的，的确是北郊最好的国际学校，高中阶段是要求全员强制住校的，而她一打听，那住宿费一年99000元！更别提年级越高，专项的国际科目补课费就越贵。就算没有买马买帆船之类那么烧钱的项目，夏令营你总要参加吧？艺体特长总要培养吧？林林总总算下来，学费加上补习班费，加上游学之类的支出，抵得上他们夫妻俩一个人的年收入了。而另一个人的年收入，付完房贷与保险，还剩几个钢镚儿？够吃饭吗？

越听越怕越寒心，陈岩几乎要把手里的香槟杯捏碎。又一个养尊处优的太太自嘲，她们这种做生意的家庭，只是付得起学费的父母，申校时不能给孩子提供任何背景加分。众人皆笑，唯独陈岩笑不出，想起自己跟宋河，最终很可能是连学费都付不起的父母，那咬牙买这房子，举家搬到这里，挤破头混进这个圈子，还有什么意义？

饭也不想吃了，陈岩推脱要走，她怕留下来继续听这些有钱人撒娇，自己会忍不住当场崩溃，非得拽着她们一个一个地问清楚了：你们的钱到底是从哪儿来的？怎么那么容易啊？邓岚拦不住她，亲自把她送到了大门外，头一次亲亲热热地抱着她说："好好过年，咱们年后见！"

出乎意料，陶珊家里的这个年过得近于诡异地和谐：她所担心的事全都没有发生。就像一个人猛地一脚踩进了陷阱，她害怕得要命，以为自己会被万箭穿心，谁能想到，这居然是一出爱丽丝漫游奇境记！

房子自然还是遥遥无期，维权群里每天都在吵架，最后对话总会滑入不了了之的方向。但陶父陶母却变得越来越乐观。小年那天，他们喜出望外地回家宣布，明天开始，不用再去售楼处了！他们一众老人全都获得了阶段性的胜利——开发商的人给每一位在场的业主做了登记，答应他们，年后开工先建他们的房子。最后给每位老人发了一提牛奶一桶油，激动得陶父语无伦次，对着开发商连连道谢。动不动耷拉着脸的桐桐也开心了起来，像是孙悟空终于要甩掉那可恶的紧箍咒，兴奋地向父母确认："那我是不是开学就可以转去国际学校了？"樊振说："放心吧，爸爸有个客户就是那家学校的校董夫人，你连转学考试都不用参加！"桐桐高兴得尖叫一声，亲昵地搂着樊振的脖子，亲了爸爸一口。小女儿久违的撒娇，让全家人都笑了起来。

桐桐缠着姥姥姥爷问东问西。毕竟两个月下来，老两口成了全家最熟悉碧宫附近的人。这两个月他们一边维着权，一边逛完了附近的超市，吃遍了周边的餐厅，和其他老人聊完了各自孙子孙女在各个国际学校的得失，陶父陶母此刻再也不是一无是处、从老家跑来依附女儿的无用之人，他们又成为经验丰富的长者、家里的顶梁柱。

就连樊振，自觉从欺骗岳父母的养老钱，几乎导致家庭破产的耻辱柱上解绑，也变得好相处起来，兴致勃勃地跟全家人商量着过年放假这几天的日程：初一陪姥姥姥爷去花市、初二全家人去郊区温泉城小住、初四和陶珊去家居城看家具、初五带女儿去看新上映的大片……

看到祖孙三人久违的融洽，陶珊无比满足，像扛着一座山跋涉了两万里，此时可以稍微歇一歇，明明还不是终点，却因为暂时放下了，她感到久违的轻盈。

除夕夜钟声敲响的时候，桐桐和樊振一马当先冲下楼去放冷烟花，陶父陶母乐呵呵地跟着外孙女下去了。

陶珊怕冷没有去，她一个人站在阳台上，在震耳欲聋的欢歌笑语里，出神地望着楼下家人小如蝼蚁的身影。她原本喜悦的心底，突然生出一丝无法控制的恐惧。那种感觉，就像是有一年她被樊振硬拖着去走一条悬崖上的玻璃栈道，他一再保证，那是安全的，绝对不会出事的。可她总觉得下一步，那玻璃就会应声而裂，她会一脚踏空，跌入谷底。

"珊珊！"一声呼喊止住了陶珊的胡思乱想，她循声望去，母亲手里握着炫目的冷烟花，陪着外孙女欢快地挥舞，两个人一边闹一边笑，此时电视里已传来《难忘今宵》的歌声。

"爸，妈，给你们拜年了！"陶珊在阳台上跟着笑。

陶母举着冷烟花，对女儿回应，"过年好"，拖着长长的调子，像无忧无虑的小女孩。

新春钟声敲响的时候，陈岩正瘫坐在主卧的卫生间。

清漪园的除夕夜，格外冷清。站在窗边往外望去，只在很远的地方有几束冲上天空的烟花。爆竹声像被装了消声器，太远了，微不可闻——何止是爆竹，周遭还亮着灯的房子，也只剩下寥寥几户。

不过这才是清漪园过年时的常态。

左邻右舍们这一时期只会出现在朋友圈：如今出不了国，有人便去了澳门，那里不必隔离，但好歹也算是离境，全家人一起开心一下，太太带着孩子和老人吃吃喝喝、看看演出，先生深夜溜出去小赌怡情，各得自在；大部分人去了海南，在岛上买的别墅和公寓，一年也就用这一次，况且新开的五星酒店总要去打个卡，孩子们也想去亚特兰蒂斯撒个欢，海鲜再贵也不是吃不起；热爱滑雪的人，去了亚布力、崇礼，平时几百一晚的酒店，到了春节飙到两三千，但那又怎样？贵起来了，反而让人群没那么驳杂……所有人像候鸟一样地飞出去，兢兢业业地完成这个阶层应当度假的使命。

陈岩没有看朋友圈，她脸色苍白地看着手里试纸上的两条粗线。

应该是喜悦的吧？

几年前，她和宋河曾经无数次地设想过，什么时候再给洛洛生一个弟弟或妹妹。最好是弟弟，洛洛性格有点儿内向、很害羞，弟弟长大了，可以代替父母保护姐姐，一儿一女，也凑成了一个"好"字。

但真的喜悦吗？她问自己。

不。

她想抽自己一耳光——为那并未来临的喜悦，为那第一时间涌上心头的五个血红色大字：怎么会怀孕？

年前太忙，连例假没来，她都忽略了，也难怪总觉得体力不支，还以为只是心情郁结。此刻答案揭晓，她更觉恐惧加深。

是从邓岚临行那个聚会上回来，就开始感到恐惧的吧？

把洛洛转到国际学校，固然是因为她性格敏感，所以做父母的愿意付出十倍溢价买一个优裕宽松的环境，让孩子能够舒展地成长。但她内心深处又何尝没有一种未吐之于口的虚荣：说起来也是年薪百万的精英阶层，富养女儿，还养不起吗？

直到一脚踏进来，在邓岚家的聚会上，见识了真正的富人，那一连串的数字把她打蒙，才彻底清醒：这华丽的生活，真的是我支撑得起的吗？这样左支右绌的教育，对孩子来说，真的是一件好事吗？她也知道，那几位妈妈说的，并非绝对。即使是私立教育，也一样可以丰俭由人，量力而行。但以自己这样好强的性格，以她和宋河工作的忙碌程度，没有充裕的钱，没有充裕的时间，会不会明明想要倾尽所有给洛洛最好的教育，反而赶着她走上一条错误而拮据的路？

更何况还有碧宫那套命运未卜的房子。

私立教育的支出、碧宫的房贷，再加上迟迟不能收房因此要额外付出的房租，榨干了她和宋河所能找到的每一个硬币，再来一点点变数就足以把他们逼得跳楼。此时此刻，陈岩终于为自己曾经的疯狂感到了背脊一凉。

为了省钱，这个年只能在家里蹲，还得不时听着宋河父母在厨房里为做什么菜而大吵不休。前两天陈岩翻着朋友圈里那些悠闲惬意、宛若身处天堂的熟人度假照片，苦涩地想，这也曾经是我的生活啊。以前过年，海边的总统套房住不起，但海景套房是绝对住得上的，曾经带着爸妈去三亚过年，七天下来也要花不少钱，现在呢？现在去趟昌平住一住温都水城都舍不得，难道未来20年都要过这种拮据的生活？

要是再来一个孩子呢？

先算算账：生他下来，连带着坐月子，20万就得花出去——除非不去国际医院。求一求陶珊，帮自己找一家三甲医院建档，无外乎辛苦一些，折腾一些，也没什么；生下来之后，每月1万多的月嫂支出，是绝对免不了的，不然自己怎么腾得出手来去上班？母乳也是没时间喂了，喝好奶粉、用尿不湿，一个月毛估五六千块。这些钱加在一起，原是没什么，但现在前头还有房贷、房租、洛洛的学杂费，再从哪里变出每月2万的育婴费，她暂时想不出。

关键是，有钱生，她也没胆休产假。好不容易做出一点成绩，在公司里稳住了位置，世道下行裁员也裁不到她头上。但三个月的产假一歇，到时候再出来，可就说不好了：客户和项目也许被瓜分，公司也许招到了更加便宜好用的新人，回去就算不被劝退也要重新坐冷板凳，基本工资也许一分不少，最重要的年终奖肯定就没几个子儿了。那么当年的房租、房贷、学费、育婴费，怎么办？

最需要用钱的这几年，宋河的创业项目若是彻底凉了，怎么办？

二宝长到上学的年纪，和洛洛一式一样地入读国际学校，一年30多万的学杂费，怎么办？

若是四个老人，任何一个突然又得了什么需要大动干戈的病，怎么办？

怎么办？怎么办？怎么办……

陈岩跌坐在冰冷的地上，整个人不可抑制地颤抖起来。

手指无意识地死死撕扯着头发，她痛苦地发出无声的尖叫，把头一下又一下地撞到卫生间的承重墙上，仿佛只有那带着强烈眩晕感的剧痛，才能稍稍消减一点儿内心想要自毁的冲动。

与此同时，绝望之中又混杂着可怕的清醒，这种快要把她湮灭的痛苦，始终如同按下了静音键，她选择撞承重墙，是因为她知道砸在实心承重墙面的动静最小——她不想惊动在主卧的小床上已经沉沉入睡的洛洛。

成年人连崩溃都是不敢发出声音的。

半个小时之后，陈岩努力站了起来，换完睡衣走出卫生间，躺在床上，拉上被子把自己盖得严严实实。良久，厚实的鹅绒被带来的那一丝温暖，才让陈岩意识到，自己的身体一直绷得像钢铁一样冷硬。

等到陪父母看完春晚的宋河回到主卧，关了灯，躺到了床上，陈岩才说："我怀孕了。"

宋河惊得坐了起来："什么？"他先是露出一脸狂喜，但看清陈岩脸上的表情，犹如被兜头浇了一桶冰水，霎时冷静下来。

两个人都没有说话。

不知道过了多久，陈岩低声说："过了元宵节，陪我去医院吧。"

宋河没有答话。

过了很久，他无声地躺了下去，像一张纸被夹进了书里。

陈岩以为他睡着了。

但是整张床垫都渐渐抖动起来，宋河发出像是野兽受伤一样的低吼和吸气声。

"他是哭了吗？"陈岩面无表情地躺着。

我为什么没有哭呢？

过了元宵节，反倒是陈岩拖着，也不提去医院的事。

宋河猜不透她的心思，也不敢问，成天只可怜巴巴地看着她，像是自己要被刮掉似的。

陈岩知道必须要做，又总是提不起力气去做，于是安慰自己，横竖是要做，不如等天气再暖和些。

就这样蹉跎了一个月，料峭的寒风里，开始隐隐约约透出一丝春天将来的暖润之意。

四季的轮转向来如此：无情是因旧日的离去永不回头，多情是因新的一天总是会来。

走在清漪园的步行甬道上，行道树依然朝天支棱着它们光秃秃的枝丫，墙角的迎春却已经悄然绽出一点点新黄。

又是一年了啊，陈岩想。

这一年里，郑晚亭不知所终，祝她过得好。

这一年里，冯佳晶告别了叶太太的人生，在别处找回了自己。

这一年里，邓岚柔软了下来，什么时候再碰到她，都不再是曾经那种较着劲儿的冷硬。

这一年里，赵雅心忽然多了一个大儿子，有时早上会碰到她陪着两个儿子沿着绿化带跑步，常常是那两个早跑得没影儿了，她还在后面慢慢跟着，脸上带着甜蜜的笑。

陈岩好羡慕她们，无论是消失的、走掉的、失而复得的。好像只有她，一边必须承受残酷的命运，一边又得亲自做一些残酷的决定。

而厄运并没有就此停止。

开年还没两个星期，永正炸锅了，它被官方媒体正式通报：负债超过一千亿。

这个无法想象的数字把所有人都震蒙了。

碧宫三期的业主们彻底慌了，签了保密协议的业主们很快跑去现场看了，又惊惶地回来汇报：我们被骗了！永正根本没有重新开工，工地上还是之前那些大坑，一个都没有填上！

这下谁都不敢捂着了，各人把当初被分组开会签下的协议拿出来一对，才发现：永正只不过用了同一套话术忽悠了大部分人。他们根本没有先建任何房子。快三个月了，工地里连一块砖头都没有动过！

之前自恃身份的业主们再也坐不住，一个大有来头的业主找关系去住建委查了查，挖出了最致命的雷：碧宫三期监管账户里的建设用款已经被尽数偷偷划走，现在账上只剩下 8000 万。

维权拖了这么久，业主们都没有跟永正拼命，是因为有懂行的人告诉大家，按照规定，网签通过了，房款一旦进入监管账户，便不能被随意划走。之前刚闹起来的时候，就有人去查过，监管账户上还有10个亿，足以把碧宫三期的所有房子盖好，不过是时间问题而已，只要给永正持续施加压力，这个承建商不行就换一个承建商，总能完工。

但现在，最后一丝希望也破裂了，永正负债累累，很可能会资不抵债，监管账户上的钱为什么能持续被划走，追责已经没有意义。结果就是，账户里只剩下8000万，除非永正补足建设短缺的9个亿，不然150户家庭的人生，无数个被掏空的钱包，都将随着碧宫三期，一起烂掉。

无法接受现实的业主们愤怒地冲进碧宫售楼处砸掉了他们能看到的一切。这还不算完，他们冲击了永正集团北京总部，堵在门口，不许任何人进出。几个保安试图维持秩序，旋即爆发肢体冲突，一个老年人被推搡在地，混乱之中头部被重踢，当场昏迷过去。"爸！"随着一声凄厉的尖叫，人群围出了一个圆，有人当即打了急救电话，女人们护着被踩踏的老人及家属，男人们则气势汹汹地抓住保安要他们偿命。工作日下午三点的CBD，行人急急走过，无意卷入这里三层外三层的冲突。倒是街角工地的工友们，被震天响的叫骂声吸引，纷纷放下手上的活计，饶有兴味地蹲在路边观看对街的闹剧。原来这些衣冠楚楚的人，也是会一哭二闹三上吊的？

大乱的那个下午，陶珊没有去，陈岩也没有去。

陈岩把自己关在家里，焦虑得坐立不安，硬生生灌下一杯葡萄酒才勉强睡去。第二天早上，她起来用冰袋冰敷了一下肿胀的脸颊，换好衣服照常衣冠楚楚地上班去了。宋河还想劝她在家休息一天，陈岩只是平静地答他："我们休息不起。这也不是我们一家人的事，总得有人跟进。"

望着她泰然离去的身影，由于走得太急，还趔趄了一下，宋河甚至感到了一丝敬畏——这个女人，大概是老天爷派来保护我的。

坐在车里，陈岩翻开手机，才发现凌晨三点陶珊给她发了一条微信："活着真没意思。"

陈岩吓坏了，赶紧回她："别担心，我相信政府很快就会介入的。"

半晌，陶珊回了两个字："嗯嗯。"

看情形，陶珊像是平静了下来。陈岩想再多说些什么，却发现自己再也说不出什么。

到第三天快下班的时候，陈岩接到了陶母偷偷用陶珊的手机打给她的电话。那个意气风发的老太太再也不见了，电话里的声音沙哑而轻飘，仿佛一口气不能支撑她说完一句完整的话："我知道现在这个时候不应该再给你添麻烦，但我真的没办法了，你能来看看陶珊吗？"说到最后，她已经泣不成声了。

陈岩心里一沉，安慰了老太太几句，挂了电话请了假便开车直奔陶珊家而去。

陶母给她开门的时候，陈岩差点儿吓了一跳，上次见她还是个丰腴白净的老太太，头发仔细染黑烫卷，依稀看得出年轻时候的风采。再见面，她怎么变得如此老态龙钟了？眼下是肿起的青黑色眼袋，脸上的皮肤失去了脂肪的支撑松垮垮地耷拉下来，头发早露出了白根，稀稀疏疏地趴在头皮上，露出了几处秃，她整个人，显出一种行将就木的暮态。

只是一眼，陈岩就哽咽了。她扶住老太太的胳膊劝道："阿姨，就是为了陶珊和桐桐，您也要好好保重自己。房子还能想办法，您的身体要是出了问题，陶珊真要受不了了！"

陶母却着急摆手，回头看了屋里一眼，干脆走到门外，凑到陈岩的耳边低声说："我没事，你去看看珊珊，她待在卧室里两天了。话也不说，叫她吃饭她也吃，要是不叫，她一天不吃也不知道饿。"

陶母想了想，决定把最大的担忧和不堪和盘托出："昨天半夜，我听见客厅里有声响，出来一看，她就一声不吭地站在窗户边上，也不知道在那里站了多久。我不敢叫她，我也怕，就站在她背后，偷偷地等到她回屋躺下，我才去睡。"

抹了抹眼泪，陶母继续说："今天早上我叫她吃饭，她突然轻飘飘地跟我说，妈，不用愁，她卡里还有 85 万，回头我和她爸回南京买间小房子也够了。你说这叫我怎么办啊？"说着说着，陶母再也忍不住，捂着嘴无声地哭了起来。

推开卧室门的时候，陈岩几乎什么都看不见。等到眼睛适应了黑暗，才发现陶珊拉上了遮光帘，自己则坐在床边的躺椅上，一动不动，像一张破旧的毛毯。

陈岩走到她身边,在她旁边蹲下,伸手轻轻握住她冰凉的手,想要说话,却什么都说不出来,眼泪簌簌地落了下来。

滚烫的泪珠滴在陶珊的手背上,仿佛惊醒了她,她有些茫然地看着陈岩,渐渐被陈岩越流越凶猛的眼泪带动,也跟着落下泪来。

"岩,太苦了,真的,太苦了。"她喃喃地道。

"珊姐,我怀孕了。"陈岩不知为什么,突然很想跟她说说这件事。

陶珊吃了一惊,眼神才真正活了过来,张口想要恭喜她,却又把话咽了回去。是啊,如今怎么恭喜呢?陈岩在这当口说这话,真意显然是另外一层。她不敢问,不敢劝,怎能慷他人之慨?

也许是陶珊眼神里那一丝悲悯和了然,让陈岩再也不能控制自己的情绪,也不想再假装坚强,她忍不住痛哭失声。陶珊本想安慰些什么,到了最后,只能抱着陈岩和她一起哭。两个中年女人,半年前还是素昧平生,这一刻,那些不敢对人流的眼泪、不愿承认的失败、不能独自面对的情绪,她们统统交付给了彼此。

直哭得嗓子刺痛,脸颊干痒,两人才停了下来。她们心底堵得死死的块垒,因此松开了一个缺口。

陈岩定了定神,认真劝她:"我找人问了银行的朋友,据说政府已经在行动了,这么大的事,肯定会有一个结果的。你们又是全款买的房,没有贷款,你和你老公都还挣着钱,哪怕房子没了,日子依然过得下去。"陈岩苦笑了一下,"你看我,我们房子没着落，一个月将近7万元的贷款却必须还。我老公的公司快黄了，他一个互联网中年民工，再失业就是终身失业。但我觉得我还等得起，你有什么等不起的？"

听她这样讲，陶珊又是感动又是愧疚，反过来也宽慰她："孩子的事，你再考虑一下，好吗？我介绍你去妇产医院建档，我许多同学在那儿，走医保花不了什么钱的。"

陈岩低头不语，陶珊紧握着她的手："再好好想想，你还有时间。"

细细碎碎说了许多闲话，告辞出门的时候，陈岩觉得心里轻松了不少。送她出门的陶母，大约刚才也陪着她们在外屋偷偷哭了一场，此时脸颊还皱红着，仿佛下定了什么决心，眼睛里又有一簇火在烈烈燃烧。

怕她想不开，陈岩忍不住把劝陶珊的话又劝了她一遍，老太太却不接话，只拍了拍陈岩的手，反而嘱咐她："快回家吧，路上开车小心点儿。"

开车到半路，只要一想起老太太当时的神情，陈岩便感到不安，随即又给陶珊发了一条微信："你多劝劝阿姨，让她别急。"

陶珊终于出门上班了。准确地说，是陶母催促女儿去上班的。她逼着陶珊换了衣服，拿了包，一直把她送上电梯，看她离开小区才算罢休。"在家里躺着能解决什么问题？"这是陶珊熟悉的母亲，对此，她又无奈又感激。

几天没去医院，事情堆了三尺高，晚上到家的时候，已经九点多了。

进了门，居然是樊振迎出来，他还一脸诧异地问："你没跟爸妈一起啊？这么晚了，他们去哪儿了？"

陶珊来不及换鞋，直接冲进了爸妈的卧室，不但老两口的衣服杂物少了许多，连床上的被褥床单都不见了。

她立刻给老两口打电话，一开始谁也不接，陶珊拼命打，老太太到底熬不住接了。"你们去哪儿了？"陶珊气急败坏地嚷起来。

"别管我们去哪儿了，反正我们好好的，放心吧。你们早点儿睡，挂了。"老太太死活不说，直接把电话挂了，而且再也不接。

"陶珊！"樊振举着手机冲出来让她看，惊慌失措地喊道，"群里有好几家人组织大家直接去工地上住，说要把事情闹大，爸妈不会也跟着过去了吧？"

陶珊气得骂了一句脏话，摔了门赶出去。樊振怕她气急出事，只匆匆叮嘱桐桐一句，也急忙追了出去。

晚上不堵车，上了高速一路疾驰到碧宫，只花了40分钟。

果然，碧宫三期工地的围挡已经被人破坏了，整个工地中心全部是钢筋裸露的大坑，只有靠在路边的几栋完成了建筑主体，做了简单的水泥封顶。门窗全无，四面皆是空对空的水泥大洞，脚手架也还没拆。

几栋毛坯房里都亮着应急灯，房子外面已经拉起了红色的巨型横幅，写着"无良开发商，还我家园"几个大字，在乍暖还寒的夜风中，幽幽地飘着，瘆人又凄凉。

也不知道老两口在哪一栋，陶珊急得在下面一声声地大喊爸妈。直喊了二十几声，老两口才从中间一栋的落地窗（现在只是一整面墙的空洞）探头出来，老头儿正拿着手机不知在跟谁说着什么，老太太跟女儿招手，赶他们走："这么晚了你们还来干什么？赶紧回去吧，明天还上班呢！"

陶珊哪肯听她的，跟樊振互相搀扶，摸索着转到那栋房子的正面，也上了二楼。

上来一看，陶父居然正开着抖音做直播。老头儿举着手机转来转去给网友看毛坯房里有什么，还介绍女儿女婿，老太太正把铺盖之类的铺到一个没有窗户的小黑屋里，看设计用途，应该是二楼主卧的衣帽间，由于没有窗户，因此只能勉强挡挡风。

虽然三月里，温度上升了那么一点儿，夜里仍只有零度左右。两个70多岁，还有基础病的老人居然想在这种四面漏风的地方过夜，简直把陶珊气疯了。

"不要命了？赶紧跟我回家！这破房子我不要了行不行！"

没想到陶母也直接翻了脸，脸一沉往被褥上一坐："你不要我们要，反正我们不走！我们卖了老家的房子背井离乡，真金白银买的房子，凭什么不要！我们跟他们拼了！"

这时隔壁一栋楼里，走出来一个老头儿跟着起哄，隔着楼喊话："大妹子说得好！咱们跟他们拼了，事情闹大了，看他们敢不管！咱们一起直播，明天全中国的记者保管都来！"

不用说，住烂尾楼、开直播，这一切主意，都是这个老头儿出的。

陶珊两口子好话歹话全说尽，老头老太太就是油盐不进，死活不走。陶珊最后急了，一甩手自己也坐了下来："你们不走我也不走！"然后又指挥樊振，"你赶紧回家招呼桐桐去，我陪我爸妈住这儿！"樊振两头劝，直劝到半夜12点，一个也没劝动，又惦记着桐桐一个人在家，只能气咻咻地自己先走了。

深夜里，一家三口依偎着蜷缩在一起，身下垫了两条褥子，身上围盖着两条被子，娘俩一边怄气，一边抱团取暖，好歹熬过了这一夜。

天一亮，陶母就赶着女儿去上班。医院今天还真有重要会议不能请假，陶珊只能千叮咛万嘱咐，放心不下地走了。

到了下午，陶珊抽出空来点开他爸的抖音账号想看看他们的情况。谁知她爸那个粗陋至极的视频点击量居然破百万了！想必赶上永正暴雷的热点，白发苍苍的高龄别墅业主被迫住进烂尾楼，实在太有看点，也太惹人同情，这个视频千真万确火了。陶父预告：每晚七点准时直播，播到有人来管为止。陶珊哭笑不得，这下子，她爸妈更加是无论如何也劝不走了。

下班之后，她干脆回家收拾了所有闲置的厚被子、羊毛毯、雪地靴、热水袋、户外烧烤用的卡式炉、钢筋锅、保温瓶之类，嘱咐好樊振和桐桐，去跟陶父陶母合住。

等她到了烂尾楼，不由吃了一惊，昨天还光秃秃的楼板，今天已经被堆得满满当当。有吃的、有炭炉、有球炭，竟然还有一顶已经撑好的防风双人帐篷！老头儿老太太神情亢奋，跟女儿介绍，这些都是今天来声援的其他业主和热心网友送来的，还有记者来采访，他们觉得这招儿肯定管用了！

陶珊能说什么？劝又劝不走，骂又不能骂，除了认命陪着，别无他法。况且看到陶父直播狂飙的点击量，不断引起的舆论关注，她心里也生出了一点隐隐的期盼：一起熬几天，说不定真能把问题解决掉！

接下来的几天，形势变得越来越好。几个老人家住烂尾楼的抗议居然上了热搜，来采访的媒体络绎不绝，蹭热度的人也跟着来了。一时间，全网都在讨论"住烂尾楼的有钱人"，区里的领导还亲自来看望，劝说他们回家，拍着胸脯保证一定会帮他们解决问题。

一起维权的几家人商量着，再坚持两三天，看看能不能得到更确切的保证。毕竟上次就已经被开发商骗过一次，谁知道这次他们说的是真是假？

晚上钻到帐篷里睡觉的时候，陶母终于不再跟女儿怄气，她搂着女儿叹了口气："珊珊，你天天陪我们耗着，白天怎么上班？听妈的话，明天晚上你就别来了，开发商要是把问题解决了，我们过两天也回家了。"

陶珊鼻头一酸，抱着妈妈的胳膊嗔道："你们不回去，我也不回去。"

陶母眼圈儿红了，她摸了摸女儿的头发，软软地安抚她："我跟你爸老了，没用了，只能拖累你了。我跟你爸就是想帮帮你，我们老人吃点儿苦算什么？我们这一辈人，最不怕吃苦，要是帮你们把这个问题解决了，我就是死了也值得！"

陶珊生气了："说什么呢！这房子重要，还是你们重要？！"

看女儿有点儿着急，陶母笑了："好了好了，不说了，你看你还跟小孩儿似的，说说就起急，这个脾气也不知道随了谁。睡吧睡吧。"

其实想想，从六岁分床开始，陶珊就再也没跟父母一个被窝里睡过，如今跟老母亲挤着睡在一起，靠彼此的体温取暖，她觉得格外安心，竟然睡得比在家里还踏实。

那个早上，陶珊是被冻醒的。她闭着眼睛伸手一摸，没摸到妈妈，睁开眼发现帐篷门已经被拉开了，寒风呼呼地灌进来，怪不得觉得冷。

估计妈妈上厕所去了，陶珊也没在意，又迷迷糊糊睡了过去。再一次惊醒的时候，发现妈妈还没回来，睡得懵懵懂懂的她一时没有缓过神来，这是过去多久了？

一阵寒风把帐篷门卷得啪啪作响，她猛地清醒过来，一看时间，才早上七点不到。

"妈！"她一边喊了一声，一边猛地坐了起来。

没有人应。

"妈！"她又喊了一声，心里一顿，慌手忙脚地爬出帐篷，光着脚就冲了出去。

还是没人应。中厅里没有人。

"妈！"她恐惧地大喊起来，冲进了他们临时用的那个卫生间。

然后，她脚下一软，重重跌倒在地。

在这个水泥小房间里,地上只有一个预留给下水管道的黑漆漆的洞。老两口在这里放了一只简易蹲便器,用于上厕所。

妈妈此刻就倒在地上,半个身子压着简易蹲便器,裤子还没穿好,四溢的尿液漫湿了她的衣襟。

陶珊多希望一向爱干净的妈妈立即跳起来嫌弃腌臜,但她的妈妈就躺在地上,一动不动。

"妈!"陶珊觉得自己在声嘶力竭地大叫,但其实她根本没有发出任何声音,嘴巴张着,一扇一扇的,像一条快要死的鱼。她努力想要站起来,又好像根本感觉不到自己的两条腿。

于是她拼命爬了过去,手掌在粗糙的水泥地上擦出血痕,而她完全感觉不到疼痛。

明明是一伸手的距离,但她感觉自己像是爬了好久好久。

不知道妈妈在这地上躺了多久,她的身上好凉啊。

陶珊不愿相信,她伸手去试她的鼻息。

不知道是什么,止不住地滴到地上,发出啪嗒啪嗒的声响,她总觉得自己没有试准,一遍一遍地试。

"妈。"她又轻轻喊了一声。

她的妈妈,静静地躺着,没了呼吸。

一辈子好强、体面、爱漂亮的妈妈,最后倒在了15块钱从建材市场买来的简易蹲便器旁,泡在满地污秽的尿液里。

这个76岁的女人,一生为丈夫、为女儿付出,却从未拥有自己的名字。

就连她心心念念、为之丧命的房子,上面也没有她的名字。

这一刻,她倒在这间狭小粗糙、四面漏风、一无所有的陋室里,尘归尘、土归土。

在白底黑字的灵位上,她终于找回了自己的名字:梁明霞。

第十章 回归

每年网上都会有一些热搜，有时候叫作艳遇丽江；有时候叫作逃离北上广；有时候叫作世界那么大，我想去看看；有时候叫作进藏、转山、朝圣、人生是一场修行；有时候叫作慢生活，叫你回乡下种菜养鸡，或者找一处荒山野岭隐居。

每场热闹总是恰好击中人们的心尖，获得无数的共鸣和拥簇。

每年也真的有无数人从这里离去：那些回乡考公务员的年轻人，那些跟着工作迁徙的打工人，那些真的奔去了诗与远方的成年人，那些被这城市挤压、吞没，不得不黯然转场的失意人……他们带着一些难以承认的不甘和一些蒙了滤镜的憧憬，一声"拜拜"之后远去。

但这里也永远不缺满怀希望和雄心而来的新鲜人。所得也许不多，却始终在这里死磕，有人头破血流，有人怡然自得，有人风生水起，更多人最终成为融入这座城市的骨血——是什么把他们留在了这里？他们想要得到的又是什么？

冰冷而锋利的城市是亘古沉默的，答案却散落在车水马龙的都市中每个不经意的角落。是后厂村那一座座名字如雷贯耳的办公楼里，开着各种细碎会议的屋子里，那些动辄年薪百万、全年无休的大厂人；是金融街上大夏天也西装革履穿着全副行头、嘴里滚动跳出十位数以上交易，但那些交易落到他们头上兴许连毛毛雨都没有的金融客；是百子湾千奇百怪的网红青年；是隐藏在城郊村落和废弃厂区形形色色的聚居艺术家；是二环胡同里还住在大杂院平房里，养着花、晒着太阳、养着鸽子、等着拆迁的老北京，以及跟他们混居在一起的咖啡店主与外国人。

这答案也包括坐落在北京郊区一片片名目各异的别墅区和住在这里形形色色、各不相同的人。并且和职业同质化严重、聚群而居的上述区域不同，通常别墅区几乎集齐了类目截然不同的成功者，任何人都可以在任何细微的方面找到对应的坐标轴。你永远猜不透，幼儿园门口那个双鬓苍苍、来接小孩的男人到底是孩子的爷爷还是爸爸。就像你也不知道，在小区湖畔遛弯偶遇的姿态平和、衣着优雅的老太，是祖传的红墙贵女还是一代名家。隔壁新搬来的邻居，没有一年半载的工夫，你也摸不透人家到底是家里有矿、经商有道还是卖老年保健品、开地沟油餐厅发的家。你更加看不透这些别墅区太太们的人生：为上百万一只限量名包耍心机暗算的是她们，在微信群里买几百块钱高仿的也是她们；一年浪掷几十万给小孩买课，让各种教培机构赚得盆满钵满的是她们，精打细算，为几十块小账撕破脸皮的也是她们；人均寰球名校、个个行业精英的是她们，不带翻译开不了家长会、不能辅导二年级小孩儿学历被吊打的也是她们。她们像是被鸟儿从天南海北不知何处撷来的种子，被投进别墅区的沃土中，终于开成了千姿百态的花，一朵赛一朵娇艳，一株胜一株壮观。旁人见了，只觉花团锦簇、富贵荣华，哪里还分辨得出群芳谱系、原产何处，只是赞叹，此处水土的确是好过别处许多。

这是一种难以言传的赞誉。在这里，你见到的每个人，都是整个社会中有名有姓的人，人人都有自己的传奇，而住了进来，哪怕你出身不明，但这不正是传奇最令人沉醉的开始吗？洗衣做饭的保姆、打零工的建筑工人、开超市的农村妇女、只凭一副美貌的淘金女郎、下苦力开大排档的夫妻、出身贫寒的小镇做题家、拿一纸野鸡文凭的海归客、坑蒙拐骗又能抽身而退的投机者……多年以后各自脱胎换骨，与那些目无下尘的红墙子弟、名校毕业的社会精英、绵延数代的书香名门、低调沉默的大人物……悄无声息地混杂一堂，微信群里互尊一声芳邻，同骂一家物业，这样的流动与融合，不正是中产阶层的野望本身吗？

是故，不论浪头打落了多少前行者，每一朵浪尖却都永远不缺踏浪人。

新一年的仲春时节，老牌别墅区周边又开出了好几个新贵盘，当年开盘也颇是轰轰烈烈了一阵子的几个新小区陆陆续续开始收房了，就连碧宫三期的业主也终于生出了新的希望——暌违一年之后，工地又重新拉上了围挡，硕大的塔吊和各种重型机械入场了，工地，又重新开工了。

开工的那一天，许多业主闻讯赶到。有人喜极而泣，有人面露微笑，但那些真正遭受重创的人却难以诠释内心的复杂：对于旁观者而言，那也许只是一笔抽象的巨额损失。当这个数目，进入真实的生活，带来的辐射力却是摧毁性的——也许是为了拼命挣钱渡过难关而不停尖啸报警的身心健康，也许是绝望之下顿时破碎的家庭关系，也许是发现自己全无招架之力导致的信念幻灭和人生崩盘。在风声鹤唳的过去半年里，碧宫三期的150户人家，全都流过泪，在争吵、静默、撕扯、等待、奔波、无眠里，对家人、对开发商、对媒体、对陌生人、对自己说过这一句：我不想活了。

但无论如何，此时此刻能够站在这里，看见一切又渐渐步入正轨，不管曾经承受过怎样的痛苦和压力，人们心中都充满了感念。

除了感谢政府，还要感谢一个叫梁明霞的女人。

她在风口浪尖上猝然而至的死亡，再次掀起轩然大波。相关部门快速成立了专案组，在多方努力之下，碧宫三期的网签又恢复了，一部分只交了首付的业主在银行的协助下缴齐了尾款，永正老板以私人名义注入一部分现金，加上部分追回的款项，共计8亿多工程专款划入了监管账户，并由业主和有关部门人员联合组成的资金监管组和工程监理组全程监管直至完工，又换了新的承建商一包到底，确保小区年内完工交付。

梁明霞的葬礼之隆重，远远超出了哪怕是她自己当初的预期。

仿佛某个位高权重的大人物一样，殡仪馆的礼堂里，不仅大部分业主都携家带口，甚至还有地产商代表、专案组领导、媒体记者前来致意。有人是感同身受，有人是真心悼念，有人是职责所在，有人是感怀，有人是看热闹，有人是随大流……总之，扰扰攘攘，场面盛大。

这是属于她的葬礼，却又似乎与她无关。

只有沉默的樊振和哭肿了眼睛的桐桐在现场代表他们一家人。

陶父和陶珊经历了长达一年的煎熬之后,突遭失去至亲的重创,彻底被击垮,接连病倒,如今浑浑噩噩地躺在医院的病房里,恨不能跟着陶母一起去了。

参加完陶母的葬礼,去医院看完陶珊父女,直到坐在办公桌前,陈岩还久久不能回神。

她脑海中不由自主浮现出冬天的时候,她从陶珊家出来,老太太那张有点儿浮肿的脸。也许那时她的身体状况早已露出征兆,但她神态坚决,仿佛下定了某种决心,要为女儿扛下一切。在这个老年妇女强大的意志下,没有人能看出端倪。

纷乱的思绪和孕早期的激素变化令陈岩又泛起一阵恶心,她做贼心虚地跑到卫生间,锁上隔间,在马桶里垫了相当数量的纸巾,才放心吐了个痛快。女厕没有旁人,陈岩对着镜子环照腰身——倒是还看不出来。走出女厕,没想到秦总就在门外站着,笑吟吟地等着她。

"没事吧?"秦总问,"刚才我路过,听到你在里面,像是不舒服呀。"

陈岩吓得汗毛倒竖,好在对此情形她早有准备,于是强作镇定:"别提了,刚在沙拉里吃出一只死苍蝇,我必须得去投诉。"

秦总笑了笑,说:"那是够恶心的。"

下午开会,公司要争取某省一家有色金属集团今年的发债项目,是陈岩牵头的。秦总突然岔开话题又多问了一句:"这个活儿不好干,陈岩你吃得消吧?"这立刻引起了陈岩的警觉,她不是职场菜鸟，当然读得懂老板的言下之意。确实，她最近毫无胃口，刚才又吐了一顿，此刻脸色煞白，浑身无力，想必是被秦总看出来了。她立即开玩笑般接了一句："女人真惨，换错一只粉底就像换错一张脸。"众人哈哈一笑。散会后，陈岩又特地去找秦总私下更新了发债项目的具体情况，才终于让他相信，她体内依然只有狼性，没有母性。

从秦总办公室出来，女助理特地跑来，送了一只新粉底液让她试试，笑嘻嘻同她说："岩姐你试试这个色号，我每次涂完，跑来搭讪的帅哥都会多几个。"陈岩推辞不过只能收下，只瞥了一眼，便知这是某奢侈品牌今年出的爆款色号，网上长期断货，据说专柜也要配货才买得到。她不得不再次打量眼前这个名叫计青蓝的女孩，心里感慨：倒也正常。她毕竟是秦总亲自介绍进她组里给她当助手的关系户，家境优越，随手送一瓶金贵粉底，对于她来说或许只相当于请同事喝杯奶茶的示好程度。陈岩不想生事，收了粉底，又约她第二天一起吃午饭当作还情，计青蓝大大方方跟她定了地方，转身做事去了。

望着她的背影，陈岩的心情有点儿复杂。

计青蓝刚来的时候，因她背景过硬，连秦总与陈岩都只打算把她当个观音瓶供着，结果共事两个月下来竟发现，计青蓝跟想象中的二代们完全不一样。她本科毕业于哥伦比亚大学数学系，回家过春节碰上疫情，家里放心不下，不想让她再出国读研，于是她索性决定在国内先工作两年再说。听着纯属玩票，但真上起班来，陈岩吃惊地发现，这女孩是个熟手。她自大二起就在华尔街的知名券商实习，跟过项目、做过表格，承受过国际名校和顶尖券商的双重淬炼，对数据极为敏感，做数据分析无论速度或是精准度，就连使用的程序工具都让陈岩咋舌，她自忖是比不过的。

不仅如此，她还年轻，生在一个那样好的家庭，容貌虽谈不上惊艳，但那的确是一张从未被生活欺负过的美好脸庞。养尊处优的生活和成功父辈带来的视野，令她性格开朗，热爱运动又积极上进——工作的时候全情投入，稍有闲暇立刻安排上丰富多彩的活动：一三五瑜伽私教、游泳、网球，二四六约不同青年才俊泡夜店寻美食，周末如果不加班还要开夜车去崇礼滑雪，想必如果不是如今出行不便，还得加上海外船潜、极限攀登之类，精力之旺盛、时间管理之高效，直让陈岩望而生畏。

中午计青蓝约在附近一家新开的西餐厅，陈岩无奈，害怕情绪再次影响到身体，只得嘱咐自己点的安格斯牛排要八分熟。生活习惯早已西化的计青蓝一边喝冰水，一边笑她牛排吃八分熟不是等于嚼鞋底？陈岩能怎么办，总不能告诉计青蓝自己怀孕三个月了不敢吃生冷吧。

可她没料到这家店八成熟的厚切牛排一划开居然还在冒血水，腥气混杂着黄油和黑胡椒的热气扑面而来，别人闻着只是香，身处孕反之中嗅觉空前敏锐的她却感到一阵恶心，实在忍不住干呕了几下。

计青蓝忙给她递餐巾纸、递柠檬水，看她慢慢缓过来，才开她玩笑："岩姐，你不是怀孕了吧？"

陈岩的心里咯噔一下，表面上却镇定地白了她一眼，感叹道：

"我哪儿有那福气,还有性生活可以过?昨天夜里起来照顾洛洛,衣服穿少了一受寒,早上肠胃炎就有点儿犯了。真后悔以前一忙起来就没日没夜不好好吃饭,这都是前车之鉴。"

计青蓝骇笑:"怪不得这两天你脸色不太好,早知道我们去喝汤。"她忍不住说心里话,"不过我倒不觉得工作有多累,看看周围的人,感觉结婚比工作累多了。我妈还整天催我结婚,我就特别想问我妈,你一辈子把我爸伺候得跟皇帝似的,他连自己的脚指甲都等着我妈剪,你真的觉得自己过得好吗?"

陈岩不禁佩服95后的百无禁忌,换她自己无论如何也没法跟同事讨论自家爸妈的夫妻之道,便随口安慰她:"这可能是上一代人的执念吧,不管自己过得幸不幸福,但总觉得儿女还是要结婚有个孩子。"

计青蓝嗤之以鼻:"算了吧,我可不觉得为任何人,无论男人还是小孩,消耗自己是一种幸福。我也不想要什么完整,我又不是一个盘子,要那么完整干什么?你知道有个很火的亚裔脱口秀演员吗?叫黄阿丽。我听过一次她的脱口秀,挺着大肚子说的,全程吐槽自己怀孕!当时是在一个师姐家里,她是她们那一届最漂亮的女生,后来嫁了一个苹果工程师,生了三个孩子,受不了墨西哥女佣干活儿太糙又做不了中餐,什么都得自己来,两个黑眼圈儿简直比眼睛都大。我去看她,我俩开着电视看黄阿丽那场脱口秀,一开始她哈哈大笑,笑着笑着突然号啕大哭,把我吓坏了!那一刻我就觉得,这种人生我一刻都过不了。"

也不管陈岩怎么想,计青蓝一扬手,叫来服务员点了一杯威士忌，又接着说："我没那么伟大，我能把自己照顾好，就是不给社会添堵了。我好不容易长这么大，上了这么多年学，砸了那么多钱健身、打扮，我还有职业理想，还想任性快活，结婚生孩子？搞笑了。"

看着她熠熠生辉、青春逼人的面庞，陈岩真感到了一丝嫉妒。不是嫉妒她的年轻美貌、家世显赫，而是她始终都被保护得很好，因而敢放手做自己的那点儿底气——可悲的是，不论计青蓝将来会不会改变主意，不论她是单身到底还是跟人结婚生三个孩子，不论是靠她的自身能力抑或是来自她原生家庭的支持，她能过得好的概率，要远远大过任何其他女性，她的容错空间兜得起她能犯下的大部分错误。她的人生，想怎么试，就怎么试。

三天后，陈岩的预感得到了无情的验证——秦总把发债项目分给了计青蓝，并把陈岩请到办公室叮嘱她，接下来在身体允许的情况下多帮扶一下。

"什么叫身体允许的情况？"陈岩气得头嗡的一声响。

胖子没有正面答话，目光在她肚腹间一扫而过，转移了话题："你也知道她的背景，和当地发改委的关系很深。让她挑头，责任让她背，你帮她压阵，业绩也是你拿大她拿小嘛。"看她脸色不好，这个狡猾的中年胖子始终一副动之以情晓之以理的样子。但陈岩不是傻子，这个项目是陈岩牵头的，团队早都磨合成熟了，此刻扶计青蓝上了马，接下来一脚踢开自己简直是毫不费力的事。

最重要的是她读懂了秦总那一眼没有明说的含义：你既然怀

孕了，接下来连绵不断的孕检连带产假，大半年折腾下来，公司等不起。

问题是，正因为知道怀孕可能带来的职业风险，没有最终决定之前，陈岩不敢走漏一点儿风声，秦总在这个节骨眼上，准确地拿她怀孕说事，怕是有人通风报信。

她脑海中闪现出几天前计青蓝那张惊讶的脸。"岩姐你不会是怀孕了吧？"——原来是小看她了。当时的不动声色，不是对自己的话信以为真，怕是当时就盘算好了，要怎么把效果发挥到极致。

从秦总办公室出来，陈岩把计青蓝叫进会议室，直截了当地问她："是你跟老板说我怀孕了？"

计青蓝一脸莫名："什么怀孕？你怀孕了？"

陈岩冷笑一声："别装了。我告诉你，别说我没怀孕，就算我怀孕了，川省那个项目我也是不会放手的！"

计青蓝很快想明白了陈岩的意思，不由也是大怒，毫不留情地怼了回去："岩姐，怀不怀孕是你自己的选择，只要怀的不是我爸的，就跟我毫无关系。你要觉得我会拿你怀孕去搞事儿，真的，岩姐，我根本犯不着。"最后一句，可以说是赤裸裸地碾压。是啊，难道不怀孕，她陈岩平地里就能长出一个好爸爸来？发改委的大门她就能随便进出了？

计青蓝说完直接摔门出去，留下原地气得两手发抖的陈岩。

误不误会现在已经不重要了，甚至，计青蓝摔门离去的那一刻，陈岩最强烈的感受，不是愤怒，而是再次感到了嫉妒。嫉妒她什么都有，嫉妒她什么都不必在乎。

一开始瞒着怀孕这件事，一方面是因为陈岩也犹犹豫豫，还没有下定最后的决心；另一方面，是她需要争取时间，只要拿到项目，以她的能力和团队给她的配合，她并不觉得孕产会怎么影响到项目的进度。当初生洛洛的时候，她还只是团队里的小字辈，一直上班到预产期的前一天，回到家里也在远程配合，在玛丽妇婴医院的产房里，上了产床她还忍着阵痛给客户回了最终确认邮件，医生和护士对她佩服得五体投地——但如今她只是换了一个位置，公司只是得到一点儿捕风捉影的消息，就处理得这样不留情面。

寒心吗？给公司拿下项目挣到钱的时候，人人对她笑脸相迎，现在不过是可能怀孕，第一个踩到她脸上来的，就是去年对她大加赞赏的人。说不定他还觉得自己很有人情味，给孕妇减少工作嘛，到哪里都挑不出错。

只是，如果是计青蓝，秦大胖子敢这么对她釜底抽薪，估计她会像刚才一样，直接把桌子掀了，公司也不敢拿她怎么样。可是陈岩自己，即使屈辱到心头滴血，她也只能按住自己，告诫自己不能在气头上做任何决定，冲动除了让局面彻底不可收拾，不能解决任何问题。

毕竟，她输不起。

碧宫的房贷，宋河岌岌可危的公司，洛洛的学费，也许，还有肚子里这个正在无知无觉分裂着细胞的孩子……看起来她已拥有一切：有房有车，有老公有孩子。但，她只觉得这一切全是赊来的：房子是赊的，车子是赊的，体面的生活是赊的，孩子的未来是赊的，没有什么是她真正拥有的。

坐在办公室里郁结难消的空隙，邓岚发来微信：晚上一起吃饭，姐们儿新开的餐厅，我们去捧场。

陈岩自然是不想去的，又是理智按住了她——她负担不起拒绝。

"好的，姐。"连几点、去哪儿，陈岩都自觉没有资格问。

开在亮马桥的这家高端怀石料理，人均3000元一位。在邓岚看来，这是一份深情厚谊，非常人可享。陈岩却如坐针毡——第一道鮟鱇鱼肝刺身奉上，她几乎就要立刻吐在精致的水晶碟子里。陈岩拼命捂着嘴，青筋却像蚯蚓一样从皮肤下钻了出来，脸色仿佛是被随意扔在地上的烂菜叶子，青一片黄一片。

"小岩，你这是怎么了？"邓岚关切地问。

沉默半晌，她的闺蜜苦笑一声，答道："我怀孕了，实在拖不下去了，打算这周去做掉。"

邓岚有些吃惊，想起陈岩两手空空在商场里对她交的底，有些了悟，不由劝慰："你别冲动。是不是有什么难处？你这个年龄流产，多伤身体啊。"面对真正关切的人，她丝毫没有注意到自己的口气，完全是过来人、老母亲一般，老套而温暖。

听出了她话中的暖意，陈岩鼻头有点儿酸，心底里那些憋了很久的话忽然有了出口——她没法儿跟宋河说，告诉他只会让这男人更加痛恨自己的无能为力，而痛苦不能解决任何问题；她不能跟同事说，相反，在同事面前她还要更加若无其事地死死捂着，否则同情也许有，但变数更加多；她也不能跟冯佳晶说，好朋友才刚刚把自己的生活理顺，自顾不暇，又离得那样远，说了只能徒增烦恼。

而这些话，无须任何煽情修辞，只是实话实说，已经足够沉重。

"没办法，生下来我可能会失业。"陈岩平铺直叙地说。

邓岚哽住了，她宁愿陈岩是想借钱，这样她可以毫不犹豫地借给她——可惜陈岩的负债早已达到极限，她不可能再让这个数字继续膨胀下去。

"岚姐，我真的后悔了。"陈岩继续说，"我不后悔怀上这个孩子，我和老公曾经也认真规划过好多次。我是真的后悔买了碧宫这房子。要是没买这房子，以我们的收入和积蓄，生这个孩子算什么？我分分钟炒了这个破公司，安安心心生完孩子，再去哪儿不能接着干？"

陈岩努力平静地说，声音却不由自主有些哽咽，生活里所有具体的、直白的、大大小小的难，此刻化成一针一针的刺痛，令她无法忽视。

"你知道吗，岚姐，那天我去捷妮王买菜，结账时把我吓了一跳：一盒生菜20元，一条鲈鱼95元，洛洛最喜欢吃基围虾，我看标着300元一斤，居然没舍得买，告诉她下个星期再吃。我是没有财富自由，但从前我也算是进口超市自由了，逛超市买任何东西我都是不看价钱的。做梦也想不到，自己有一天还会重新沦落到买了鱼就不敢买虾，天天为这三块五块的小钱焦虑、自责。"

陈岩没有说,每天她都不想醒来,因为睁开眼睛就要花钱。今天一睁眼:车险交了一万多,洛洛英语课时划完了又要充值两万多,就这两笔花出去,她连换季买几件优衣库春装都得往后推推了。这些额外开支,必须小心地平均分摊到每个月,不然稍微用狠了些,这个月收支就要变成负数。她像是得了葛朗台的病,神经质地只能忍受账户里的数字增加,每减一笔就像剜心一样空了一块,必须想方设法补上,才能稍稍恢复一些安全感。

"碧宫三期重新开工,其他业主都快高兴疯了,可我是真的高兴不起来。是,托您的福,我去年是挣了一些钱,动工那天我才突然想到,收了房,我也不能住毛坯啊!那么大房子,至少还得再准备二三百万装修,装修又不能贷款,全得用现金,我拿什么装?我们存的那点儿钱,根本支撑不起我到了年底又生孩子又装修。况且,我要是生孩子,公司就算不想办法逼我走,这一两年也不会再让我带项目了。不带项目,我就没有奖金。我们这种工作,您也知道,工资其实没多少,全靠多劳多得年终分红,要是我老公他们公司彻底黄了,我简直不敢想……"陈岩越说声音越低,再抬起头时已是泪眼婆娑,"走到了这一步,我还有什么路可走?房子已然买了,只能不要孩子了。"

邓岚说不出话来,她很受冲击:知道陈岩的经济压力大,却不知道陈岩已经被逼到这种程度。

过了片刻,她轻声问陈岩:"如果没买这里的房子,真的会好很多吗?"

陈岩一时竟有些向往,半晌苦笑:"如果真的能反悔,我但愿自己从来没有买过这里的房子。那样,我还是个骄傲的人,过着自在的生活。"

邓岚握住她的手:"我帮你把这房子退了吧。"

陈岩惊住,最绝望的时候,她都没有从这个角度想过。她和大多数人一样,从来不知道,房子是可以退掉的。或者说,房子,是可以放弃的。

"本来延期交付,开发商违约就是可以退房的。只是永正现在这种情况,想立即退房拿钱可能有点麻烦。"邓岚抚了抚陈岩的手背,"你等我消息。"

回到家里,见蒋南国书房亮着灯,邓岚径直找他去说。敢开这个口,也是因为邓岚知道,蒋南国跟永正的老总私交颇深。如今他虽四面楚歌,却也是百足之虫死而不僵。别的业主他可以赖、可以躲、可以忽悠,蒋南国和她的朋友,只是求一个全身而退,他还不能高抬贵手吗?

但邓岚没想到的是,她说完这件事,蒋南国的反应不是细问端底,而是眉毛一扬,讽刺她:"你不是挺牛的吗?财务总监说开就开,券商说换就换,你自己去张罗。"

邓岚一听蒋南国还敢提起这件事,手指差点儿直接戳到他脑门上:"我为什么换财务总监,你心里没数?你干的那些不要脸的事,真的想要摊开来讲?"

蒋南国本来只是习惯性地随口拿邓岚一把,让她时刻掂量自己几斤几两,谁知被邓岚毫不留情一下打到七寸,不由恼羞成怒:

"你要是那么三贞九烈，你总把司机支走干什么？我本来不想把话说得那么难听，但你非要跟我较真儿，那我就提醒你一句，别蹬鼻子上脸。"

邓岚冷笑一声："别说我什么都没做，就算我真跟别人做了，也没什么对不起你的。"

蒋南国气得脸都白了，口不择言地骂："你真是个骚货！"

"对，我就是个骚货！我才47岁，我渴望被人摸、被人吻、跟人做爱！"邓岚毫不客气，"你是男人，你有需要。我是女人，我需要的更多！"

蒋南国简直不敢相信自己听到的，邓岚这番话，明明那么露骨，却铿锵有力，无法反驳。

"我是你的妻子，你却根本不需要我，你的需要都去找别人满足了。你还要晾着我，怀疑我，羞辱我。"

蒋南国又是理亏又是气恼，手指着邓岚威胁道："你是不是不想过了？"

"这句话我也想问你，"邓岚针尖对麦芒，分毫不让，"你以为你能做这个蒋老板，跟我这个蒋太太没有关系？你做了20年生意，我帮你维护了20年关系，无论政府还是企业，哪一种关系不是我先去帮你搞定了他们背后的女人？没有我的太太社交，没有我的慈善项目，没有我的晚宴，你能有这些关系？你能20年都这么顺？别说情理上，就说法律，你今时今日的全部身家，也有我的一半！你要是不想过了，我没问题，先把三个孩子的份额留出来，我们立即分割财产离婚！你敢吗？！"

蒋南国到底是没疯，邓岚说的句句在点子上。她辅佐他20年创业，对他上上下下的往来了如指掌，又一手养大了三个儿女，同时也是自己公司的董事会成员。两人真要撕破脸闹离婚，股权立即被她分走一半不说，万一邓岚再联合外部机构继续增持，最后反超他成为公司第一大股东，那对于蒋南国来说，才是真正的灭顶之灾。

这么一想，日子还过不过，似乎是邓岚说了算。

看邓岚动了真怒，蒋南国只好给自己搭了个台阶，把口气缓和了下来："孩子都这么大了，还一吵架就扯离婚，真是不可理喻！不是要说你朋友的事吗，就别离题万里了。"

就冲他这万事都倒打一耙的做派，邓岚简直又要爆炸，可是她刚把心里能说和不能说的话全倒了出来，此刻她只觉身心舒畅，便不想再赶尽杀绝，于是冷冷扔下一句："别说那些没用的，这个忙你帮不帮？"

蒋南国自觉双方已经默契翻篇儿，又有了心情嬉皮笑脸："你的忙我敢不帮吗？等我问问老杨。"

收到邓岚说"这事有谱了"的消息，想了一想，陈岩还是去了陶珊家。

时隔数月，进门的时候，陈岩恍惚了一下。

还是那间房子，来开门的陶珊几乎瘦得脱了像——中年女人是经不起枯瘦的。没有丰盈的血肉支撑，面皮与皱纹一起垂下来，是明明白白的愁苦，人看上去像是一下子老了七八岁，竟然能从她脸上看出陶母的样子了。

"叔叔呢？"陈岩问。

陶珊有些机械地答道："在屋里睡着呢，这些日子都躺着起不来。"

她们落座，陶珊都没有想起给客人倒水，也没有问陈岩的来意——巨大的、持续的悲伤，把她的所有情绪都消耗殆尽，这段时间，维持人体的基本运转似乎就要花光她全身的所有能量。她只是机械地运转，什么也不敢想，要是想了，又会坠入黑洞，再难爬出。

沉默了一会儿，陈岩忍住泪意，她没有试图劝慰，也不诉说任何同情的话，在这样无法挽回的、摧毁性的失去面前，任何言辞和怜悯都不过是失效的伤药，不仅无法帮助疗愈，反而会再一次撕裂刚刚生出一层淡痂的新鲜伤口。

"我有一个朋友正在帮我争取把碧宫的房子退掉，你要不要跟我一起？"陈岩问她，她猜想，陶珊也许会问她有没有把握，会纠结，会犹疑，但最终也是会放弃那房子的。毕竟，那是她的修罗场，伤心地。

结果陶珊看了她一会儿，才仿佛终于接收到了这句话的意思，"碧宫"两个字如尖锐的刺，猛地让她感到了疼痛——这令她彻底清醒了过来。

"不！"她说，一开始语气很缓慢，但渐渐地变得坚定，眼睛也开始有神了。"我不退，我妈为了这房子拼上了命，我一定要带她和我爸住进去，看看那房子有多好，我要为她在院子里种上花，给她安排朝南最好的卧室。"

说到最后,她的泪水终于汹涌地流了下来。

她们紧紧地拥抱了一下,陈岩没有再说什么,便告辞了。

陶珊很感谢她的沉默,但朋友的到来确实为她点亮了一个新的希冀。是的,妈妈为了碧宫的房子拼了命,她应该实现妈妈的梦想,像她从未离去一样,照他们曾经设想的那样,一家人整整齐齐地住在同一屋檐下,每个人各自又有梦寐以求的独立房间,女儿继续求学,丈夫事业做大,而她平稳过渡,回归家庭,照顾父亲的余生,令他得以安宁幸福地生活下去。

天不知不觉地黑了,是桐桐进门开了客厅的灯,才真正惊醒了陶珊。

"妈。"桐桐小心翼翼地说,最近接连发生的一切,让这个别扭的姑娘也像变了一个人。

"你去做作业吧,我去做饭。"陶珊说着,走到次卧推开门叫醒了父亲,"爸,别睡了,坐起来看会儿电视,我去给你煮碗面。"

"好。"老爷子有气无力地答她。

母亲是如何煮皮肚面的?站在料理台前,陶珊努力回想。冰箱里有分成小份、冻成冰坨的骨汤,是母亲之前熬的;橱柜里有炸好的皮肚,用保鲜袋子密密实实地封着,是母亲托人从老家快递来的;窗台上还有两块生姜,已经干巴了,也是母亲买的;最后,看到放在那只酱油色的小罐子里、曾经为此让她对着丈夫破口大骂、如白玉一般莹润的猪油,陶珊的眼泪又不受控制地流了下来。

过了很久,她回过神来,却看见旁边一双手在默默地帮她配菜。

她恍惚了一下,定定神,才发现是女儿。

不知不觉,女儿已经这样高了,几乎超过了自己,她默默站在自己身边的样子,一下子像是时光倒转,回到了三十年前,自己也曾经这样站在母亲身边,一边拌嘴,一边不情不愿地被母亲指使着干活儿。

她忍不住伸手摸了摸女儿的头发,少女细软的发丝像是上好的绸缎,又亮又滑。桐桐一下子扑到她的怀里,抱着她,喃喃地道:"妈,对不起,我以后不惹你生气了。"

女儿瘦弱的身躯让陶珊突然找到了依靠,空空荡荡的心好像终于又找到了一个支点。

"桐桐,妈妈也错了。"她有无数的话要说,最后说出的却是断不成句的语句,"这段时间,我每天都想姥姥,想着姥姥是怎么对我好的。忽然发现,我之前从来没有真正为你做过什么。我只是给了你吃饭穿衣,责怪你不能好好学习,却从来没有陪伴过你、告诉过你,任何时候你都不要怕,妈妈会跟你一起扛过去。"

"妈妈!"这个少女两年来如同刺猬一般的尖刺烟消云散,这一刻,她哭得像个小孩。

一路上,陶珊苍白憔悴却坚定说要搬进碧宫的面容,与几个月前陶母满是对女儿怜惜的面容反复交替着,浮现在陈岩眼前。

平日许多司空见惯的感情,总是因着永诀的惨烈,才使后来者重新见证"人之常情"四个字的可贵。

回到家，也许最近持续的情绪低压影响到了孩子的安全感，洛洛格外黏着她，一刻不停地叫着妈妈，一忽儿把她的画给妈妈看，一忽儿给妈妈端水，一忽儿又缠着妈妈讲故事，就连睡觉也死活不肯回自己的小床，一定要缠着跟妈妈一起。等她终于睡着，陈岩已是腰酸背痛。

奇怪，小女孩儿白天已经似模似样像个大孩子，有了自己的主意和主张，到了睡着的时候，立刻又有了幼崽的萌感。明明已经长得很高，躺到床上需要占去好大一块地方，但两只手却永远像婴儿一样摆出需索的姿势，小小的面孔又香又软，让人忍不住想多亲几下。

看着那个跟被子滚作一团的小孩，陈岩情不自禁伸手摸了摸小腹。七年前，洛洛也是这样从腹中的一粒小黑点，渐渐孕育，出生，跌跌撞撞长大。如果这个孩子有机会长大，那他或她，将来也会是这样一个粉嘟嘟的傻孩子，抱着被子睡得像一只小猪。

陶母出事的时候，宋河曾经唏嘘，为了一套房子，太不值得了。但陈岩是理解她的——陶母为之拼命的根本不是这套房子，而是见不得自己女儿受苦。即使陶珊已为人母，在陶母心里，女儿吃了亏，依然还须妈妈替她出头。她已年老体衰，但为了女儿，她始终能豁出去。

也许是偏执、是傻，但世间，终究不会再有第二个人，会这样爱陶珊。没有什么值不值得，这就是母亲的本能，是女性的慈悲。

从上次提起过一起去医院的事之后，宋河就有意无意每天都加班到很晚。早上醒来如果发现陈岩已经去上班，他会暗暗松一口气。明知这样很幼稚，不解决任何问题，却也带着无法言明的自欺欺人，希望拖着拖着，妻子会蓦地改变主意。

今天早上醒来，又有一些不一样了。陈岩把他摇起来，吩咐他送洛洛上学，她今早有会。

这种小事，宋河无从异议，他一起身，终于发现今日的违和感从何而来——正准备离开卧室去上班的陈岩居然穿了从前怀洛洛时穿的孕妇裙。

宋河目瞪口呆，有点儿口吃："你就穿这个去公司啊？"

陈岩莞尔一笑，推门走了。

陈岩上午确实有会，正是关于川省某集团发债的立项会。

她穿着孕妇装一亮相，众人除了恭喜，不敢说出二话。

原定两个小时的会议足足拖长到了整个上午，负责项目陈述的计青蓝拿出的方案极为考究，无论是行业研究、债券市场分析、债券发行方案，数据翔实，展示新颖，充满说服力，与会众人都面露微笑。但当陈岩提问了几个关于对方集团内部派系争斗遗留下来的尖锐问题之后，计青蓝明显有点儿顶不住，这些台面下的东西，跟华尔街的做派完全不同，是原罪，却也常常是这种地方企业能膨胀的真正发动机。就连秦总也皱起了眉，但不是责怪陈岩没有气量的意思，她确实是就事论事，措辞还保持着同事间的温和，如果不把这些细节提前预演清楚，真去跟客户开会，那些老油条们绝对不会这么客气。

散会后，陈岩叫住了计青蓝，约她中午一起吃饭。计青蓝掩饰不住脸上的诧异神情，随后一口答应了下来。

"你是来跟我示威？"在餐厅落座之后，计青蓝倒也不敢相信陈岩会幼稚至此。

"我来跟你道歉，上次是我误会你了。"陈岩十分诚恳。她后来才听手下说起，有一次她不在办公室，秦总来找她的时候，看到了她桌上的叶酸，又想起之前跟秦总在女厕所门口的偶遇，陈岩才想起，作为一个前后娶了两任妻子、做了三次父亲的中年男子，秦总显然对于孕产的各个环节了如指掌。

"开会的时候，你那是在跟我表示歉意？"计青蓝忍不住露出讽刺的冷笑。

"这是两件事，"陈岩面不改色，"工作是工作，我上次跟你说过，不管我有没有怀孕，我都不会放弃这个项目。你有你的优势，我有我的长处，咱们各凭本事。况且在会上，我不过是就事论事，你真去跟地方企业客户开会就知道，他们比我难缠得多。"

计青蓝的表情缓和了下来，她知道陈岩说的是事实，出来混职场，为了这种程度的异议和挑战就要死要活，不但累，更无法长期生存。

"所以你终于承认自己怀孕了？"她看了一眼陈岩的孕妇裙。

"是，我决定留下这个孩子。"陈岩坦然承认，"老板一发现我怀孕，立刻就把项目划给你，我确实是气疯了。你并不知道，很多时候我是真的羡慕你，你拥有太多我很欣赏，却永远没有办法拥有的东西。是出身、是年纪、是个人选择决定的。"

计青蓝很喜欢陈岩这句话，但依然难以理解陈岩做出的选择："你就那么喜欢孩子？"

陈岩笑了，年轻而富有的女孩，怎么会懂得寻常中年人每一个决定背后的曲折。"你看到前段时间上了热搜的那条新闻吗？一个老人买了碧宫烂尾别墅，为了维权住进工地，在烂尾楼里直播，最后却死在了里面。"见计青蓝点头，她继续说道，"那是我朋友的妈妈，我也买了那个小区的房子，差点儿也要去住烂尾楼。我为什么那么紧张这个发债项目？我不像你，是为了职业成就感，我是千真万确地需要钱。我需要用这笔奖金还房贷，给我女儿交学费，如果可以，最好能再存下来一点儿，毕竟我家还有四个老人，这么大岁数，不备一些看病的钱是不行的。这中间只要有一点点差错，我和我老公几十年的努力便要化为泡影。"

计青蓝立刻流露出怜悯的眼神，此刻的陈岩却不再被这样的眼神伤害，她自顾自说下去。

"我也恨过我老公，觉得他不但没用，还拖累了我。可是，这一年，和他一起面对了这些破事，我才发现，他是一个好男人，好爸爸。这孩子也是他的，我愿意为他生下来。"

陈岩还记得很多年以前，那时他们还没有最终确定关系。公司在郊区，她周末做兼职，周日下午返城的时候碰上了大雪。那是她第一次见识极端天气下北京公共交通的无力，公交车像蜗牛一样爬到中转站的时候，最后一班换乘车已经停运。她在路边站了许久，那时候还没有网约车，整整一个小时一辆空车都没有。

到后来公交站牌只剩下她孤零零的一个人，全身已被冻僵，又是冷又是怕，连哭都哭不出来。最后，是宋河徒步走了七八站地接到她，给她带了暖手宝、保温杯和厚羽绒服，两人彼此挽着徒步走回了学校。这件事在同学间被传为佳话，人人都觉得不善言辞的宋河，就是这样才追到了颇出风头的她。

如今陈岩才突然意识到，宋河不是为了追她才这么做的，而是因为他就是这样的一个人——老实，真诚，木讷，善良。

这么多年，宋河没有变成了不起的大人物，他根本不会那些绞尽脑汁往上爬的招儿，但他始终在竭尽全力地把最好的一切给她。点菜让她先点，买车让她先开，只要是她的决定，他便支持、便执行、便拼命。他是她无声的翼，亦是她一脚踏空时的降落伞。

他们的关系，在过去一年一个接一个争吵之后又最终和解的深夜里，一次又一次全面崩溃又努力重建的生活中，有了更深的连接。她无比确信，这个男人是真正爱她的。他给的理解，不必跟她解释；他送上的支持，不必她偿还；他自愿被她忽视，只要她得偿所望。

"我真的很自私、什么都想要，我从来不觉得自己是个好妈妈。但是过去这一年里，我认识了很多不一样的女人，看着她们怎么去保护孩子，保护家人。"

她想起冯佳晶，带着小雪从裹挟着暴力的豪门中脱身，放下所有习以为常的享受，努力重建了属于她们自己的安乐人生。

她想起郑晚亭，对外人，也许她是一个大骗子、势利鬼，但对于家人，她不过是以她的生存之道，一力撑起家庭重负罢了。

她想起赵雅心，冰山一样冷静、市侩一样精明的人，最后仍是被孩子融化了、收服了。她甚至不在意以一种赎罪的姿态度过余生，也要全力修补孩子的人生。

她想起邓岚，她是怎样稳稳站在金字塔尖，给她在意的人源源不绝的支持。

她想起陶珊和她的母亲。

一代一代的女人，从来不是愚昧守德，而是甘愿去爱。

"我以前一心想着要给女儿最好的生活，但我现在觉得，能给女儿最好的东西，是诚实面对生活的勇气，有所要，有所不要。从今往后，她能为自己、为爱人、为做错的事，敢于担当，学会收敛。"

"房子我已经退掉了。"陈岩抬起头来，发现计青蓝已听得入神，"我知道这套房子能带给我什么：三五条点爆的朋友圈，一些牛×但与我无关的邻居，运气好混进圈子能有一两个项目，然后是无穷无尽的焦虑，这已经是所有了。"

"比起焦虑，我需要的是希望。"陈岩下意识抚摸肚子，"我十分好奇，这个孩子会给我的人生带来什么样的进步和转变。"

看到计青蓝动容的神情，陈岩笑了一下："把这些话说给你听，因为你也是女人。即使你不结婚不生孩子、一辈子不为钱发愁，但你也会比任何一个男人更理解我。一路走到现在，很多女人帮助过我，我也力所能及地帮助过很多女人。所以，我希望你能帮我，我也会毫无保留地帮你。"

计青蓝笑了，举起柠檬水杯跟她碰了一下，甜甜地说了一句：

"好的，姐！"

邓岚的介入效果惊人，三周以后，陈岩和宋河就收到了碧宫的全额退款。他们去银行结清了贷款，最后算下来，竟然只损失了几个月的利息，简直可以忽略不计。

那一刻，夫妻俩并肩站在一起，像是从肩上卸下了整座泰山，原地白日飞升。

陈岩对宋河说："我们回城里住吧。"

考虑到陈岩的孕肚即将显怀，还要尽快绑定洛洛的学籍，退完房子之后的第一件事，又是买房。

尽管早已做好了全面的心理建设，但站在西城这套54平方米的老破小里，陈岩仍是觉得如坠悬崖。

"你说这套多少钱？"

"720万，"中介迅速大声报出价格，要故意吓她一跳似的，"这还降了点儿。上个月成交了一套同户型的，760万。学区好，没办法。"

陈岩看着楼道里贴得密密麻麻的疏通管道、修锁开锁的小广告，房子里满屋泛起的墙皮，因为毫无采光大白天也要全部开着的电灯，实在无法接受。想着就算一咬牙买了，也得另赁房子居住。

中介当然看穿了陈岩的嫌弃，又不失时机地推荐："附近还有一个小区特别好，同在一个学区，全是方方正正的大户型，孩子上学和全家居住都有很好的保障。就是贵一点儿，够住的话，差不多要 2000 万。"看着陈岩不置可否,中介又接着推销,"说贵,其实也看怎么想。学区房保值啊!等您孩子上完学,将来任何时候想卖都是分分钟的事,说不定还能大赚一笔。实话告诉您,这套房子就是业主孩子用完了,才放了出来。我听说当年买的时候,也就花了 110 万。"

陈岩面无表情,不想继续纠缠,拉着宋河就走。中介追了出来,说:"您要只是为了孩子上学,我同事手里可能还有一套,平房,房本面积 8 平方米,只要 200 万!好多人在抢,我可以帮您争取试试。"

两口子简直哭笑不得,只得回复:"我们再看看。"

看完几套房子,回家路上,陈岩一路无话。坐在地铁里,宋河才小心翼翼地问:"我们要哪套?要想住好点儿、住大点儿也没问题,咱手里现金差不多够,我再去借点儿,也能全款买。"

陈岩轻哼了一声,握住宋河的手,反问他:"你还想过这样拆东墙补西墙的日子吗?反正我是不想过了。我们以后都轻松点儿吧,孩子不会怪我们的。"

宋河鼻子酸了,一把搂住陈岩,终于第一次拿了主意:"我知道有一个地方不错。"

出了回龙观地铁站,陈岩意外发现,这里跟她一直以来想象的脏乱嘈杂三不管地带完全不一样。

街道宽敞,绿树成荫,宋河要带她去看的那个小区,配套小学竟然是一家顶尖公立学校的直营分校,学风蔚然、硬件也过关,从小区步行过去上学不超过五分钟。

陈岩问："你是怎么知道这种地方的？"

宋河不好意思地笑了："好几个老同事都住这儿，我来过这边好几次了。"

自然，这边小区的房子跟海淀和朝阳的高档公寓比不了。但是，这里自带的热气腾腾的生活氛围，是陈岩离别许久、无比怀念的。与小区一墙之隔，是新建的市政公园，草坪碧树小型人工湖泊，虽然谈不上景区，比起清漪花园里的绿地公园，甚至可以说是简陋，但日常散步已是足够好了；出了小区，从盒马鲜生到物美超市一应俱全，倘若嫌弃超市里的东西冰冷冷的不新鲜，多走十分钟还有菜市场，要多新鲜有多新鲜，要多便宜有多便宜；门口一排底商，银行网点、美甲小铺、家常面馆、宠物医院、干洗店应有尽有。开业超过十年的中医按摩馆，有口皆碑的看家师傅亲自出马，一小时盛惠88元。

看出了两人眼中的心动，陪同看房的中介趁热打铁，说这小区里最大的户型只有一百多平方米，但这两天新出了一套复式楼王，206平方米，还送40平方米露台，装修八成新，房况特别好，就是有点儿贵。

陈岩心里又犯起了嘀咕，她近来有点儿听不得"贵"这个字。反倒是宋河追问，贵是多少钱呢？

中介有些心虚，980万左右，说完急急补充："当然，这个价格可以再跟业主谈。"

陈岩大松一口气，强作镇定，只冷冷地说："先去看看吧。"

看完房子，两人都有些惊喜，前任房主品位不低。硬装十分简洁，四白落地，通铺浅色实木地板，灶台、马桶、洗手池，不见一点儿锈迹与黄渍，地暖和空调也都用的是口碑一流的进口牌子，只需重刷一遍墙，便可立即入住。

当天晚上便约了房东，轻松谈到了950万。中介为显能力，还私底下一个劲儿地劝："姐，咱拖她两天，还能再往下砍砍。"

陈岩与宋河对视一眼，当场拍板："不必，签吧！"

七个月后。

转眼又是深秋，慷慨而无处不在的金色阳光，照在皮肤上、树叶上、水面上、细小的花朵上，令万物生辉、温柔有光。

洛洛兴高采烈地跟着爸爸一起去和睦家把妈妈和妹妹一起接回了家。她才知道，原来一个月的宝宝竟这么丑这么傻这么可怜！眼睛看不清，没有人帮忙连身都翻不了，只会像个坏掉的玩具一样咿咿呀呀地胡乱挥动四肢，还动不动就把自己挠个满脸花！

洛洛有点儿替妹妹发愁，问妈妈："妹妹不会一直这么傻吧？"

陈岩被逗得哈哈大笑，趁机给她派任务："妈妈要工作一会儿，你去保护一下妹妹，别让她把自己挠得更丑了。"

洛洛顿感身为长姐责任重大，噔噔噔跑过去，盯着月嫂给妹妹剪指甲。

正在这时，门铃响了，保姆在厨房做午饭没听见，陈岩索性自己去开门。

门口站着的,竟是邓岚。

"岚姐!"陈岩有些吃惊。

邓岚假装生气,又挑剔地看了她的一眼,摇摇头,反问道:"怎么?生了孩子也不让我来看看啊?"

陈岩笑得合不拢嘴,赶紧说:"我哪敢,快进来!"

邓岚却不急,转身让位:"看看这是谁。"

陈岩望过去,正是一年多未见的冯佳晶。